Almuth Link

Der Engel mit den bunten Flügeln

Roman

Knaur Taschenbuch Verlag

Besuchen Sie uns im Internet:
www.knaur.de

FSC
www.fsc.org
MIX
Papier aus verantwortungsvollen Quellen
FSC® C083411

Originalausgabe September 2012
Knaur Taschenbuch

Redaktion: Ilse Wagner
Umschlaggestaltung: ZERO Werbeagentur, München
Umschlagabbildung: Gettyimages / Steve Satushek / Photographer's Chois
Satz: Adobe InDesign im Verlag
Druck und Bindung: CPI – Clausen & Bosse, Leck
Printed in Germany
ISBN 978-3-426-51123-7

2 4 5 3 1

Brigitte Friedrichs zugeeignet

26. Juni 2006

Dein rotes Auto war schon in der Kurve verschwunden, da blieb ich immer noch neben unserer Zeder stehen und winkte hinter dir her. Als hätte ich dich damit zurückholen können! Und mir fiel ein, dass ich vergessen hatte, dir unser großes Fotoalbum mitzugeben. Zu spät. Wenn du mich das nächste Mal besuchst, nimm es unbedingt mit, es liegt auf der Kommode im Wohnzimmer.

Über dem See lag nebliger Dunst, aber der Himmel spannte sich klar und hell über das Wasser, die Berge, das Land. Ich kenne das schöne Bild so genau, als hätte ich es selbst gemalt. Doch so viel Schönheit ist nur sehr schwer auszuhalten, wenn das Ende der Lebenszeit plötzlich nahe heranrückt und man sich drehen und wenden kann, wie man will, überall lächelt (lächelt?) traurig der Abschied – von sich selbst, von den Menschen, die man liebt, von den Tieren, die sich uns anvertraut haben, von der Musik, von Landschaften, von den Jahreszeiten.

Sehr langsam ging ich dann zurück. Versunken in die Reste unseres endlosen Nachtgesprächs. Manches von dem, was ich dir auf deine Fragen zu meinem Leben hatte antworten wollen, war dabei auf der Strecke geblieben oder nur angedeutet worden. Weil das, was uns in der Gegenwart beschäftigt und uns Erklärungen oder Entscheidungen abverlangt, viel mit dem zu tun hat, was uns im Laufe der Zeit widerfahren ist, uns beeinflusst und wahrscheinlich auch geprägt hat.

Aber welches erzählte Leben, selbst wenn man es in Stichworten absteckt, lässt sich in ein paar Nachtstunden hineinpressen? Auch hattest du dich ja über längere Zeit ein wenig von mir entfernt, Nicola, so dass ich gar keine Gelegenheit hatte, dich immer mal wieder und immer etwas mehr an dem teilhaben zu lassen, was mich beschäftigt.

Jetzt bin ich älter und krank und nur noch so etwas wie eine Mitläuferin. Schwester Johanna – du weißt, wie man sich auf sie verlassen kann – kümmert sich rührend um mich, wenn ich mal einen besonders schlechten Tag habe.

Es ist meine Bauchspeicheldrüse, die sich den Krebs an Land gezogen hat und sich nur ein wenig besänftigen, nicht aber auf Dauer reparieren lässt. Ich wollte es dir nicht sagen. Wozu dich so überfallartig erschrecken? Du erfährst es früh genug, spätestens dann, wenn ich meinen Zustand auch am Telefon vor dir nicht mehr verbergen kann. Denn ich denke doch, dass wir jetzt wieder öfter miteinander schwatzen, so wie früher?

Ich habe dir erzählt, dass ich vorhabe, Tagebuch zu schreiben, für mich. Sofort hast du eingehakt. Ob ich es nicht erweitern könne, eine Mixtur machen aus Tagebuch und unserer gemeinsamen Geschichte? Als Erinnerung für später? Zuerst habe ich gezögert, weil deine Idee an dem Sinn eines Tagebuchs vorbeigeht. Oder vielleicht doch nicht? Jedenfalls nicht in unserem Fall?

Auf einmal fand ich die Idee reizvoll.

Du bist erwachsen geworden und besonnen, wie ich finde. Trotzdem möglicherweise noch zu jung, um mit meinen Vorstellungen und Abschiedsgedanken, die jetzt auftauchen werden, umgehen zu können. Sie gehören aber zu mir. Du kannst sie beim Lesen ja überblättern, für später aufheben.

Die Ordensregeln der Benediktinerinnen könnte ich doch vielleicht aussparen, meintest du lachend, die seien dir ja gewissermaßen schon als Baby »an die Hacke geklebt« worden, und damit sei es jetzt mal genug.

Ist mir doch klar!

Du wirst also zunächst erfahren, wie mein Leben immer weltlicher verlief, nachdem ich deine Mutter und dich kennengelernt hatte.
Und weißt du was? Ich glaube, das Schreiben darüber verleiht mir Flügel, die ich umso besser gebrauchen kann, als ich ja – sollte ich ein Engel werden, was ich aber nicht glaube – das Fliegen üben muss.
Wenn meine Zeit überstanden ist, wird Schwester Johanna dir das Manuskript, das ich übrigens auf meiner vertrauten »Gabriele« tippe, übergeben, ob es abgeschlossen ist oder nicht.
Und Johanna meint, ich müsste es noch jemandem anvertrauen: der Mutter Gottes, deren Beurteilung vielleicht am gerechtesten ausfällt, weil sie als Einzige unter all den göttlichen Gestalten etwas weiß vom wirklichen, vertrackten, schuldhaften, verlustreichen und doch immer wieder schönen Leben. Davon geht Johanna aus.

27. Juni 2006

So viel muss ich trotz meines anfänglichen Versprechens erklären. In unserer Liturgie wird dem Gesang ein großer Platz eingeräumt. Allein zwischen den nächtlichen Lesungen werden drei Responsorien gesungen. An allen Sonntagen außerhalb der Fastenzeit werden die Cantica, die Laudes, Prim, Terz, Sext und Non mit Halleluja gesungen. Wir haben Vorsängerinnen – und hatten eine Zeitlang Schwester Ignatia für die Orgel.
Was nun aber unser musikalisches Leben außerhalb der Liturgie betraf, so war unser Konvent damals, bevor Sophia bei uns auftauchte, ziemlich ausgehungert. Schon lange gab es kein festliches Orgelkonzert mehr in unserer wunderschönen alten

Kirche, keinen richtigen Schwesternchor, kein Orchester, nur den ewig gleichen dünnen Messegesang und die brüchige Stimme unseres betagten Hauspriesters.

Ursache hierfür war unsere hochmusikalische Schwester Ignatia. Genau genommen aber der liebe Gott, der sie offenbar nicht vor dieser schmerzhaften Arthrose in beiden Händen und Handgelenken hatte bewahren wollen. Irgendwann ging es nicht mehr, ihre Schmerzen wurden unerträglich. Sie sagte der Orgel ade, löste den Schwesternchor und unser kleines Orchester auf, die sie nicht mehr dirigieren konnte, und vergrub sich in ihrem Klausur-Kämmerchen, um abwechselnd mit Gott zu hadern, vertretungsweise mit Jesus und Maria, oder wütend auf alle drei zu schimpfen oder stundenlang zu weinen. Denn Musik sei eine Sucht, erzählte sie mir, von der man nie im Leben loskomme. Sie wusste, dass ich sie nicht nur verstehen, sondern mit ihr mitleiden würde. Denn ich kannte diese Sucht genau wie sie, hatte selbstverständlich von Anfang an in ihrem Chor mitgesungen und mir darüber hinaus auch keine Gelegenheit entgehen lassen, ihrem Orgelspiel zuzuhören, auch wenn ich dabei mit meiner knappen Zeit oft arg ins Gedränge kam.

Ich selbst hatte in meiner Jugend Schlagzeug gelernt, das damals von der Nachkriegsschule zur Verfügung gestellt werden konnte, dazu kostenlose Unterrichtsstunden durch den Musiklehrer. Er hielt mich für sehr musikalisch und rhythmisch begabt, und das Spielen in seiner Band machte mir damals einen ungeheuren Spaß. Ich blieb auch dabei, als ich die Schule längst verlassen hatte.

Mein Vater war im Krieg gefallen, und nach unserer Flucht aus Schlesien, die uns in ein oberbayerisches Dorf verschlagen hatte, mussten meine Mutter und ich von einer winzigen Rente und ihrem Nebenverdienst als Gartengehilfin in einer größeren Gärtnerei leben. Meinen Traum, Geige oder Klavier zu lernen oder später gar Musik zu studieren, hatte sie mir nicht erfüllen können. Aber ich kann auch nicht sagen, dass mich, nach Beendigung der Mittleren Reife, meine sorgfältige Ausbildung zur Gärtnerin in derselben Gärtnerei unglücklich gemacht hätte. Ich war jung, hatte eine richtige Lehrstelle bekommen, und die Beschäftigung mit Erde und Blumen, Kräutern, Obst und Gemüse gefiel mir. Zumal meine Ausbilder, das Ehepaar Hütthaber, außerordentlich liebenswerte Menschen waren, die uns bei unseren Anfangsschwierigkeiten in diesem neuen Leben halfen, wo sie nur konnten. Wohnen durften wir in ihrem kleinen »Nebenhaus«, das den verstorbenen Eltern gehört hatte und uns mit zwei Zimmern, einer Küche und einem Bad genügte. Bezahlen mussten wir nur Strom und Wasser, keine Miete! Für sie war Nächstenliebe eine Selbstverständlichkeit, über die nicht diskutiert wurde. Ich habe auch nie, weder mit meiner Mutter noch mit Hütthabers, darüber verhandeln oder mich dafür rechtfertigen müssen, warum ich später ins Kloster eintreten wollte.

Und es steckten hinter meinem Entschluss tatsächlich weder eine enttäuschte Liebe noch Versagensangst, was man bei Menschen, die in einen Orden eintreten, so gerne mutmaßt. Ich war – fast wage ich es so profan nicht zu sagen – sehr fromm. Jedenfalls damals fromm genug, mir ein Leben im Kloster als schön und erfüllend vorstellen zu können. Natürlich hatte meine Entscheidung etwas mit der Frömmigkeit meiner sehr geliebten Mutter zu tun, mit dem Tod des Vaters, mit dem Erlebnis der Flucht; aber eben nicht nur. Und so tief ich in meiner Seele nachzugraben versucht habe, später, ich fand nie einen konkreten, spektakulären Auslöser. Immer wieder stieß ich auf meine innere Verbundenheit mit der Mutter Gottes, auf meine

Hoffnung, mystische Erfahrungen machen zu dürfen, auf die mir sehr wichtige Aussicht auf Erlösung, Freiheit, Vergebung und, vor allem, ein ewiges Leben.

Endlose Diskussionen hätten an dieser Sicht nichts geändert, nichts in ein anderes Licht gerückt oder gar einen tiefen inneren Konflikt zutage gefördert. Es gab ihn nicht, jedenfalls nicht damals.

Nachdem ich mit dreiundzwanzig Jahren als ausgebildete und mittlerweile auch erfahrene Gärtnerin in das Benediktinerinnenkloster am See eingetreten war, wurde mir nach zwei weiteren praktischen Jahren die Verkaufsabteilung unseres großen klösterlichen Gärtnereibetriebes anvertraut. Damals glaubte ich, schon allein wegen dieser Auszeichnung rundherum glücklich zu sein.

Ob ich es wirklich war, ohne die Liebe, ohne eine feste Freundschaft, diese Frage stellte sich mir nicht. Lassen wir es hier einfach mal so stehen. Bewusst fehlte mir weder das eine noch das andere. Bewusst fehlte mir nur die Musik. Das Hören allein genügte mir nicht. Ich hätte gern selbst Orgel gespielt, oder Geige. Für beides, um es neu zu erlernen, war ich auch als junge Frau nun schon zu alt. Und stümperhaft sollte es nicht werden. Mein Schlagzeug? Wäre durchaus noch gegangen. Immer wieder ertappte ich mich bei der Vorstellung, in einer Band zu sitzen wie damals, und mit Jazz loszulegen. Aber das blieb mein bestgehütetes Geheimnis.

29. Juni 2006

Ohne Schwester Ignatias Musik war das Leben im Kloster allmählich eintönig und etwas langweilig geworden. Der Verlust kam mir vor wie eine Straße, die einfach aufhört oder in einen schmalen Feldweg übergeht, weil das Baumaterial ausgegangen ist. Allein die 18-Uhr-Messe mit dem anschließenden kleinen Orgelspiel von Schwester Ignatia war früher für mich das Ziel jeden Tages gewesen, auf das ich mich immer schon morgens gefreut hatte.

Und alle vermissten wir das Chor-Singen. »Als hätte man uns die Flügel gestutzt«, beklagte ich mich bei unserer Äbtissin, »und jetzt können wir nur noch humpeln, aber nicht mehr fliegen.«

»Ihr sollt ja auch nicht fliegen, sondern beten«, sagte sie lächelnd, »freilich, humpeln sollt ihr natürlich auch nicht.«

Sie hatte ein Einsehen. Eines Abends, nach der Messe, winkte sie mich zu sich heran und erteilte mir den Auftrag, mich zunächst mal ganz unverbindlich nach einer neuen Kirchenmusikerin umzuschauen.

Ohne auch nur einen Moment zu zögern, schon aus Angst, sie könnte es sich anders überlegen, streckte ich alle meine Fühler aus, um so schnell wie möglich fündig zu werden. Ohne Erfolg zunächst.

Aber eines späten Nachmittags, ich saß in meinem kleinen Gärtnerei-Büro am Schreibtisch, klopfte es an die Tür – und eine junge Frau Mitte dreißig trat ein, energisch, sehr hübsch, lange dunkle Locken, enge Jeans, darüber eine braune Kunstlederjacke, der hochgestellte Kragen aus weißem Kunstpelz. In einem umgebundenen Tragetuch hockte ein schlafendes Baby, winzig, in Rosa gekleidet, mit abstehenden dunklen Härchen.

Noch bevor ich aufstehen und ihr entgegengehen konnte, legte sie los, man habe sie von der Pforte aus hierhergeschickt, sie sei als Kirchenmusikerin ausgebildet und suche in dieser Gegend einen Job, und wir hätten doch einen zu vergeben. Oder zumindest hätten wir gern, laut Hörensagen, etwas mehr Musik in unseren knorrigen Klostermauern, sozusagen außerhalb der Liturgie. Von Liturgie verstünde sie freilich gar nichts, und die könne sie auch nicht abdecken, dieses finstere Geleiere mit drei Tönen von morgens bis abends und nachts. Aber schöne Orgelkonzerte, Chor, Orchester, eben alles, was auch die Leute aus der Umgebung anzöge, das sei ihr Ding. Sie sei übrigens siebenunddreißig Jahre alt, also reif genug, um verlässlich zu sein. Nach kurzem Atemholen weiter: »Vielleicht hätten Sie für mich eine kleine, typisch katholisch schlecht bezahlte Anstellung, wir kommen mit wenig aus. Und möglicherweise gibt es am Rande der Klostermauern ja sogar so was wie eine Herberge für uns.« Sie lachte. »Eine Herberge gab's ja schließlich auch für Josef und Maria damals in der Heiligen Nacht.«
»Sie sind aber nicht Maria!«
»Habe aber, wie sie, ein kleines Kind!«
»Sie hatte es noch nicht, war ja erst schwanger.«
»Na gut, dafür sind wir aber zu dritt.«
»Wer ist denn der Dritte, wohl Ihr Ehemann?«
»Mein Hund.«
»Ach so.«
Sie heiße Sophia Tell wie der Schillersche Wilhelm, sei unverheiratet und evangelisch. Doch da sich die evangelische Kirchenmusik durch Johann Sebastian Bach ohnehin wesentlich reicher präsentieren könne als die katholische, sei eine wie sie für uns oberbayerische Klosterschwestern ein großer Gewinn, wenn nicht ein Segen. In ihrer letzten Stelle jedenfalls habe

man das so gesehen, wie man in ihren Zeugnissen nachlesen könne. Und ja, das Baby heiße Nicola.
Was ich ihr normalerweise geantwortet hätte? »Wir vergeben keine Jobs, junge Frau, und schon gar nicht, wenn jemand hereingeschneit kommt wie ein Marktschreier, der seine Ware anpreist, die des Rivalen madig macht und sich dann noch in einem aberwitzigen Vergleich auf die Weihnachtsgeschichte beruft!« Normalerweise. Aber es war eben nichts normal. Nicht ihr impulsiver Auftritt, nicht das rosa Baby und der mir noch unbekannte Hund, nicht die Unmittelbarkeit ihrer Frage, auch nicht der ungewöhnliche Novembernachmittag, der in klarem Licht zu Ende ging, als wäre für diesen einzigen Tag der Oktober noch einmal zurückgekehrt.
Also ging ich, von unsichtbarer Hand gegängelt, auf sie zu, wir gaben uns die Hand, ich schaute in die hellen, graublauen Augen, die ich in Anbetracht der dunklen Haare nicht vermutet hatte. Und ich nahm etwas an ihr wahr, das sich mir im Bruchteil von Sekunden mitteilte und zugleich den ganzen Raum erfüllte: eine vibrierende Lebensenergie, ungestüm, maßlos, in ihrer Kraft nicht einzudämmen, schon gar nicht abzuschalten. Dass ein Mensch wie ein Vulkan sein könne, hatte ich oft gehört, es aber immer als Klischee abgetan. Hier bot sich der Vergleich ganz von selbst an, doch ohne mich besonders zu beunruhigen. Sie war jung, hatte diese wunderschönen hellen Augen und das Temperament einer Vollblutmusikerin. Drei Kennzeichen, die mich sofort auf ihre Seite zogen, ganz abgesehen von dem süßen Baby, das sie wie nebenbei und doch so fürsorglich mit sich herumschleppte.
Das Unbehagen tauchte lediglich in meiner Eigenschaft als Katholikin auf, als Klosterschwester. Ökumene selbstverständlich, ich hatte zeitlebens dafür gestritten. Aber eine Protestantin,

unverheiratet mit Kind, rotzfrech, als Musikerin in einem Kloster? Würde ich das bei unserer Äbtissin und meinen Mitschwestern überhaupt zur Sprache bringen können, ohne ihre Toleranz erheblich zu überfordern?

»Geben Sie Ihrem frommen Herzen einen Stoß und legen Sie bei Ihren Kolleginnen ein gutes Wort für mich ein«, hörte ich sie in die kurze Stille hinein sagen, »Sie werden es ganz bestimmt nicht bereuen! Ich bin eine erfahrene Organistin, und einen Schwesternchor, ein kleines Orchester zu gründen ist für mich Ehrensache.«

»Liebe junge Frau«, erklärte ich etwas gestelzt, »wir Benediktinerinnen haben eine groß angelegte, sehr komplizierte Liturgie, unser Stundengebet bestimmt den Tagesablauf, wir singen die Cantica, die Laudes, Prim, Terz, Sext und Non ...«

»Um Gottes willen, das klingt ja beängstigend, da fängt ja allein schon bei den lateinischen Wörtern mein Baby zu weinen an!«

»Wir sind ein geistliches Haus mit vielen Regeln. Aber mit den musikalisch-liturgischen Abläufen kommen wir schon selbst zurecht, wenn die Ihnen und Ihrem Baby einen solchen Schrecken einjagen.«

Warum machte ich dieses Zugeständnis? Weil ich im Grunde längst davon überzeugt war, dass sie gewonnen hatte, dass ich alles daransetzen würde, sie bei uns einzuschleusen. Nicht nur wegen der verlockenden Aussicht auf die so lange entbehrte Musik in unseren Klostermauern. Sophia selbst war es, die später einmal eine Erklärung dafür fand. »Wir sind seelenverwandt«, sagte sie, »wir haben das gespürt und sind aufeinander zugeflogen.«

30. Juni 2006

Ein guter Tag heute. Ich habe zu Mittag einigermaßen normal essen können, ohne dass mir übel wurde. Und danach konnte ich zum See hinunterlaufen und eine halbe Stunde auf unserem Schilfweg spazieren gehen, wieder mal eingehüllt vom vertrauten Froschgequake. Überall stehen die Kühe draußen auf den Wiesen, auch zwei neue Kälbchen. Ich habe mit ihnen geredet, ihre weichen Mäuler gestreichelt und sie in Gedanken von Sophia gegrüßt. Die wäre mit mir einverstanden gewesen. Jetzt bin ich zwar erschöpft, aber nicht so hoffnungslos, dass ich nicht noch in die Gabriele hämmern könnte.

Einen Tag nach meiner ersten Begegnung mit Sophia und ihrem Baby hörte ich abends plötzlich Orgelspiel aus unserer Kirche, eine der Englischen Suiten von Bach, ungewöhnlich schnell gespielt. Ich kannte sie ganz genau. Von wegen, Katholiken hätten keine Ahnung von Bach! Ich kannte jeden Ton, sie war nämlich eine meiner Lieblings-Suiten. Ich ahnte natürlich, dass nur Sophia Tell die Spielerin sein konnte. Unsere Empore und die Orgel waren tagsüber nie verschlossen, die Kirche auch nicht. Na gut, ich stieg sofort hoch – und wurde oben von einem riesigen schwarzen Neufundländer wütend angeknurrt, einem bildschönen Hund, der aber eigentlich in der Kirche nichts zu suchen hatte. »Aus, Satan!«, hörte ich Sophia befehlen, und zugleich wurde Johann Sebastian Bach mit einem kräftigen Schlussakkord zu einer Art Vollbremsung gezwungen. Satan stellte sein Knurren ein, und Sophia, sogar an der Orgel mit dem Baby im Tragetuch, kletterte von der Orgelbank herunter. »Das ist natürlich unerlaubt, hier einfach so einzubrechen.« Sie lachte mit einem Anflug von Zerknirschung. »Aber die Kirche war leer, und in der Hoffnung, dass Sie noch einen kleinen Abendspaziergang machen würden, wollte ich Sie unbedingt von meinen Qualitäten überzeugen.«

»Richtig. Man fragt um Erlaubnis, wenn man eine fremde Orgel spielen will, und nimmt einen Hund nicht mit in die Kirche.«

»Ein Geschöpf Gottes, wie mein Kind.«

»Ja – vielleicht.«

»Nicht vielleicht, Schwester, sondern ganz sicher! Ihr Katholiken wisst das bloß nicht, obwohl es bei euch doch einen Franz von Assisi gab! Später einen Reinhold Schneider, der gesagt hat, ›der Blick des geängstigten Tieres mahnt uns, Mensch zu werden‹. Und vielleicht mal was von einem Mann namens Albert Schweitzer gehört? Ehrfurcht vor dem Leben? Aber natürlich war der ja Protestant!«

»Na gut. Aber in die Kirche gehört der Hund trotzdem nicht!«

»Warum eigentlich nicht?«

»Weil die Kirche ein Gotteshaus für Menschen ist. Bei uns Katholiken übrigens *immer* geöffnet – im Gegensatz zu euch Protestanten, die sich an den schmucklosen Türen ihrer schmucklosen Kirchen ihre protestantischen Nasen platt drücken, um vielleicht durch ein Guckloch ins Innere spähen zu dürfen, wo es freilich nichts zu sehen gibt.« Irgendwie musste ich mich gegenüber dieser provozierenden Person doch behaupten!

Sophia lachte. »Eins zu null. Aber wer sagt denn, dass Gotteshäuser nur für Menschen offen stehen? Der Franziskus …«

»… der hat sich nicht in Kirchen, sondern im Wald mit den Tieren getroffen.«

»Wissen wir's? Immerhin werden in manchen Kirchen Tiere sogar gesegnet. Aber wahrscheinlich auch nur bei uns Protestanten!«

»Nein, auch in manchen oberbayerischen Gemeinden, da werden Pferde gesegnet.«

»Sind Hunde schlechter? Sind sie nicht! Oder ist es sein Name, der in diesen heiligen Hallen Ihr frommes Herz stört?«
»Na ja – der Satan sollte eine Kirche meiden …«
»… wie das Weihwasser, okay, aber in Gestalt meines wunderschönen, lieben, treuen Hundes ist das was anderes, Schwester. Er kommt übrigens aus dem Tierheim, wurde dort schon mit dem Namen Satan eingeliefert und gehörte in seinem früheren Leben bestimmt zu den Brüdern von der Landstraße, also zu den sozial Schwachen.«
Verblüfft schaute ich sie an und musste nun auch lachen. Ich fand den Hund sowieso traumhaft schön. Hatte ich doch als Kind auf dem Bauernhof meiner Eltern einen ganz ähnlichen besessen, Kalli, den wir 1945 auf der Flucht aus Schlesien hatten zurücklassen müssen. Ich habe damals geschrien und zusammen mit meiner Mutter alles versucht, ihn noch irgendwie auf dem überfüllten Wägelchen unterzubringen, bis wir ihn schließlich festbanden. Der Hund selbst war es, der sich in seiner Panik aus dem Halsband befreite und in wilden Sätzen zurückrannte. Wir haben fassungslos hinter ihm hergestarrt. Aber der Flüchtlingszug der Menschen mit ihren Wagen ging weiter. Eine Situation, die ich nie vergessen konnte.
»Gut, Satan darf bleiben – in Gottes Namen!«
Über diese Kombination lachten wir beide, und ich machte sie nur noch darauf aufmerksam, dass sie ihre lockeren Sprüche in Zukunft doch bitte auf mich, Schwester Luzia, beschränken solle, wenn ihr an einer Anstellung im Kloster gelegen sei. Sie nickte eifrig. »Klar doch. Kein Thema.«
Wir gingen dann noch am See spazieren, zum ersten Mal gemeinsam über unseren Schilfweg. Das Baby schlief, sein Köpfchen an ihre Brust gelehnt, Satan jagte den Weg entlang, hin und zurück, hätte wohl gern mit uns Fangen gespielt.

Sie erzählte mir, warum sie ihre bisherige Stelle in Niederbayern aufgegeben hatte.
»Eine Trennungsgeschichte, erstens, und zweitens musste ich dort auf einer winzigen Heimorgel spielen, und das in einer sehr schwach besuchten evangelischen Kirche ohne Leben.« Ich wollte mir in Erinnerung an unseren am Vortag geführten Disput eine Bemerkung nun auch nicht verkneifen. »Schwach besucht, das dürfte insgesamt das Markenzeichen eurer evangelischen Kirche sein.« Sie hat sich, wie erwartet, sofort gewehrt.
»Stimmt ganz und gar nicht. Nur in diesem speziellen Fall steht das evangelische Kirchlein inmitten überwiegend katholischer Gemeinden.«
»Und dann verlässt die Organistin ganz ohne Gewissensbisse das sinkende Schiff und wechselt über ins spendablere feindliche Lager?«
Ruckartig blieb sie stehen. »Also an diesem Satz stimmt wirklich nichts, außer, dass die katholische Kirche tatsächlich wesentlich reicher ist – weil ihre Seelen ja nur in den Himmel springen dürfen, wenn vorher das Geld im Beutel klingelt. Hat einst Herr Tetzel gesagt, weil er Knete für den Petersdom brauchte!«
»Der hat viel gesagt – und die Überlieferung muss noch nicht mal stimmen.«
»Aber als feindliches Lager empfinden wir sie nicht, die Katholiken, und dass ich keine Gewissensbisse hätte, stimmt auch nicht. Und die Trennung von einem Freund, der leider fremdgegangen ist, der Idiot, und der noch dazu Nicolas Vater ist, das kann einen ganz schön fertigmachen!«
Sie war plötzlich den Tränen nahe, was mir leidtat. Deshalb reichte ich ihr die Hand. »Hab ich nicht so gemeint. Sie spielen so großartig Orgel, dass ich bestimmt alles tun werde, Sie bei

uns unterzubringen. Ganz leicht wird es nicht sein. Sie wären für uns ein Luxus, erstens, und zweitens ist die Konfession ...« Anstelle einer Antwort umarmte sie mich, über ihr Baby hinweg, und wollte mich gar nicht mehr loslassen. Nur die Wellen, die leise ans Ufer schwappten, waren zu hören, das Hecheln des Hundes und das Rascheln eines Vogels im Schilf.

1. Juli 2006

Ich setzte ihre Arbeit als zusätzliche Kirchenmusikerin bei uns durch, allen Bedenken zum Trotz. Und natürlich auch der Frage zum Trotz, ob es in den Hochschulen für Kirchenmusik nicht auch *katholische* Absolventen gebe, vielleicht sogar verheiratet und ohne uneheliches Kind? Es gab sie wahrscheinlich. Aber unsere evangelische Organistin, die offenbar mit Johann Sebastian Bach eine Art musikalische Ehe eingegangen war, die ihn liebte und glühend verehrte und einen beträchtlichen Teil seiner Werke auswendig spielen konnte, die einen Schwesternchor und ein Orchester gründen wollte, Bach-Motetten einstudieren, vielleicht sogar Oratorien, versprach – so sah das auch unsere Äbtissin, die sich lange mit Sophia unterhielt – für unser Klosterleben eine Bereicherung von unschätzbarem Wert zu werden. Und für mich eine zunächst nur geahnte, bis dahin nicht gekannte Lebensfreude.

Im hinteren Ende unserer großen Gärtnerei, ungefähr dreihundert Meter entfernt vom Kloster, konnten wir ihr sogar das frühere Häuschen unseres Hausmeisters Karl Wellner anbieten. Er wohnte jetzt in einem Seitenflügel des Hauptgebäudes, um bei schwereren technischen Defekten des alten Gemäuers schneller erreichbar zu sein. Das kleine Haus war wie geschneidert für Mutter und Kind. Zwei Zimmer und ein Kämmerchen, Küche und Bad und vor der Haustür das Wichtigste, eine Wiese für Satan. Daran anschließend unser Gerstenfeld. Hinter der durch eine endlose Reihe von Apfelbäumen markierten Grenze der Gärtnerei Felder und Wiesen und am Horizont ein großer Wald. Der See lag westlich des Anwesens, von hier aus nicht zu sehen.

Der Hausmeister, ein freundlicher, hilfsbereiter Mann, holte mit einem unserer Lieferwagen Nicolas wenige Möbel aus Niederbayern, und noch bevor alles an seinem Platz stand, saß unsere Allround-Musikerin schon wieder, im Tragetuch das Baby, an der Orgel, neben ihr auf dem Boden Satan. Ich schlich mich zur letzten Kirchenbank hinter dem Pfeiler – sie sollte mich nicht sehen – und hörte zu. Schloss die Augen und hätte am liebsten für den Rest des dunklen Nachmittags nichts anderes mehr getan als nur zuzuhören, mitzusummen, mich zu ihr auf die Orgelbank zu setzen, mitzuspielen. Aber ich war nun mal eine Klosterschwester, Benediktinerin, und das bedeutete beten und arbeiten, ora et labora.

Auch musste ich mich pünktlich zur 18-Uhr-Vesper einfinden, konnte mich hier also gar nicht lange aufhalten.

5. Juli 2006

In den vergangenen Tagen habe ich mich ziemlich elend gefühlt, die ganze Magengegend tat weh. Viel Ruhe und die Spritzen von Dr. Breithuber haben mir aber geholfen, wieder über die Runden zu kommen. Auch wenn es mit mir langsam bergab geht, will ich keine großen Therapien mehr – trotz meiner Angst vor dem Tod!

Als gute Christin dürfte ich die eigentlich nicht haben, die Angst. Aber sie hat ihr Eigenleben und meldet sich vor allem des Nachts ungebeten zu Wort.

Am meisten fürchte ich mich davor, mich im Sterben zu verlieren, nichts mehr von mir zu wissen, mich nicht mehr zu kennen – sollte es überhaupt die Verwandlung zum ewigen Leben geben.

Als ich sehr klein war, stellte mich mein Vater manchmal auf den Heizkörper, mit dem Gesicht zur Wand, und gab mir den Befehl, mich nach hinten, ohne mich umzuschauen, in seine Arme fallen zu lassen. Er nannte das Vertrauensprobe; und die war schon schwer genug! Ein viel größeres Vertrauen erwartet die Kirche von uns. Denn wir hören weder die Stimme des Vaters noch können wir mit Sicherheit darauf bauen, dass Gott die Arme ausgebreitet hält. Und schon gar nicht wissen wir, wohin er uns führt, sollte er uns tatsächlich in Empfang genommen haben. Merkwürdig, gerade die Frömmsten – habe ich mich nicht immer dazugezählt? – werden plötzlich zu den größten Zweiflern, wenn der Abgang in Sicht ist, wenn sich alle ihre biblischen und religiösen Theorien der Praxis nähern, wenn es heißt, Farbe zu bekennen.

Aber ich will von Sophia erzählen.

Sie hat Wort gehalten und, wie sie mir einmal durch ihre offene Haustür zurief, »Leben in die Bude gebracht«. Die »Bude«, das war unser wunderschönes, altes Kloster am See mit fünfundsechzig Ordensfrauen, die, ruhig und freundlich geführt von unserer Äbtissin Maria Magdalena, im Haus und in der riesigen Gärtnerei arbeiteten. Mit einem Teil unserer Gewinne engagierten wir uns für eine große Missionsstation in Afrika.

Zunächst trommelte Sophia, indem sie ihre ganze Energie einsetzte, im Kloster und in der Gärtnerei alle Sangesfreudigen zusammen, vereinbarte abendliche Probezeiten, machte nebenher mit kleinen Gruppen Sprechübungen, Stimmübungen, und hatte schon nach wenigen Wochen einen recht passablen Chor beisammen, mit dem sie unsere Christmette, zum ersten Mal wieder, zu einem musikalischen Fest auch für die Umgebung inszenieren konnte. Ich war stolz auf sie, schließlich konnte ich mich als ihre Entdeckerin betrachten. Und Nicola, drei Monate alt, wurde zum gehätschelten Liebling des ganzen Konvents.

19. Juli 2006

Eine lange Pause. Meine gute alte Gabriele hatte gestreikt, musste in einem Fachgeschäft repariert werden.
Schön wär's, wenn es auch für Menschen Fachgeschäfte zum Reparieren gäbe! Ärzte? Haben zu wenig Ersatzteile auf Lager, oder, wenn es im Alter hart auf hart kommt, gar keine. Also schleppen wir unsere schadhaften Stellen und streikenden Organe mit. Dazu, als Ausgleich, unsere Erinnerungen.
Es ist Satans Wiese, Sophias Gerstenfeld, Nicolas Basteltisch, und es ist unsere Holzbank vor ihrem Häuschen, auf der ich heute so gerne sitze und mich den Erinnerungen überlasse. Sie bewahren mich vor den aufdringlichen Gedanken an das Sterben, wenn auch immer etwas fadenscheinig. Denn Gedanken, die um die Vergangenheit kreiseln, auch wenn sie Lebendigkeit und Nähe vortäuschen, bewegen sich in einem Schattenreich. In einer langsam abtauchenden, tonlosen, konturenlosen, räumlich und zeitlich verschwimmenden Welt. In ihrer Abgewandtheit und der Art, wie sie sich still dem konkreten Zugriff entziehen, lassen sie ein Gefühl der Melancholie und Hilflosig-

keit zurück. Sophia in meinem Schattenreich zu wissen hat etwas Absurdes. Sie war die Verkörperung des Lebens, das Leben selbst. Sie hat es hellwach wahrgenommen und ausgeschöpft mit der Selbstverständlichkeit ihrer Jugend, ihrer Verantwortung für Nicola, ihrer Musik, ihrer Tierliebe, ihrer Freude an interessanten Menschen und an Freundschaften. Und weil sie so war, hat sie auch Leben gerettet, aufmerksam, ehrfürchtig und selbstlos. Und sich an den Gegebenheiten gefreut, die dem Leben seinen Rahmen zuordnen. Zum Beispiel an Satans Wiese, an den duftenden Heuballen, in denen es summt, auch heute, wie in einem Bienenhaus. Oder an dem warmen Wind, der über das Gerstenfeld streicht. Wie hat sie auch immer geschwärmt von den Mohnblumen an seinem Rand, ihrem leuchtenden Rot. Nicht eine Einzige hat sie abgepflückt, auch nicht die blauen Kornblumen. Alles sollte leben, solange es nur möglich war, und nicht durch uns Menschen dem Leben entrissen werden. Vom Leiden und Sterben der Tiere zu wissen oder gar es mit ansehen zu müssen, war für sie unerträglich. »Solange es Tiertransporte gibt und diese entsetzlichen Schlachthöfe, in denen die Tiere um ihr Leben schreien, wird es in der Welt keinen Frieden geben«, erklärte sie immer wieder, »und im Jenseits werden uns diese Grausamkeiten schwer zu schaffen machen!«

»Sie opfern sich für uns«, antwortete ich hilflos, als wir uns zum ersten Mal über dieses Thema unterhielten.

»Hat jemand sie gefragt, ob sie sich opfern wollen? Glauben Sie, sie würden auf diese Frage mit Ja antworten? Opferfreudig ja sagen zu tagelangen Transporten, übereinandergeschichtet, mit Zwischenstopps auf Umschlagplätzen, ohne Wasser, ihrer Angst ausgeliefert? Und das alles, um in Schlachthöfen zu landen und dort wieder tagelang herumzustehen, bis sie ›dran‹

sind und in die laut dröhnenden, blutbespritzten, nach Blut riechenden Hallen gestoßen werden? Oder glauben Sie, die Schafe lassen sich gern und opferfreudig schächten oder in irgendwelchen Badewannen dilettantisch und ohne Betäubung aufschlitzen?«
Wenn sie darüber sprach, weinte sie und strich hastig und verzweifelt über das spröde schwarze Fell ihres Hundes.

14. August 2006

Zwei Wochen Krankenhaus, aber nicht mehr Chemotherapie, sondern Infusionen zum Aufmöbeln. Hat mir gutgetan.
Das schöne Wetter hält nun schon seit vierzehn Tagen an. Johanna bringt mich jeden Morgen nach dem Frühstück hier hinaus zur Holzbank, die sie mir mit Decken und Kissen bequem zurechtmacht. Auf dem alten, verwitterten Tisch steht meine Gabriele.
Ich kann es manchmal gar nicht glauben, dass man mich damals als Nicht-mehr-Ordensfrau in meiner Klostergärtnerei weiter wohnen und daran teilhaben ließ, nach all dem, was geschehen war. Freundlich und selbstverständlich, wie es uns die Äbtissin Tag für Tag vorlebte.
Die Musik im Kloster begann unter Sophias Händen aufzublühen wie ein Magnolienbaum im Frühling. Der Chor, in dem vom hohen Sopran bis zum Bass bald alle Stimmlagen vertreten waren, wurde immer größer, und auch das Orchester, für dessen Vervollständigung sie Flyer an Bäume und Gartenzäune geklebt hatte, wuchs zu einer so ansehnlichen Größe an, dass unsere Kirchenmusikerin sich vor Vergnügen die Hände rieb, auch wenn sie sich der musikalischen Unzulänglichkeiten eines

Laienorchesters und -chores immer bewusst war. Fast täglich wurde abends in kleinen Gruppen irgendwo geprobt, gesungen, gefiedelt, gezupft, geflötet oder trompetet. Von klösterlich-besinnlicher Stille konnte dann nicht mehr die Rede sein. Da es sich zunächst aber ausschließlich um geistliche Musik handelte, machte die Äbtissin, was unsere strengen klösterlichen Regeln betraf, Zugeständnisse. Man konnte auch sagen, sie drückte immer wieder beide Augen zu. Und wir bewahrten uns mit Fug und Recht unser gutes Gewissen.
Auch Sophias Baby ging es gut. Wenn es nicht in seinem Zimmer schlief, von Satan streng bewacht, lag es, vor sich hin brabbelnd, im Kinderwagen, der wie ein grau-weiß gestreiftes Wahrzeichen überall neben Sophia stand, in der Kirche, neben der Orgel, in Übungsräumen. Für das Tragetuch war das Kind mittlerweile zu schwer.
»Wenn es schreit, schreit es in b-Moll«, erklärte sie, »das ersetzt mir im Grunde die Stimmgabel.«
Eben ein Musikerkind.

18. August 2006

Ein Jahr nach Sophias Einzug – wir duzten uns längst – war unser Kloster für die ganze ländliche Umgebung zu einer Art musikalischem Zentrum geworden. Nicht nur für das Weihnachtsoratorium mussten wir alle verfügbaren Stühle des Hauses zusammentragen, um zusätzliche Sitzplätze in unserer großen Kirche zu schaffen. Alles, was Sophia von den Pfarrern und Priestern in den umliegenden Gemeinden ankündigen ließ, vom kleinen abendlichen Chorgesang oder einem Orchesterkonzert am Sonntagvormittag bis hin zu den großen Aufführrungen, wurde zu einem Ereignis, das sich niemand entgehen lassen wollte.

Den größten Zulauf – vor allem der Jugend – konnte Sophia freilich verzeichnen, als sie an einem Samstagvormittag zu einem »kleinen Orgeljazzkonzert« einlud. »Wenn Orgelpfeifen tanzen«, hatte sie auf ihre selbstgebastelten Plakate geschrieben – und vielleicht nur geahnt, wie viel Neugier, Vorfreude und Begeisterung sie mit dieser Ankündigung auslösen würde. Unsere Kirche war schon eine Stunde vor Beginn brechend voll, und für die vielen Jugendlichen, die nicht mehr hineinpassten, ließen wir das Portal weit geöffnet.

Sophia war in ihrem Element! Mit ihrem ganzen musikalischen Schwung des Improvisierens legte sie auf ihrer Orgel los, stürzte sich in chromatische Tonketten, übermäßige Intervalle, harte Synkopen, klirrende Dissonanzen. Bachmotive tauchten auf, die sie nach wenigen Takten in dissonante Dreiklänge übergehen ließ, in hämmernde, brausende, synkopisch verzerrte Sequenzen. Ihr Einfallsreichtum war grenzenlos, ließ sie eine Stunde lang nicht ein einziges Mal im Stich. Im Gegenteil. Sie steigerte sich, wurde kühner und schien in ihrer Lust am Spielen ihr Lampenfieber zu vergessen. Denn sie hatte mir vorher etwas ängstlich zugeflüstert, es fehle ihr mindestens das Schlagzeug für ein solches Konzert. Und es sei ein Jammer, dass ich mich nicht beteiligen könne. (Dabei hätte es mir einen Riesenspaß gemacht, es haute mich schon beim Zuhören fast aus der Kirchenbank! Aber erstens besaß ich kein eigenes Schlagzeug, und zweitens hatte ich als Ordensfrau die größten Bedenken, zu Recht.)

Stürmischer, nicht enden wollender Applaus belohnte die Künstlerin, und von allen Seiten wurde der Wunsch nach weiteren solchen Konzerten in unserem Kirchenraum laut.

Unsere Äbtissin freilich betrachtete *diese* Entwicklung mit einem lachenden und einem weinenden Auge. »Es war interessant«, sagte sie mutig nach dem Spektakel, »aber der Rummel, liebe Sophia! Wir sind doch ein Kloster und kein Jugendtreff, auch keine Philharmonie ...«

»Davon sind wir leider weit entfernt, aber der liebe Gott sieht es bestimmt nicht ungern, wenn die Jugend sich in der Kirche mal so richtig freut. Und schließlich sagt man ja, dass auch die Engel im Himmel freudig singen und musizieren.«

»Na ja, aber bestimmt nicht auf Jazz-Rhythmen!«

»Weiß man's? Weiß man, wie es sich da oben manchmal drängelt, wenn alle Geiger und Pianisten und Sänger, aber auch Jazz-Trompeter oder Saxofon-Bläser, Trommler und Schlagzeuger zum Konzert bitten?«

Die Mutter Oberin musste lachen. »Mag ja sein, aber wir sind nun mal nicht im Himmel und wissen nicht, wie der liebe Gott da oben so was handhaben würde ...«

»Der würde zuhören.«

»Ich hoffe das ja auch, Sophia. Jedenfalls steht fest, dass Sie Ihre Sache sehr gut machen und für unser Kloster ein großer Gewinn sind, Sie, Nicola und Ihre Musik – trotz Jazz!«

Unsere Äbtissin. Wie klug sie in der Abwägung war, humorvoll, ungewöhnlich tolerant, immer um Ausgleich bemüht. Sehr eifrige Kirchgänger aus der Umgebung, die hin und wieder mit uns ins Gespräch kamen, fanden sie »beliebig« und viel zu wenig streng, manche sprachen ihr sogar jegliche Autorität und mitunter sogar ihre Berechtigung ab, eine leitende Ordensfrau zu sein. Uns berührte so eine Kritik nicht. Wir Schwestern liebten und verehrten sie, vor allem ihre Einfühlsamkeit, mit der sie jeder Einzelnen von uns nahestand, sich aufmerksam auch die kontroversesten Ansichten über unser Ordensleben anhörte, ohne unser Gewissen unter Druck zu setzen, aber auch ohne ihre Position der frommen Frau aufzugeben. Und schließlich: *Sie* war es, die die Protestantin Sophia Tell mit Kind und Hund in Lohn und Brot gebracht hatte!

19. August 2006

Das Gerstenfeld ist schon lange abgemäht. Überall, auch auf unserer Wiese, liegen weit verstreut die großen runden Stroh- und Heuballen. Das intensive Blau des Himmels lässt die Bäume, die Berge, die Luft dunkler erscheinen. Der Sommer bereitet sich auf seinen Abschied vor.

So wie ich. Nur dass ich es nicht mit der gleichen Gelassenheit tue, denn ich werde nicht vom Kreislauf der Jahreszeiten aufgefangen, von ihrer verlässlichen Wiederkehr. Für mich bedeutet der Abschied, ich muss es noch einmal sagen, das endgültige Aufgeben all dessen, was schön war, was ich geliebt habe. Nicola mit ihrer Geige, meine Musik, meine Landschaft, den See, mein Kloster, Johanna, meine vertrauten Schwestern, die Erinnerung an die Äbtissin, an Lars, an mein Leben mit Sophia und Satan und vieles mehr.

Gut, dass ich noch darüber schreiben kann, dass ich durch die Beschäftigung mit dem, was war, die Zeit scheinbar ausdehnen und mir damit eine Verlängerung, wenn auch rückwärtsgerichtet, vortäuschen kann. So wie ein Raum, an dessen Wand man einen großen Spiegel anbringt, doppelt so groß erscheint. Man sieht eine Weite, die es gar nicht gibt.

Hoffentlich halte ich bis zum letzten Satz durch!

In den vergangenen Tagen war mir oft sehr schlecht. Nicola hat es am Telefon gemerkt, dass etwas mit mir nicht stimmt. Und ich musste es ihr nun doch genau erzählen. Zuerst sagte sie gar nichts dazu. Und dann fing sie so zu weinen an, dass sie den Hörer auflegte. Spätabends meldete sie sich noch einmal. »Sei mir wegen vorhin nicht böse, Luzia, aber diese Nachricht haut mich wirklich um. Obwohl du neulich bei meinem Besuch schon etwas elend aussahst. Ich hielt das aber für eine augenblickliche Übermüdung. Schließlich bist du meine Vizemutter! Kann man denn gar nichts gegen diese grässliche Krankheit tun?«

Ich versuchte, sie zu beruhigen. »Mit Dr. Breithubers Spritzen geht es mir immer wieder ganz gut. Und du weißt doch: Unkraut vergeht nicht.«

»Schon gar nicht in eurer Gärtnerei! Ach Luzia, du bist tapfer, das warst du immer. Ich wäre es auch gern.«

20. August 2006

Und nun zu unserem Schwan.

Sophia tauchte eines Nachmittags mit ihm in meinem Büro auf. Sie trug den riesigen Kerl auf dem Arm, schleppte schwer, im ersten Moment hielt ich ihn für tot. Sein langer Hals hing schlaff herunter, die Augen waren geschlossen. »Er lebt noch«, erklärte sie aufgeregt, »aber ich muss sofort mit ihm zum Tierarzt.«

»Es ist Samstag!«

»Macht nichts. Der Tierarzt singt schließlich in meinem Chor, der wird mich drannehmen, wenn er da ist. Aber könntest du dich bitte solange um Nicola kümmern, wenn ich sie zu dir hierherbringe?«

»Ich müsste eigentlich zur Vesper – aber die Oberin ist ja großherzig.«

Der Schwan, der ganz nah im Schilf unseres Sees wohnte, war unser aller Liebling. Es rührte uns, wie er seiner schon seit Jahren verstorbenen Schwänin die Treue hielt. Zumal es auch keinem Tierschützer gelungen war, ihn mit einer neuen Schwanenfrau zu verbandeln. Wir nannten ihn Pyramus, in Anlehnung an das berühmte Liebespaar Pyramus und Thisbe aus Ovids »Metamorphosen«.
Nach zwei Stunden erst kam Sophia zurück – mit Pyramus. Der Arzt, der eine eindeutige Diagnose nicht hatte stellen können, hatte ihn mit Infusionen und Spritzen zu kräftigen versucht. Alles weitere müsse man abwarten. Seinen Hals hatte das Tier jetzt auf Sophias ausgestreckten Arm gelegt und den Kopf so gedreht, dass er sie mit einem offenen Auge anschauen konnte. Wir brachten ihn wieder in sein Schilfhaus – und ich schickte ein Stoßgebet zum Himmel, Pyramus möge es doch bitte schaffen!
Als ich zwei Tage später in mein Büro kam, lag ein Zettel vor der Kasse. »Pyramus lebt!!! Er zieht wieder seine großen Kreise und lässt dich mit zwei offenen Augen grüßen! S.«
Wir waren Freundinnen geworden. Fühlten uns zusammengehörig trotz unterschiedlichster Lebensweise, unterschiedlicher Konfession, trotz ganz unterschiedlicher Einschätzung dessen, was wir vom Leben zu erwarten hatten, was wir ihm schuldeten und was wir akzeptieren konnten. Unsere Brücke war die Musik, eine breite, stabile Brücke. Und natürlich bauten wir neue Brücken dazu – die es vielleicht schon gab, die wir nur noch nicht sehen konnten. Oder doch? Hatte die Liebe und Anhänglichkeit des Hundes und jetzt die Rettung des Schwans bei mir etwas wachgerufen, was schon als Kind in mir geschlummert hatte und im Laufe der Jahre einfach nur verschüttet worden war: meine Liebe zu den Tieren? Diese Brücke zwischen uns

wurde freilich schwer begehbar, weil Sophia das Elend gequälter Tiere zu rigoros verknüpfte mit der Gleichgültigkeit der Menschen, insbesondere in den katholischen Ländern. »Ein Jammer, dass du katholisch bist«, warf sie mir vor, »und dass ihr Katholiken die Tiere wie gefühllose Sachen behandelt, einfach nur als Fleischlieferanten.«

»Ich nicht, Sophia, mir macht dieser Gedanke schon immer zu schaffen!«

»Aber du gehörst dazu. Je südlicher das Land, desto katholischer, desto tierquälender. Mutige Menschen, die in diese Länder gehen, um beispielsweise Esel mit gebrochenen Beinen, die über die Klippen geworfen worden waren, zu retten, oder um Hunde aus den grauenhaften Tötungsstationen zu befreien, halten es kaum aus, was sie dort sehen müssen. Und euer Papst, obwohl er immer wieder darauf aufmerksam gemacht wird, verliert kein einziges Wort darüber!«

Da sie während solcher Gespräche immer todunglücklich aussah, nahm ich sie in die Arme und versuchte, sie zu beschwichtigen. Gute Gegenargumente fielen mir nicht ein. Es gab keine. Oder wenn, dann kannte ich sie nicht.

21. August 2006

Ich half ihr aber, wo ich konnte.

Vier Kilometer von uns entfernt liegt ebenfalls ein Benediktinerkloster, dessen Mönche überwiegend Landwirtschaft betreiben. Zwei freie Mitarbeiter von dort, nicht Mönche, sangen in Sophias Chor mit. Dass es auf ihrem Gehöft unschöne Tierhaltung gab, Kälbchen, die unmittelbar nach der Geburt ihren Müttern weggenommen und viel zu kurz angebunden wurden,

Kühe, die ihr ganzes trostloses Leben hindurch niemals eine grüne Wiese zu sehen bekamen, Schweine, die sich in engen Käfigen zwecks Fettanreicherung nicht rühren konnten, das alles regte Sophia so auf, dass sie eines Tages, nach endlosen Debatten, die an diesen Schikanen beteiligten Chor-Männer vor die Wahl stellte, die Lebensbedingungen aller ihrer Tiere ganz wesentlich zu verbessern – es wenigstens zu versuchen – oder in Zukunft ihrem Chor fernzubleiben. Kurz zuvor hatte sie deren landwirtschaftlichem Chefpater die vierundvierzig Ausschusshühner (»schwächliche Rupf- und Suppenhühner«) abgekauft, die mit Schnüren an den dünnen Beinen in einem Sonderstall dahinvegetierten und darauf warteten, von irgendwelchen Firmen gekauft und für Bettdecken oder Kopfkissen oder Anoraks bei lebendigem Leibe gerupft zu werden. Gänse und Enten durften diese grausam schmerzhafte Erfahrung mit ihnen teilen, bevor sie zum Verzehr in Tiefkühltruhen landeten.
Also setzte ich im Konvent, insbesondere aber bei der Äbtissin, durch, dass unser Hausmeister am Rande der Gärtnerei ein Hühnerhaus mit einem weitläufigen Gatter baute. Was hätte ich auch anderes tun sollen? Die Hühner würden kommen und mussten untergebracht werden.
Scheu und langsam und als könnten sie es noch nicht glauben, trippelten sie eine Woche später in ihrem neuen Gehege herum, pickten im Gras, verwundert, weil sie so was Gutes noch nie gesehen oder gar geschmeckt hatten, und scharrten sich schließlich tiefe Erdlöcher zurecht, um sich darin wohlig auszuruhen. Und die sieben Hähne unter ihnen krähten selig, weil sie sich, ohne Schnur am Bein, vor so vielen Weibern endlich mal so richtig aufplustern konnten. Diese scharrenden, gackernden, sich langsam erholenden Tiere, durch den Zaun hindurch von Satan kritisch beäugt, wurden neben Nicola in kür-

zester Zeit zum Mittelpunkt der Klostergärtnerei. Und, niemand hätte es geglaubt, die »Ausschussware« legte nach wenigen Wochen Eier! Wunderschöne braune Eier. Unsere Köchin jubelte und spendierte sie uns allen zum Sonntagsfrühstück.
Dieser Erfolg söhnte Sophia freilich nicht mit den Gepflogenheiten der südlichen Länder aus, aber doch ganz sicher mit unserem Kloster. Und später auch mit unseren benachbarten Benediktinern. Allen voran mit Pater Bernhard, der eigentlich schon immer auf ihrer Seite gestanden hatte, wenn auch auf verlorenem Posten. Unter seinem und unserem Einfluss, aber auch, weil sie ihren Hof ohnehin zu einem Bio-Hof umgestalten wollten, ging es den Zwei- und Vierbeinern bald besser, und alle Muttertiere, ob Kühe, Schafe oder Schweine, durften endlich ihre Jungen wenigstens in den ersten Wochen bei sich behalten. »Danke, Pater Bernhard«, sagte Sophia, »und wenn Sie mal in unsere Kirche kommen, gebe ich Ihnen ein brausendes Orgelkonzert, Ihnen und Ihrem heiligen Franziskus!«

24. August 2006

Ein Augusttag, wie Sophia ihn geliebt hätte. Die Wiesen und Felder abgemäht, darüber der klare, metallblaue Himmel. Das Land in großer, erschöpfter Ruhe nach einem warmen Sommer.
Wieder gehen meine Gedanken in die Vergangenheit – wohin auch sonst? Ein anderer begehbarer Weg zeichnet sich nicht mehr ab.
Ich sehe Sophia beim Fangen- und Versteckspiel mit Nicola zu, rund um die Heuballen, eine Hetzjagd, an der sich auch Satan beteiligt. Alle toben, purzeln übereinander, schreien und la-

chen. Ich habe wenig Zeit, muss gleich wieder an die Kasse. Tschüss, rufe ich ihnen zu, bis vielleicht heute Abend nach der Probe. Ein bisschen reden und ein Gläschen Wein? Oder Pyramus im Schilfweg besuchen? Jedenfalls freue ich mich darauf! Heute wohne *ich* in ihrer Wohnung, alles ist wie damals, nur dass ich jetzt allein bin. Allein mit meinen Fragen an mich selbst, die mir nur mein Gewissen beantwortet, und immer wieder anders beantwortet. Wo genau fing es damals an, dass ich mich ganz langsam von den klösterlichen Regeln entfernt habe? Schon bei diesen heimlichen Besuchen, bei unseren nächtlichen Gesprächen, bei mancher versäumten Messe? Eine rhetorische, eigentlich scheinheilige Frage. Zwar hielt ich das oberste Gebot der Benediktinerinnen »ora et labora« noch in seinem wörtlichen Sinn einigermaßen ein, erlaubte mir aber in der zunehmend vertraulichen Freundschaft zwischen Sophia und mir Schritt für Schritt immer neue gedankliche Richtungen und tauchte damit in eine wunderbar freie, interessante, lebensfrohe, begehrliche Parallelwelt ein. In der ersten Zeit konnte ich die beiden Welten noch einigermaßen voneinander trennen, konzentriert arbeiten, konzentriert beten und die langen Nächte im Gespräch mit Sophia als Belohnung empfinden. Nur dass sie heimlich stattfinden mussten, weil der nächtliche Schlaf zwischen den Gebeten eben auch zu unseren Regeln gehörte, das allein bedeutete schon eine Abweichung.

25. August 2006

Die Jugendgeschichte deiner Mutter kennst du, Nicola. Ich erwähne sie trotzdem, der Vollständigkeit halber. Vielleicht auch nur für mich selbst.

Sophia, 1946 geboren, war in West-Berlin aufgewachsen. Ihr Vater war Musiklehrer an einem Gymnasium, ihre Mutter Hausfrau. Beide liebten ihre einzige Tochter über alles und gaben sich viel Mühe, trotz schwieriger Zeiten, sie eine glückliche Kindheit erleben zu lassen. Größtes Glück: ein Hund. Sie war sechs Jahre alt und gerade in die Schule gekommen, da durfte sie sich, zusammen mit ihrem Vater, einen Hund aus dem riesigen Berliner Tierheim holen. Sie suchte sich das mittelgroße siebenjährige »Karlchen« aus, eine Mixtur aus Schnauzer und Dackel, mit langem Körper, kurzen Beinen und schwarzbraunem Fell. Er war hochgesprungen und hatte ihr seine Pfote durch das Gitter hindurch weit entgegengestreckt – und um sie war es geschehen. Hätte der Vater den Aufenthalt im Tierheim nicht schleunigst beendet, dann hätte sie gleich fünf Karlchen mitgenommen. Aber auch mit dem einen an der Leine zog sie selig nach Hause.

Es wurde eine große Liebe für acht gemeinsame Jahre. Karlchen war Freund und Kumpel, Witzemacher und Wächter. Abends, nach einem erfüllten Hundetag, machte er es sich auf ihrem Bett gemütlich, rollte sich am Fußende zusammen und träumte dem neuen Tag entgegen.

Leider wurde auch *er* älter und schließlich alt und krank. Mit fünfzehn Jahren war Karlchen am Ende. Das Leben machte ihm keinen Spaß mehr, sosehr er sich bemühte. Er konnte nicht mehr laufen, zum Schluss sich nicht einmal mehr erheben. Den letzten, tränenreichen Gang zum Tierarzt, alle drei

waren dabei, hat Sophia nie vergessen. Ein Foto von dem kleinen Kerl stand immer auf ihrem Nachttisch.
Um sie in ihrem großen Kummer zu trösten, stellte ihr der Vater anstelle der bisherigen Klavierstunden Orgelstunden bei einem befreundeten Kirchenmusiker in Aussicht. Das war's! Aufgeregt erwartete sie die erste Stunde, ängstlich besorgt, ihre Beine könnten noch nicht lang genug für das gleichzeitige Spiel mit den Fußpedalen sein. Aber der Lehrer beruhigte sie. »Da gibt es sogar unter den Erwachsenen viel kleinere, die Orgel spielen, auch mit den Füßen.«
Von nun an saß der Vater mehrmals in der Woche unten in ihrer kleinen Gemeindekirche, wenn die Vierzehnjährige übte, um sie zu bewachen und danach wieder mit nach Hause zu nehmen.

26. August 2006

Sophia war sechzehn Jahre alt und noch Schülerin, als ihre Mutter, der Mittelpunkt der Familie, an Krebs erkrankte und schon wenige Wochen nach dieser Diagnose im Krankenhaus starb. Für Sophia und ihren Vater ein furchtbarer Schock. Nach einer Zeit der Erstarrung und des Nichtstuns rückten Vater und Tochter eng zusammen und richteten sich allmählich in einem häuslichen, zurückgezogenen, ganz aufeinander eingespielten Leben ein.
Sophia blieb später auch während ihres Studiums gerne in der väterlichen Wohnung.
Sie steckte gerade in ihrem Kirchenmusik-Examen, da passierte das nächste Unglück. Ihr Vater, der sich die Gallenblase hatte operieren lassen und bald schon wieder aus dem Krankenhaus

entlassen werden sollte, starb plötzlich an einer Embolie, vom Stationsarzt in der Nacht zu spät erkannt. Fassungslos saß Sophia, die sofort benachrichtigt worden war, wenig später am Bett des Vaters, streichelte seine Hand und konnte in ihrer Trostlosigkeit nicht einmal mehr weinen.

Trotz größter seelischer Anspannung machte sie ihr Examen, geriet aber unmittelbar danach mit Schwung aus der Bahn. Sie gab die Wohnung auf, zog in eine Studenten-WG und verdiente sich etwas Geld durch Gelegenheitsarbeiten. »Und jetzt ging's richtig los«, erzählte sie mir, »das ganze Achtundsechziger-Programm, wechselnde Beziehungen, ein Schwangerschaftsabbruch, Demonstrationen ohne Ende, endloses Politikgeschwafel, durchtanzte Nächte in Discos oder in besetzten Häusern, Trinkorgien und dieses blöde ›Blubbern‹ aus Wasserpfeifen, Kiffen mit Hasch natürlich und anderer Mist. Weiß der Teufel, ich ließ nichts aus! Und an das Grab meiner Eltern ging ich auch nicht mehr, wahrscheinlich aus schlechtem Gewissen, oder weil ich ihren Tod noch immer nicht ertragen konnte. Oder beides.

Irgendwann konnte ich das ganze Geschwätz, die endlosen Sit-ins und Diskussionen nicht mehr ertragen. Ich hab mich auch körperlich unbeschreiblich schlecht gefühlt. Mir selbst zuliebe, aber auch für meine Eltern, musste ich mein Leben wieder in den Griff kriegen. Das war die Entscheidung nach einer durchkotzten, schlaflosen Nacht, in der mir klargeworden war, dass ich keine andere Wahl mehr hatte, wenn ich nicht im Sumpf ersticken wollte.«

»Hast dich offenbar am eigenen Schopf rausgezogen.«

»Und weißt du wie, Luzia? In Erinnerung an Karlchen hab ich mir einen blinden, alten, zotteligen Hund aus dem Tierheim geholt, den ›Zottel‹. Und für den hatte ich jetzt zu sorgen, ihn spazieren zu führen, zu pflegen, zu streicheln, bei ihm zu sein. Wir wurden dicke Freunde!«

»Eine typische Sophia-Idee!«

»Genau. Außerdem, ich brauchte ja Geld, zum Beispiel auch für den Tierarzt. Ich hab mich dann endlich um eine Kirchenmusikstelle beworben, möglichst weit weg von Berlin. Na ja, du weißt ja, wie es weiterging. Der Zottel lebte nicht mehr lang, war halt schon sehr alt gewesen, aber bei mir war er bestimmt noch einmal glücklich. Und ich auch, wieder so richtig glücklich. Mit Johann Sebastian und meiner Orgel, später mit Johannes, mit dem Kind. Plötzlich dann sein Fremdgehen mit irgendeiner Chor-Tussi. Und unsere Trennung. Aber er ist nun mal Nicolas Vater, dadurch ist die Geschichte noch immer nicht so richtig abgeschlossen.«

»Natürlich – solange du Nicola großziehst ...«

»... wird er irgendwie dabei sein.«

»Liebst du ihn denn noch?«

»Sicher nicht. Ich bin nur wahnsinnig enttäuscht und auch gedemütigt. Wer wird schon gerne so mir nichts dir nichts ausgetauscht. Wahrscheinlich hatte ich durch die Schwangerschaft an Reiz verloren, so dick, wie ich war. Und dann die Verantwortung für ein Kind, das macht uns Frauen spröde und frigide, glaub ich.«

27. August 2006

Es war schon spät, als wir dieses Gespräch führten. Vom Wald her hörten wir unser Käuzchen rufen, im Schilf quakten noch ein paar Frösche, Pyramus schlief wahrscheinlich schon, den Kopf gemütlich im Gefieder verstaut.

Sophia hatte noch etwas auf dem Herzen, was sie schon lange

mit sich herumtrug, aber nie so direkt fragen wollte. »Sag mal, hattest du früher mal einen Freund, ich meine, warst du mal so richtig verliebt?«

Hätte ich mit der Antwort auch nur einen winzigen Augenblick gezögert, dann hätte sie mir wahrscheinlich nicht geglaubt. Ich schüttelte sofort den Kopf. »Nein, tatsächlich nein. Weil ich schon so früh vorhatte, ins Kloster zu gehen.«

Obwohl Sophia die Antwort wusste, fragte sie immer wieder, auch heute: »Warum eigentlich Kloster?«

»Du glaubst es mir ja nicht, Sophia, aber ich war einfach nur fromm, keine enttäuschte Liebe, kein Druck von meiner Mutter.«

»Die Frömmigkeit muss aber doch irgendeinen Auslöser gehabt haben bei so einer extremen Konsequenz.«

»Vielleicht die Flucht, das Vertriebenwerden, die vielen zurückgebliebenen Tiere, der verzweifelte Hund, mein gefallener Vater ...«

»Da hört man doch eher auf, fromm zu sein!«

»Oder man sucht umso mehr nach einer inneren Heimat, nach Geborgenheit.«

»Aber dann gleich Kloster?«

»Gleich? Ja, was sollte denn sonst noch alles passieren? Jedenfalls wurde die Mutter Gottes von da an für mich und meine Mutter eine sehr wichtige Person, eine, an die wir uns wenden konnten und es unbedingt auch wollten.«

»Soll ich dir was sagen? Um die beneiden wir Protestanten euch.«

Ich schaute sie überrascht an. »Ihr könnt sie doch auch verehren – wir Katholiken haben sie schließlich nicht gepachtet!«

»Das nicht. Aber ihr stellt sie so in den Mittelpunkt, schon in den Religionsstunden der Kinder, in euren Gebeten und Lie-

dern, dass man sie für *eure* Patronin und Helferin hält, für euren Besitz, nicht für unseren.«
»Sie gehört niemandem, auch uns nicht. Jeder darf zu ihr beten.«
»Ich kann es ja mal versuchen. Trotzdem schade, dass sie in unserer evangelischen Kirche so wenig beachtet wird.«
»Sie verkörpert das Weibliche, Mütterliche.«
»Und das fehlt uns, jedenfalls *mir* fehlt es. Die Frage ist nur, warum schließt Maria nicht auch die Ärmsten, Hilflosesten, die durchaus etwas von Kindern an sich haben, in ihre Mütterlichkeit mit ein? Warum müssen Hunde getreten, erschlagen und alte Esel über die Klippen geworfen werden?«
»Nicht nur das, Sophia. Es werden auch Kinder misshandelt! Und weißt du, warum? Weil es nun mal das Böse in der Welt gibt. Gegen das wir in unseren Klöstern anzubeten versuchen. Du kannst es jedenfalls nicht der Mutter Gottes anlasten. Hätte sie das Böse verhindern können, wäre ihr Sohn nicht am Kreuz gestorben!«
Wir liefen dann noch trotz nächtlicher Stunde zusammen zum See. Auch die Frösche waren jetzt zur Ruhe gekommen. Die Glocke von der anderen Seeseite schlug zwei Uhr. Zu den Laudes um fünf Uhr fünfzehn musste ich schon wieder aufstehen.

1. September 2006

Hinter mir liegen ungute Tage. Übelkeit, Schmerzen und ein unüberwindlicher Widerwillen gegen Essen. Bis ich Dr. Breithubers Spritzen bekam, Gott sei Dank. Heute geht es mir wieder besser, und es ist draußen noch warm genug, um auf Sophias Bank zu sitzen. Wenn ich vor mich hin träume, bewege ich mich oft zwischen Vergangenheit und Zukunft, meist mit der gleichen Vorstellung: Ich habe eine phantastische Runde im Kettenkarussell hinter mir, das langsam mit einer ausklingenden Melodie zum Stillstand kommt. Eigentlich soll ich aussteigen. Aber ich lasse es noch einmal anlaufen, rückwärts. Es bewegt sich geräuschlos, auch sitze ich jetzt allein darin, die Stimmen unten klingen gedämpfter, die Farben erscheinen verwaschener, tun den Augen gut. Und die Gedanken lassen alles Schuldhafte, alles Versäumte los, lassen es davonwehen, kleiner werden, verschwinden. Möge es doch bitte ein Hinweis sein auf Marias gütige Sicht der Dinge und damit auf einen freundlichen Empfang in der anderen Welt.

2. September 2006

Dass mir das Klosterleben Opfer abverlangen würde, daran hatte ich als junge Frau nie gezweifelt. Wie sehr ich aber auf Freundschaft und seelische Nähe angewiesen war, hatte ich, bevor ich Sophia kennenlernte, nicht ahnen können. Denn in den Überlegungen, die dem Eintritt ins Kloster vorausgehen, widmet man sich ja immer nur dem Verzicht auf die Liebe zwischen Mann und Frau, aber nicht dem Verzicht auf Freundschaft. Die im Ordensleben übrigens so wenig erwünscht ist wie jede andere Ablenkung. Heute weiß ich: Da Freundschaft nicht, wie die Liebe, von allen möglichen seelischen Empfindlichkeiten und Einschränkungen belastet wird, hat sie große Chancen, das Leben nachhaltig zu bereichern. Und interessant zu machen.

Es gab bald nichts mehr, was Sophia und ich uns nicht gegenseitig anvertraut hätten, obwohl ich acht Jahre älter war als sie.

Und wir beschränkten uns dabei nicht nur auf das, was uns augenblicklich bewegte, sondern ließen in langen Nachtgesprächen auch neue Ideen entstehen, neue Möglichkeiten, gewagte Vorstellungen von Lebensentwürfen. Ließen auch philosophische Argumente zu, die den Glauben in Frage stellten. Gedanken, die sich im Laufe meines Ordenslebens durchaus immer mal wieder in mir zu Wort gemeldet hatten, die ich aber in die tiefsten Keller meines Gewissens verbannt hatte, wo sie allmählich verstaubten wie ausrangierte Möbel. Die Beichte, die ich in unser altes Priesterohr hineinnuschelte, blieb nicht nur weit hinter dem zurück, was ich Sophia anvertraute, sondern erschöpfte sich, wie von jeher gewohnt, in Belanglosigkeiten und frommen Floskeln. Ich hatte eine Freundin, eine Vertraute, einen Anker. Die Beichte war für mich überflüssig geworden. Mehr noch aber empfand ich die Beichte als eine Gefahr, der ich mich nicht ausliefern wollte. Unser Priester konnte nicht einverstanden sein mit etwas, das vom klösterlichen Geist ablenkte. Er hätte es mir auszureden versucht und mir Auflagen gemacht. Und mir so mein neues Leben verdorben.
Damit hatte ich mich innerlich aus dem Ordensleben herausgelöst, das Schuldkonto eröffnet. Alles, was nun weiter geschah, geriet auf dieses Konto und blieb nach außen hin eine Art Bankgeheimnis, das ich noch immer, jedenfalls bildete ich mir das ein, einigermaßen vor meinen Mitschwestern hüten konnte. Vor unserer Äbtissin aber ganz bestimmt nicht. Sie war ein kluger, sensibler, aber auch verschwiegener Mensch. Von meinen Mitschwestern war nur Schwester Johanna von mir eingeweiht worden, die kleine, lebensfrohe Johanna mit den dunklen Augen und einer nur mühsam unterdrückten Neugier auf alles, was jenseits der Klostermauern geschah. Sie war so alt wie Sophia, also acht Jahre jünger als ich. Auszubrechen traute sie

sich nicht. »Bei euch Musikanten wird der liebe Gott beide Augen zudrücken, bei mir bestimmt nicht! Jedenfalls bete ich für dich mit, wenn du mal völlig aus den Latschen kippen solltest!« Mal ehrlich, kleine Johanna, du konntest dieses Aus-den-Latschen-Kippen doch gar nicht abwarten. Dann war endlich mal was los!

3. September 2006

Unsere Arbeit haben wir trotz alledem nicht vernachlässigt. »Labora« konnte ich noch voll erfüllen, »ora« stritt sich dauernd mit meinem schlechten Gewissen. Die Gärtnerei blühte, der Verkauf unserer Produkte ebenso, Sophias Musik wehte wie eine frische Brise, manchmal wie ein Sturm durch die alten Klostermauern. Wer nur irgend konnte, sang mit in ihrem Chor oder spielte im Orchester. Es wurde einzeln geübt, gemeinsam geprobt. Die einstudierten Lieder wurden in den Alltag mitgenommen wie Glücksbringer, auf die man nicht mehr verzichten will. Die schöne, temperamentvolle Organistin mit den langen Locken, den hellen Augen und der klingenden Stimme riss alle hinein in ihren Strom der Melodien, der Rhythmen, der harmonischen und disharmonischen Klänge.
Und hätte unsere Äbtissin nicht ein gütiges, aber doch entschiedenes Veto eingelegt, dann hätte ihre Hausmusikantin Jahr für Jahr um Ostern oder Weihnachten herum – am liebsten an Ostern *und* Weihnachten *und* zum Herbstbeginn – ein öffentliches Bach-Festival mit Jazz-Einlagen veranstaltet.
Nicola, mittlerweile auch dem Kinderwagen entwachsen, stand oder lag überall dort in ihrem Laufställchen, wo die Mutter gerade Orgel spielte oder etwas einstudierte. Daneben lag Satan

und schnarchte. Nervte ihn der fortgesetzt mit der Stimmgabel angeschlagene Kammerton A, der penetrant durch die Räume flog, dann erhob er sich und heulte so lange dagegen an, bis ihm sein Protest einen Verweis eintrug. Brummend ließ er sich wieder zu Boden fallen, schloss die Augen und schnarchte resigniert weiter. Verstehe einer die Menschen! Produzieren Lärm für nichts und wieder nichts, bilden sich auch noch was drauf ein und nehmen keine Rücksicht auf sensible Hundeohren.

4. September 2006

Die Spritzen von meinem Doktor halten noch immer vor, es geht mir ganz gut. Das sind die Stunden, in denen ich Hoffnung schöpfe und mir das berühmte Wunder vorstelle: Es wird geröntgt, und siehe da – alles ist gesund, die Ärzte stehen vor einem Rätsel.

Will ich es wirklich so? Oder ist, bei aller Sterbensangst, nicht irgendwo ein ganz kleines Fünkchen Vorfreude oder zumindest Neugier auf das, was danach kommt? Nein, solche Trostversuche flüstert mir nur die Angst ein, und ich bin vom Loslassen, vom hundertprozentigen, ehrlichen Loslassen, das nichts mit einer Kapitulation zu tun haben darf, noch immer weit entfernt. Oft frage ich mich, ob ich heute anders darüber dächte, wenn ich Ordensfrau geblieben wäre. Wenn ich mich innerlich nicht so arg strapaziert hätte damals. Wenn ich, wie ich es beim Eintritt ins Kloster versprochen hatte, mit dem Beten und Arbeiten ausgekommen wäre; nicht unbeeindruckt von Sophias Treiben, aber unangefochten, ihrem Sog nicht verfallen. Wir haben, liebe Nicola, als du jetzt hier warst, die ganze Nacht auch darüber gesprochen. Ob ich dich auch als Nonne hätte großziehen können, mit dem gleichen Verantwortungsgefühl, der gleichen Liebe, der gleichen Mütterlichkeit. Du meintest entschieden nein. Und bezogst dein Urteil dann ganz auf dich. »Ich wäre weltfremd geworden, hätte mich maßlos vor meinen Schulfreundinnen geniert, und du hättest mit dem ganzen Gebetsklüngel im Hintergrund nie meine richtige Mutter werden können. Ja, und vor allem, wir hätten uns nicht Familie nennen können! Von unseren tollen Reisen ganz zu schweigen.« Klar, in unserem kleinen Haus, als Mutter und Kind, konnten wir das. Wir haben uns dieses Recht einfach herausgenommen. Doch das ist jetzt vorgegriffen.

6. September 2006

In den warmen Sommernächten, zwischen den Gebeten, ruderten Sophia und ich zur anderen Seeseite. Johanna schaute verlässlich nach Nicola und Satan und genoss die Sensation meiner wagemutigen Abtrünnigkeit.
Wir hatten drüben auf der Terrasse einer alten Villa eine Jazz-Band entdeckt, die an den Wochenenden bis in die Morgenstunden hinein tobte. SummertimeJazz, Dixie und Swing, Evergreens von Duke Ellington, Count Basie und anderen Jazz-Legenden erfüllten die Luft und das Wasser und zogen Scharen von Zuhörern an. Die lagerten auf den Wiesen, am Ufer, auf den Wegen, in den Ruderbooten, gaben sich den heißen Rhythmen der dreizehn Jazz-Künstler hin und gerieten völlig aus dem Häuschen, wenn der Schlagzeuger Charly Antolini – sein berühmter Name hatte sich schnell herumgesprochen – mit scheppernden Wirbeln, aufregenden Verzögerungen, krachenden Einsätzen und mit einer atemberaubenden Virtuosität sein Feuerwerk los-

ließ. Den Song »It's wonderful« konnte man durchaus als passendes Motto für diese Stunden einsetzen. Es war wundervoll! Wer auch immer an der Reihe war, den Solopart übernahm und nun seinerseits loslegte, ob Gitarre oder Saxofon, Posaune, Trompete oder Tuba, Piano oder Bass, jeder brachte sein Instrument zum Singen, Summen, Zirpen, Hämmern, Klirren, Schleifen und Krachen. Spritzig oder melancholisch, frech oder zärtlich, brav oder sarkastisch, harmonisch oder dissonant, überraschend war es immer, langweilig nie. Die Musiker hatten einen Heidenspaß daran, sich gegenseitig zu inspirieren, anzufeuern, zu steigern, sich Motive zuzuwerfen nach dem Motto »mal seh'n, was du daraus machst«. Und jeder machte etwas daraus, ob es das melancholische Motiv von »Sun Moon« war oder das lyrische von »It Takes Time« oder von »I Wish You Love«.

Mehr und mehr Zuhörer fanden sich im Laufe der Nacht ein, die Rhythmen wurden heißer, bis schließlich – darauf warteten alle – der alte New-Orleans-Standard »Makin' Whoopee« zum absoluten Highlight führte: mit der temperamentvoll einsetzenden Posaune, aufgegriffen von der Trompete. Dramatisch sich steigernd in den riesigen Intervallsprüngen der Hauptmelodie, zog die Band alle Register, nutzte alle Klangmöglichkeiten der verschiedenen Instrumente, von der rauchigen Tuba über das näselnde Fagott, die samtige Oboe, die schmetternde Trompete bis zum heiseren Saxofon. Sie warfen ihren Spaß am Musizieren ins Publikum wie einen bunten Ball.

Um Sophia war es bald endgültig geschehen. »Diesen Wahnsinn hält ja kein Mensch aus!« Sie sprang auf und begann zu tanzen, so wild, dass das Boot zu kentern drohte. Ich saß etwas geduckt auf dem feuchten Boden. Zwar hatte ich zuvor in der Mitte des Sees meine Klamotten gewechselt, die Nonnenkluft in eine Plastiktüte gestopft, Jeans und T-Shirt von Sophia angezogen, ihre große Sonnenbrille auf die Nase gesetzt, aber die Sorge, dennoch erkannt zu werden, ließ mich vorsichtig sein. Wir blieben im Boot und hielten Abstand.

8. September 2006

Gestern war's ein langer, mühsamer Tag. Übelkeit und Schmerzen in der Magengegend und dauernd dieser Schwindel, unter dem mir der Boden schwankte. Schade, dass mir wieder ein ganzer Septembertag verlorenging. Ich liebe diesen ruhigen, verlässlichen Monat, der die Natur ins Gleichgewicht bringt. Es wird mein letzter September sein. Wieder etwas, was mir den Abschied schwermacht. Ich könnte schon jetzt mein ganzes Herz damit ausfüllen, auch alle meine Sinne, meine Gedanken und Erinnerungen. Eine Welt voller Grausamkeiten und Kriege, Krankheiten und Abschiede, und doch, rechnet man alles Schöne dagegen, eine so wunderbare Welt! Louis Armstrong singt es ja auch mit seiner verrauchten Stimme. »What a Wonderful World.« Dass man an ihr hängt und sie liebt wie das Leben selbst. Morgen, Nicola, schreibe ich dir, wenn es mir bessergeht, einen Brief.

9. September 2006

Es wird Zeit, liebe Nicola, dass ich mich in meiner Geschichte jetzt endlich *dir* zuwende. Alles, was ich bisher erzählt habe, könnte in dir den Eindruck erwecken, als hätten sich damals zwei ausgeflippte Frauen immer weiter von dir entfernt und dich in alten Klostermauern dir selbst überlassen. So war es aber ganz und gar nicht. Für Sophia warst du die Nummer eins, daran ließ sie nie einen Zweifel. Wenn du krank warst, sagte sie kurzfristig Konzerte ab, auch solche, für die sie wochenlang geprobt hatte, wachte Tage und Nächte an deinem Bett, spielte nicht einmal sonntags zum Gottesdienst die Orgel.

Da war nichts zu wollen. Niemand, nicht einmal ich oder Schwester Johanna oder die nette Küchenhilfe Agnes, durfte sie ablösen. Das durften sie lediglich während unserer Jazz-Nächte an den Wochenenden und eben nur, wenn du gesund und fest eingeschlafen warst. Ihre Liebe zu dir vermischte sich immer mit ihrer Angst, dich zu verlieren. Du warst bei dieser eigentlich so starken, energischen Frau der einzige Schwachpunkt, die einzige Stelle in ihrer Seele, vor deren Verletzung sie sich nicht hätte schützen können. Die Trennung von deinem Vater hatte ihr schwer zugesetzt, vor allem seine lapidare Begründung, er brauche endlich wieder seine Freiheit, fühle sich eingeengt zwischen Kindergeschrei und abendlichem Angebundensein. Von diesem Schrecken konnte sie sich lange nicht richtig erholen. Aber sie hatte dich, und sie hatte ihre neue Umgebung mit uns Nonnen, die wir euch viel Gleichmaß und Geborgenheit geben konnten. Sie hatte ihre Musik, in der man sie trotz gelegentlicher kleiner Einsprüche frei schalten und walten ließ. Und ihre Freundschaft mit mir. Irgendwann erklärte sie, jetzt wieder so richtig zufrieden zu sein.

So viel für heute, mein Liebes. Immer deine alte Luzia.

Aber die Männer, etwa aus Sophias Chor oder Orchester, die ihrer Attraktivität, ihrem Charme, vor allem aber der Ausstrahlung ihres musikalischen Temperaments nicht widerstehen konnten, die sie umschwärmten und umwarben, hielt sie auf Abstand. »Davon hab ich erst mal genug«, sagte sie, als ich sie darauf ansprach, »so ein Ende, auf das ich überhaupt nicht vorbereitet war, soll mir nicht noch mal passieren!«
»Hattest halt den falschen Mann.«
»Das weiß ich eben nicht. Kann ja auch sein, dass viele so sind. Ach, was soll's.«
»Auf dem Gebiet kenne ich mich nicht aus. Aber wenn ich ganz ehrlich bin, will hier im Haus wohl niemand euch beide an einen Mann verlieren, ich am allerwenigsten.« Sophia lachte. »Keine Gefahr. Ich glaube, auf längere Sicht. Nicola, wenn ich ihr später alles erzähle, wird verstehen, warum ich ihr irgendeinen Ersatzpapa vorenthalten habe.«
Ob Nicola es heute versteht? Sie hatte ja später, als sie größer war, keine Gelegenheit mehr, mit ihrer Mutter darüber zu sprechen. Ich glaube aber, sie war auch ohne Vater ein glückliches Kind. Ein freundliches, strahlendes, gut gelauntes Mädchen.
Im Orchester ihrer Mutter interessierten sie vor allem die Geigen. Endlich auch dem Laufstall entwachsen, marschierte sie auf wackeligen Beinen immer wieder zu den Geigen, stellte sich vor sie hin und schaute ihnen mit großen Augen zu. Und wenn ihr jemand seine Geige auf die Schulter legte, strahlte sie. Abends wollte sie nur mit Geigenmusik einschlafen. Also kaufte Sophia ihr eine Kassette mit den Sonaten für Violine und Klavier von Händel. Während der ruhigen, langsamen Sätze

schlief sie dann ein. Die Musik ersetzte den beiden das Abendgebet, glaube ich.
Was Nicola auch sehr liebte, das waren ihre täglichen Spaziergänge mit ihrer Mutter und Satan am See. Ganz selten stahl ich mich von meiner Arbeit davon und begleitete die drei. Erste Station: Pyramus im Schilf. Nicht immer war er zu Hause. Wenn aber doch, dann watschelte er uns eifrig entgegen, stoppte in drei Metern Entfernung abrupt ab – seine Sicherheitszone angesichts des Hundes –, blieb stehen, legte den Kopf schief, schaute uns mit einem Auge an, kritisch, fordernd: Nun rückt schon raus mit den guten Sachen! Natürlich hatte Sophia immer etwas dabei, ihn zu enttäuschen hätte sie nicht übers Herz gebracht.
Zweite Station: der Steg, an dem kleine Dampfer anlegten und Leute aus- und einstiegen, meistens Touristen mit Kindern und Fotoapparaten. Dritte Station: der Bootsverleih. Und von dort, im Sommer, sind die drei dann ganz schnell im Kahn davongeschippert. Satan stellte sich an die Bootsspitze wie ein Kapitän. Nicola trug dicke rote Schwimmflügel an den Armen für den Fall eines unfreiwilligen Bades. Ich musste natürlich umkehren, denn als Nonne hat man bei hellem Tageslicht nun mal keine Sondererlaubnis für Kahnfahrten. Außerdem: labora! Aber gewunken habe ich, bis ich den Kahn nur noch als Punkt sehen konnte.

11. September 2006

Als Nicola mit drei Jahren in den Kindergarten kam, brachte sie nachmittags gerne ihre kleinen Freundinnen mit nach Hause. Ihre liebste Freundin, sie wohnte sogar in der Nachbarschaft, hieß Valerie Schneider und war für sie, nach ihrer Mutter, der wichtigste Mensch auf Erden. Ich glaube, sie wären auch heute noch Freundinnen, wenn die Familie Schneider nicht Deutschland den Rücken gekehrt hätte, um nach Kanada auszuwandern. Aber das passierte erst später. Zunächst waren sie zwei Zwerge, die einträchtig im Sandkasten hockten, Suppen aus Sand und Wasser zusammenrührten, Puppen aus- und anzogen, sie in einem kleinen grünen Zelt schlafen legten und mit Küchenpapier zudeckten. Später wurde dasselbe Zelt ein Schuhgeschäft, bestückt mit Sophias und Nicolas Schuhen. Wollte man ein Paar Schuhe bei ihnen kaufen, rückten sie immer nur *einen* Schuh heraus, um ihre Vorräte zu sparen. Dafür freilich hielten sie ihre Preise niedrig.

Weil Valerie ein Jahr älter war, hatte sie das Sagen, und das wurde ganz selbstverständlich akzeptiert.

Es war wohl Nicolas erster heftiger Schmerz, als Valerie ein Jahr vor ihr in die Schule kam, vormittags im Kindergarten nicht mehr erschien und nachmittags durch Schulaufgaben in ihrer Freiheit eingeschränkt war. Nicola hat am ersten Schultag der Freundin so bitterlich geweint, dass ihre Mutter sie nachmittags in ein Café führte, um mit ihr Eis zu essen. Ein schwacher Trost. Und kein sehr nachhaltiger. Aber doch wenigstens eine kurze Ablenkung für die traurige Kinderseele.

Eine viel bessere Ablenkung freilich war die kleine Geige, die Sophia ihr wenig später schenkte, in einem roten Kasten. Und die Zusicherung, von jetzt an eine Geigenschülerin zu sein!

Ihre Stunden bekam sie bei Frau Sieberg, einer älteren Geigenlehrerin und sehr guten Geigerin, zu der sie zu Fuß gehen konnte, allein mit dem roten Geigenkasten, der ihr immer ein wenig um die Beine schlug. Sie hat die freundliche Frau so geliebt, dass sie sich sofort gewaltig ins Zeug legte, um ihr durch fleißiges Üben zu gefallen.
Aber auch Sophia warb um Cornelia Sieberg – und gewann sie tatsächlich als Konzertmeisterin für ihr Orchester.

12. September 2006

Heute nach der Vesper bin ich noch lange in der Kirche geblieben. Unser Organist Pater Valentin – wir teilen ihn uns immer noch mit dem Nachbarkloster – hat noch ein wenig improvisiert zu dem Lied »Maria, breit den Mantel aus, mach Schutz und Schirm für uns daraus«. Das Lied wurde für mich zum Gebet, gleichmäßig und konstant habe ich immer und immer wieder seine drei Verse gebetet. Und an mein langes Sterben gedacht. Auch an Sophia. Die Mutter Gottes war ein wichtiges Thema für sie gewesen. »Um die beneide ich euch.« Ich sehe sie deutlich vor mir, als sie das sagte, den Blick sehr ernst, zugleich unsicher auf mich gerichtet, so dass ich im ersten Augenblick nicht wusste, was sie hören wollte. Die Gottesmutter fehlte ihr, der Protestantin, sie war mit ihr nicht vertraut gemacht worden. Hatte sie nie richtig kennenlernen dürfen als mütterliche Zuhörerin, Begleiterin, vor allem nicht als Vermittlerin. Und damit fehlte ihr auch die Geborgenheit, die unsere Kirche angenehm macht und anziehend. »Stimmt schon«, sagte sie, als wir uns am See wieder einmal darüber unterhielten, »die fehlt mir. Und es ist wirklich nicht ganz leicht, sich mit ihr vertraut

zu machen, wenn man mit ihr nicht aufgewachsen ist. Trotzdem, eure bunt gekleideten Priester, die Nebelschwaden von Weihrauch und das Geklingel, diese ganze Opernbühne ist eben doch nichts für meine protestantische Seele.«
»Sei doch etwas toleranter, Sophia! Und dankbarer. Ihr beiden und euer Satan, schließlich auch die vielen Hühner, ihr habt es gut bei uns.«
Sofort hakte sie sich bei mir unter. »Hast ganz recht. Und weil du uns geholfen hast, bekommst du sicher einen Fensterplatz im Himmel. Auch Hühner können da oben ein gutes Wort für uns einlegen.«

14. September 2006

Das Verrückte ist, dass ich mich ausgerechnet durch Sophia von meinem Himmel entfernt hatte, heute schon lange keine Nonne mehr bin, in ganz gewöhnlichen Kleidern in Sophias früherem Häuschen lebe, aber immer noch am Rand des Klosters. Maria Magdalena, unsere Äbtissin, hatte mich damals weiter hier wohnen lassen, ohne ein einziges Wort des Vorwurfs. So wie sie ja auch meine heimlichen, nächtlichen Ausbrüche, als ich noch Ordensfrau war, wortlos hingenommen hatte.
Und sicher nicht, weil sie nichts geahnt hätte!
Warum dann? Mitgefühl, Zuneigung? Es wäre das Wahrscheinlichste. Oder waren bei ihr Selbstzweifel aufgetaucht, hatte sie etwas von ihrem eigenen Dasein in Frage gestellt, am Ende eines langen Klosterlebens, und konnte deshalb nicht mehr so ohne weiteres urteilen? Angedeutet hatte sie es, war aber über die Andeutung nicht hinausgegangen. Für Nicola und mich jedenfalls war diese wunderbare Frau ein Segen.

2. Oktober 2006

Schutzengelfest und Sophias Geburtstag! Sechzig Jahre alt würde sie heute. Ich kann sie mir in diesem Alter nicht vorstellen. Grauhaarig? Langsamer in den Bewegungen? Abgeklärter in ihren Anschauungen und weniger provokant?

Nicola hat heute früh schon angerufen, das tut sie in letzter Zeit öfter. »Erstens, liebe Luzia, ich habe einen super-super-netten neuen Freund«, sang sie ins Telefon, »zweitens, ich gratuliere dir zu Mamas Geburtstag!«

»Weißt du, dass sie schon sechzig würde?«

»Ganz schön alt! Und erinnerst du dich, wie wir, als sie noch lebte, ihren Birthday immer gefeiert haben? Mit Gesang und Geige natürlich, das war der Kulturteil, danach mit Äpfeln und euren schrecklichen Klostergarten-Mohrrüben und Bergen von winzigen, sauren Weintrauben, Kürbissen und Chrysanthemen und Dahlien, ein halbes Erntedankfest!«

»Stimmt. Ich habe für diesen Tag unseren Garten geplündert. Ihr habt übrigens auch duftende Kräuter bekommen, zum Beispiel unsere berühmten Basilikumtöpfe.«

»Vier Wochen lang gab es danach Möhren-Kürbis-Suppe mit duftenden Kräutern, aufgewärmt oder frisch, und gar nicht mal so schlecht. Und ich musste den vielen Blumen jeden Tag frisches Wasser geben. Ja und am Nachmittag vom zweiten Oktober war Tag der offenen Tür, und der ganze Chor trudelte ein und das Orchester, dann gab's noch mal Kultur. O Gott, war das ein Gedudel, Gefiepse und Geschnatter. Der arme Satan kam aus seinem Protestbellen gar nicht mehr raus. Trotzdem, schön war's, die Mama so fröhlich und aufgedreht. Aber was ihre Schutzengel betrifft, die heute angeblich feiern, Luzia, du kennst meine Meinung.«

»Ich kenne sie, Nicola, und ich habe deine Wut immer verstanden. Aber jetzt hast du einen Freund.«
»Und bin sehr verliebt, ja. Aber dass die Schutzengel, auch der symbolische mit den bunten Flügeln, damals bei Mamas Katzenrettung dermaßen gepennt haben – ich fasse es noch heute nicht!«
»Wie heißt dein Freund eigentlich, und was macht er?«
»Er studiert Medizin, stell dir vor, mein künftiger Mann wird Arzt. Spielt aber auch sehr gut Orgel. Ach, und er heißt Martin. Abends holt er mich immer von der Hochschule ab und trägt meinen Geigenkasten, stellt ihn in der U-Bahn aufrecht hin, damit die Leute nicht darüberstolpern.«
»Und wo hast du ihn kennengelernt?«
»Bei einem Hochschulkonzert hat er neben mir gesessen, und weil ich ja so schön und charmant wie meine Mutter bin …«
»… hat er sich sofort in dich verliebt.«
»Sicher, was denn sonst?« Sie lachte und wirkte unglaublich aufgekratzt.
»Und geht es noch gut mit deiner Wirtin, und was machen Lotte und Lena?«
»Beides bestens. Sie hat sich mit den Katzen so angefreundet, dass sie die ganze Wohnung in Besitz nehmen dürfen und darin herumtoben. Bis die Müdigkeit sie übermannt und sie irgendwo in der Küche, im Bad oder in Frau Hinzes Schrankwand einschlafen.«
»Grüß die Frau Hinze von mir, vergiss es nicht! Du planst doch hoffentlich noch nicht, mit Martin zusammenzuziehen?«
»Na ja, wir täten's gern, aber das Geld reicht nicht. Noch nicht.« Bafög und etwas von meiner Rente reichen für Nicolas Zimmer, Studium und Lebensunterhalt in Berlin aus, aber nicht für eine Wohnung. »Wenn ich nicht mehr lebe, Nicola« – ich

musste das in unser Gespräch einflechten, weil es mich schon lange beschäftigt –, »musst du bis zum Examen irgendwie ohne meine Zahlungen klarkommen.«
»Zu zweit ist man stark, erstens, und zweitens will ich, dass du lebst, und zwar noch lange, aber nicht wegen des Geldes!«
»Klar, das will ich auch. Unkraut vergeht nicht.«
»Schon gar nicht, wenn es so üppig in einem Klostergarten wächst!«

10. Oktober 2006

Draußen schaukeln die Blätter in einem leisen Wind zu Boden. Mir fällt das Oktobergedicht von Erich Kästner ein. »Blätter tanzen sterbensheiter ihre letzten Menuetts. Folge folgsam dem Begleiter. Bleib nicht stehen, geh nur weiter, denn das Jahr ist dein Gesetz.« Wie gerne bliebe ich stehen, würde dem Gesetz die kalte Schulter zeigen, mich einfach nicht nach seinem Ablauf richten. Es nicht hinnehmen, und schon gar nicht sterbensheiter, dass ich Tag für Tag meinem Abschied näherrücken muss.
Eine Woche ist vergangen seit meiner letzten Eintragung. Der Krebs schreitet langsam voran, lässt meine Bitten und Ängste nicht gelten. »Er macht sein Ding«, würde die Jugend heute dazu sagen. Meine Übelkeit war so unangenehm geworden, dass mich der Doktor für eine Woche ins Krankenhaus überwiesen hatte, um mir über den Tropf wieder die notwendigen Vitamine und Elektrolyte zukommen zu lassen.
Ich habe viel geschlafen oder vor mich hin geträumt. Und mir meinen Weg ins Licht vorgestellt, an dessen Ende die Menschen, die ich liebe, auf mich warten. Dabei dachte ich zuerst an Christus und Maria, pflichtgemäß, wenn ich ehrlich bin. Denn wie

kann ich die beiden lieben, die ich noch nie gesehen habe, mit denen ich noch nie ein Wort hatte sprechen können, deren Stimme ich nicht kenne, nicht ihr Lachen (lachen sie überhaupt?), nicht ihre Gewohnheiten, nicht ihre Art, sich zu bewegen? Kann eine so abstrakte Liebe überhaupt Gültigkeit haben, kann man sie in sich spüren, ich meine, ganz warm und zugewandt spüren? Jedenfalls war es im Traum, für mich erkennbar, jedes Mal meine Mutter, die mit ausgebreiteten Armen dastand, die mir wirklich nah schien. Dennoch, der Weg zu ihr wollte gar nicht aufhören. Bis ich entsetzt feststellte, dass ich auf der Stelle trat, oder eher auf der Stelle schwebte. Und immer, wenn mir das klarwurde, schwebte ich zurück und zugleich abwärts, tiefer und tiefer – o Gott, wo sollte das hinführen? –, bis ich sanft auf meinem Bett landete. Sollte der immer gleiche Traum eine Art Vorschau sein, wenn auch eine unvollkommene, dann müsste ich mich vor dem Sterben eigentlich nicht fürchten.

Heute geht es mir ganz gut. Und schon lasse ich mich wieder auf das Leben ein. Ich habe Musik gehört, das Mozart-Klavierkonzert in A-Dur, von Clara Haskil gespielt. Ich lag gemütlich auf Sophias Couch und dachte daran, wie sie damals mit dieser CD in mein Büro gelaufen kam, zufrieden, weil sie lange danach gesucht und sie nun endlich gefunden hatte.

Ich höre Sophias Musik, und ich lebe in ihren Möbeln, nun schon lange auch in ihrem kleinen Haus. Heute schlenderte ich, weil ich mich einigermaßen stabil fühlte, ein kleines Stück über unseren Schilfweg, wo es freilich den guten alten Schwan nicht mehr gibt. Vor wenigen Jahren im September kam er von einem seiner täglichen Seeausflüge nicht zurück und blieb spurlos verschwunden. Sophia hat es nicht mehr erlebt, sie hätte wahrscheinlich mit dem Fahrrad das ganze Ufer rund um den See abgesucht.

11. Oktober 2006

Ein Bilderbuch-Herbsttag. Die Farben der Bäume am weit entfernten Waldrand leuchten in der kühlen Sonne, rot-gelb-golden-lila, nur durch einen Hauch von Dunst abgemildert. Wie unglaublich schön präsentieren sich die Jahreszeiten! Darf ich mich trösten, weil es den endgültigen Abschied vielleicht gar nicht gibt? Könnte es nicht sein, dass wir im verwandelten Leben einfach nur durchlässiger sind, empfindsamer für all das, was uns ja auch hier schon so vorkommt, als sei es eine Brücke zur anderen Welt? Der Zauber der Jahreszeiten, große Malerei und Dichtung, manchmal spüren wir es, dass sie sich den unbekannten Regionen nähern, sogar ihre Grenzen berühren. Die Musik sowieso, die schwebt über alle Grenzen hinweg, nimmt uns mit, lässt uns alles Beschwerliche vergessen und klingt auch dann noch in uns nach, wenn sie uns längst wieder auf dem Erdboden abgesetzt hat.

12. Oktober 2006

Unser beider Leben fühlte sich an wie von einem heftigen Wind vorangetrieben, Sophias geistliche Musik am Tage, unser Jazz in der Nacht.

Unsere abendlichen Kahnfahrten zum Jazz am anderen Ufer waren zum Auftakt geworden für eine Leidenschaft, die uns schon bald nicht mehr losließ. Sophia sah ihren Lebenstraum zum Greifen nah – und sie packte zu. Energisch schmiedete sie Pläne und setzte sie um, so schnell, dass Bedenken gar nicht erst aufkommen konnten. Sie erweckte ihre Bach-Trompete wieder zum Leben, besorgte für mich, wer weiß woher, ein altes

Schlagzeug, machte mit Hilfe eines Zeitungsinserats einen Gitarristen und einen Kontrabassisten ausfindig, die begeistert zusagten und »weitere Leute beschaffen« wollten.
Auf ihren Streifzügen mit dem Hund suchte sie jetzt gezielt nach einem abgelegenen Gartenhaus. Es dauerte nicht lange, da entdeckte sie genau das Richtige, konnte auch mit dem Besitzer sprechen und hatte, natürlich, Erfolg. »Sie kriegen's auch umsonst«, sagte er, »wissen Sie, warum? Weil meine Frau und ich Ihre Konzerte so gerne hören! Und einen elektrischen Anschluss und Wasser hat es auch.«
Noch am gleichen Tag stellte sie vorsorglich ein elektrisches Öfchen hinein und rief uns, ungeduldig, wie sie war, schon für den nächsten Abend zum ersten gemeinsamen Jazz-Treffen zusammen.
Für meine Mitspieler kein Problem. Für mich eine einzige Zitterpartie. Unbemerkt musste ich ein fest verschlossenes Kloster verlassen, ohne an der rund um die Uhr bewachten Pforte vorbeizulaufen. Meine Zelle lag am Anfang des langen Ganges, so dass mir wenigstens ein nervenaufreibender Schleichweg entlang der vielen Zellen meiner Mitschwestern erspart blieb.
Es gab eine einzige Möglichkeit für solche Unternehmungen, und das war nicht weit von meiner Zelle eine dunkle, knarzende Holztreppe, die sich ähnlich einer Wendeltreppe endlos zum Klosterspeicher hochschraubte. Trost in dieser engen Finsternis spendete mir eine Taschenlampe von Sophia, mit deren Lichtstrahl ich zwar Mäuse, Fledermäuse und ein Siebenschläferpärchen aufschreckte, die mir aber verlässlich die hohen, ungleichmäßigen Stufen ausleuchtete. Oben tappte ich über einen ebenso knarzenden Bretterboden, vorbei an abgelegten, verstaubten Heiligen, an zerschlissenen Messgewändern, kaputten Kirchenstühlen, ausrangierten Weihwasserschalen, in Rich-

tung Kirche. Durch eine schwer zu öffnende, vor lauter Rost laut stöhnende Blechtür, aus deren oberen Regionen mir jedes Mal Spinnen auf den Kopf fielen, (gottlob nur auf die Haube), gelangte ich zur Empore. In der Regel hielt sich zu dieser Zeit niemand unten in der Kirche auf. Ganz sicher konnte man nie sein. Vorsichtshalber schlich ich von hier aus ohne den Schein der Taschenlampe über Sophias enge Orgeltreppe wieder hinunter.

Für eine kleine Nebentür der Kirche nach draußen hatte mir Sophia ihren Schlüssel gegeben.

Ein Mal in der Woche, immer samstags, trafen wir uns, und ich versäumte darüber manches gemeinsame Pflichtgebet. Heute bin ich mir fast sicher, dass meine Unternehmungen sehr schnell durchgesickert waren, aber keiner darüber sprach.

Warum sie mich laufen ließen, warum keine einzige meiner Mitschwestern Einspruch erhob oder gar mich verriet, ich glaube, es war das diskrete Wesen der Äbtissin, das den Geist unseres Klosters bestimmte. Außerdem wussten alle: Irgendwann würde sie die Sache zur Sprache bringen.

13. Oktober 2006

Vor jedem Tamtam-Treffen meine Nonnengewänder im Gartenhäuschen abzulegen und in Jeans und Pullover zu schlüpfen, war für mich bald schon so zur Gewohnheit geworden, dass sich das schlechte Gewissen nur noch ganz leise rührte. Vielleicht wurde es aber auch nur übertönt, niedergerissen von unserem Spiel, unserem Swing und allen Evergreens, die wir technisch irgendwie bewältigten, anfangs mehr schlecht als recht, doch von Mal zu Mal sicherer, schneller, hitziger. Bald fand sich auch eine junge Frau ein, Eva, mit ihrem uralten, klapprigen Piano.

Alle wussten, wer ich war. Niemand von ihnen hat auch nur ein Sterbenswörtchen nach außen dringen lassen. Wir waren sofort eine aufeinander eingeschworene Band, verstanden uns wie alte Freunde und waren nach unserem Wochenend-Jazz bald regelrecht süchtig. Wenn es meine Sondersituation nicht gegeben hätte, wären sie wahrscheinlich öfter als nur ein Mal in der Woche zusammengekommen. Aber das wollten sie mir nicht antun. Und ohne mich? »Kommt nicht in Frage«, entschied Sophia, »Schlagzeug ist die Seele einer Band!«

Immer wurde es Mitternacht und später, bis wir uns trennten. Während die anderen, trunken von der Musik und fröhlich, zu Fuß oder mit dem Auto ihre Häuser ansteuerten, schlüpfte ich wieder in meine Tracht und kehrte im dünnen Schein der Taschenlampe über die Empore durch die stöhnende Tür die endlose Treppe hinunter zurück in den Schoß der katholischen Kirche. Sang und betete wenige Stunden später und wagte weder Reue noch eine Beichte, weil ich ja ehrlicherweise den Zustand gar nicht beenden wollte, o nein, ganz bestimmt nicht!

Die Äbtissin wusste etwas von meinem Doppelleben. Sie sprach mich nicht darauf an, noch nicht, machte auch keine Andeutungen. Aber in ihrem Blick, wenn sie mich etwas länger als sonst anschaute, lag eine Mischung aus Sorge und Traurigkeit, aber auch unverkennbarer Wärme. Ausschließlich diese Wärme war es, die mich den Zeitpunkt hinauszögern ließ, mich ihr anzuvertrauen. Denn von da an hätte sie gar nicht anders gekonnt, als mich den Regeln des Ordens zu überantworten.

14. Oktober 2006

Eine nächtliche Episode will ich aber nicht unterschlagen.
Es war zwei Uhr nachts, als ich wieder einmal, aufgekratzt von unserer Musik, hinter dem Lichtkegel meiner Taschenlampe herlief und auf den Seiteneingang der Kirche zusteuerte. Ich suchte gerade den Schlüssel, da öffnete sich die Tür von innen. Im nächsten Moment stand, erstarrt vor Schreck, ein Mönch vor mir, die Kapuze seiner Kutte tief ins Gesicht gezogen. Eine Erscheinung wie im Kino. Es war Pater Valentin, unser vom Nachbarkloster gelegentlich ausgeliehener Organist. »Was machst *du* denn hier?« Fast gleichzeitig stotterten wir diese Frage, waren aber beide so maßlos erschrocken, dass uns ein vernünftiger Austausch nicht gelingen konnte.
Also schoben wir uns schließlich schweigend aneinander vorbei, als könnten wir damit das peinliche Zusammentreffen ungeschehen machen.
Drinnen hat sich das Rätsel sehr schnell gelöst. Es war unsere junge Küsterin, Schwester Mechthild, mit der ich zusammenprallte und die einen Laut des Entsetzens ausstieß. Sie drückte mich auf die vorderste Bank, stellte sich vor mich hin und beschwor mich, niemandem etwas von meiner Entdeckung zu verraten. Auf die Idee, dass ich genauso auf Verschwiegenheit angewiesen war wie sie, kam sie in ihrem Schrecken erst gar nicht.
Ja, sie hätten sich ineinander verliebt, erzählte sie, einfach so, sie hätten sich gar nicht dagegen wehren können. Und diese Liebe sei für sie schon der halbe Himmel.
»Ich glaube es dir, Mechthild. Und sei ganz sicher, von mir erfährt niemand etwas.«
Jetzt wollte sie wissen, woher denn eigentlich *ich* zu so später Stunde käme?

»Jazz mit Sophia und anderen, ich am Schlagzeug. Am liebsten würden wir uns die ganze Nacht um die Ohren hauen.«
»Hab mir so was gedacht.«
Über den gleichen Schleichweg tappten wir nun friedlich vereint zurück, geheimnisvoll flüsternd wie zwei Internatsschülerinnen. Und auch sie wusste genau, welche Stufe der Holztreppe am lautesten knarzte!
Wir sprachen nie mehr darüber, nicht einmal Sophia habe ich meine Entdeckung verraten.
Auf die Verschwiegenheit von Johanna und Nicola, wenn sie dies lesen, ist Verlass.

15. Oktober 2006

Noch einmal, und immer wieder, liebe Nicola, muss ich dir sagen, und genau an dieser Stelle muss ich das tun, wie eng das Band zwischen dir und deiner Mutter geknüpft war, mit welchem Vergnügen sie still in eurer Zimmerecke saß und dir zuhörte, wenn du Geige übtest. Wie sie dich gelobt hat, als du schon bald deine Geige allein stimmen konntest, sauber wie ein Profi. Du warst sechs Jahre alt und in der ersten Klasse. Dass sie dich während unserer Jazz-Nächte der Fürsorge von Agnes, unserer Küchengehilfin, anvertraute – zieh nicht die falschen Schlüsse daraus, vor allem, nimm es ihr nicht übel. Nicht immer konnte Schwester Johanna aushelfen, die ohnehin schon überaus großzügig mit den Ordensregeln umging, wenn sie von euch angefordert wurde. Agnes war genauso verlässlich und sehr lieb, aber keine Nonne, und sie verdiente sich gern ein wenig Babysittergeld dazu. Ohne die Sicherheit ihrer Obhut hätte Sophia nicht eine einzige Stunde mit uns im Garten-

haus zugebracht. Sie war eine Musikerin durch und durch, aber noch mehr war sie deine Mutter. Jeden Morgen brachte sie dich zur Schule, mittags holte sie dich ab, immer mit Satan und pünktlich wie ein Uhrwerk. Man hörte euch schon von weitem, wenn ihr angeschlendert kamt. Du schriest mit deiner hellen Kinderstimme alle Erlebnisse heraus, sie hörte zu und stellte Fragen. Kurzer Besuch in meinem Gärtnerei-Büro, kurzer Besuch bei den Hühnern. Und zu Hause gab es bei euch dann Nudeln mit Tomatensoße und Salat, zur Abwechslung Bratkartoffeln mit Spiegelei. Recht oft kam auch deine Schulfreundin mit, die Theresa. Ich schaute sie gerne an mit ihren langen hellroten Haaren und den grünen Augen, fand sie sehr hübsch.
Und wenn Sophia ihre Vorbereitungen für die abendlichen Proben unterbrechen konnte, lief sie mit euch zum See, »Schiffchen fahren«. Manchmal, im Sommer, durfte Theresa von Freitag auf Samstag bei euch übernachten. Dann warf deine Mutter, wenn es irgend möglich war, alle Pläne um und schipperte mit euch über den See, bis tief in die Nacht hinein, und jede von euch schwenkte zwei bunte Laternen, die euren Kahn, genau wie die vielen anderen Schiffe und Kähne, weithin sichtbar machen sollten.

16. Oktober 2006

Ich tippe dir einen Brief ab (Sophias Schrift kannst du nicht so gut lesen), den sie mir aus Sylt schrieb, wo ihr deine ersten großen Ferien im Haus von Freunden verbracht habt.

Sylt, 7. Juli 1990

Liebe Luzia, wir kommen soeben von einer langen Strandwanderung, sind ziemlich ermattet. Sogar Satan japst, er kommt halt in die Jahre! Nicola läuft nur barfuß, sammelt Unmengen von Muscheln, große und kleine, aus denen sie dir und Johanna Ketten basteln will, Kunstwerke, wie sie schon jetzt verkündet. Dass ihr nicht hier bei uns seid, tut ihr schrecklich leid. Sie würde euch so gerne alles zeigen und kann gar nicht verstehen, dass Nonnen nur in Klöstern Urlaub machen dürfen. Ich versuche, es ihr zu erklären, überhaupt den Sinn des Nonnenlebens, und sie hört ernst und interessiert zu. Gestern freilich zog sie besorgt die Schultern hoch und erklärte mit fester Stimme: »Dann muss der Gott aber wenigstens später im Himmel den Nonnen erlauben, dass sie nach Sylt fahren dürfen!« Ich glaube, Himmel und Erde liegen bei ihr noch ganz nah beieinander, die Schwelle ist niedrig, sie ahnt sie vielleicht nur.

Während unserer Ausflüge redet sie wie ein Wasserfall. Ihre Stimme geht aber im Meeresrauschen unter, so dass ich nicht dauernd zuhören und antworten muss. Aber wehe, ich antworte auf Verdacht doch mal, und die Antwort ist falsch!

Du weißt ja, dass sie ihre Geige mit nach Sylt genommen hat, allen meinen Einwänden zum Trotz. Gestern schleppte sie ihren roten Geigenkasten sogar mit an den Strand. Sie wollte ein Lied spielen und »lauter als der Wind« sein. Gott sei Dank waren keine Leute in der Nähe. Da stand sie nun und drückte den Bogen so fest auf die Saiten, dass man Angst kriegen konnte, irgendetwas würde gleich zerbrechen, der Bogen oder die Geige oder beides gleichzeitig. Man hörte natürlich überhaupt nichts, außer wie immer den Wind und das Wasser. Resigniert packte sie die Geige wieder ein.

Was für ein Glück für mich, dieses Kind zu haben! Ich bin mal gespannt, was aus ihr wird. Wie wird sie später einmal aussehen, wie

wird sie sprechen, wie wird ihre Stimme klingen, in wen wird sie sich verlieben, welchen Beruf sich aussuchen? Alles das darf ich nun verfolgen, Tag für Tag, ohne befürchten zu müssen, jemand könnte sie mir wegnehmen. Denn glücklicherweise ist ihr Vater, der mittlerweile nicht mehr in Deutschland lebt, weder an ihr interessiert noch hat er jemals irgendwelche Rechte geltend gemacht.
Um so ein Glück genießen zu können, braucht man aber auch ein warmes Haus, Geborgenheit, Freundschaft – Heimat eben. Und die habe ich dir zu verdanken, meine singende und klingende Heimat zwischen den dicken Mauern bei euch frommen Frauen! Jede Einzelne ist mir lieb und wert, die Äbtissin ein echtes Juwel, großzügig und verschwiegen und von einer solchen Warmherzigkeit, dass man sich in ihrer Nähe nur wohl fühlen kann. Sie hatte nichts gegen meinen Hund einzuwenden und die gerupften Hühner aufgenommen. Vielleicht gibt es ja im katholischen Südeuropa noch mehr Tierfreunde von ihrem Schlag. So weit will ich gerne gehen in meiner sonst so trüben Einschätzung der Zustände dort. Sie hat es verdient, und du sowieso.
Und jetzt? Wärst du bei uns, würden wir nachher übers Watt laufen, in irgendeiner Teestube Tee trinken, die Kandiszuckerstäbchen würde Nicola einheimsen. Abends beim Fisch-Fiete essen, später zu Hause dann vom CD-Player Jazz hören, leise, weil Nicola früh schläft. Wär das nix?
Unser Häuschen, mit Reet gedeckt, ist klein und gemütlich und hat noch echte Klappläden. Draußen im Garten blüht die Heide, die Begrenzung rundherum besteht ausschließlich aus wilden Sträuchern von Buschwindröschen. Ich habe alles für dich und Johanna fotografiert. Läuft man jenseits der Straße eine kleine Böschung hoch, steht man vor alten Eisenbahnschienen. Das Bimmelbähnchen von Kampen nach List fuhr früher hier entlang. Wohl vor langer Zeit, denn die Schienen sind so tief in die Erde eingesunken

und von Heidegras überwuchert, dass sie nur hier und da noch hervorblitzen. Ganz schön melancholisch, wie immer, wenn etwas laut und bewegt und wichtig war und dann so leise wird und untergeht. Unwillkürlich denkt man daran, dass in hundert Jahren kaum jemand von uns allen, die wir heute mehr oder weniger gedankenlos (meist mehr) über die Erde spazieren, noch da ist. Liebe Luzia, meine schwarzkuttige Betschwester, lass uns noch viele Jahre auch bunte Jazz-Schwestern sein, lass mich dir noch viele Jahre meine Orgel ins Ohr dröhnen und überhaupt: Bleib für immer meine Freundin. Ich werde auch nie wieder über die Katholiken schimpfen!

Und noch etwas: Sollte mir mal was passieren, man weiß ja nie, dann bitte kümmere dich um Nicola, unbedingt!!! Gib sie auf keinen Fall weg in andere Hände!

Aber es passiert ja nix, also keine Sorge.

Es grüßt dich mit dem Schlussakkord der H-Dur-Fuge von Bach deine vom Meereswind im Crescendo durchgepustete Sophia mit Nicola und Satan. Grüße auch an Johanna!

Nicola will auch noch was schreiben.

Liebe Luzia, hier ist es echt super. Ich mache dir und der Johanna geile Muschelketten, ihr könnt euch freuen. Deine Nicola

17. Oktober 2006

Halb drei Uhr nachts. Ich konnte nicht schlafen, habe zuerst ein wenig in unserem Fotoalbum geblättert. Lebendige Bilder: Sophia und die Kleine vor dem Haus auf der Holzbank, zwischen ihnen eine Flasche Apfelsaft, aus Klosterernte. Sophia mit konzentriertem Gesicht an ihrer Orgel. Mit dem Taktstock vor ihrem Chor; wohl eine Probe, denn sie trägt Jeans und ein rotes T-Shirt. Nicola mit Satan tobend auf der Wiese. Ich an der Kasse, vor mir ein Korb mit Strauchtomaten und mehrere Basilikumtöpfe. An meiner Seite Nicola, strahlend, mit einem riesigen Kürbis im Arm.

Schade, dass ich vergessen hatte, Nicola das Album jetzt mitzugeben. Sie wird sich jedenfalls darüber freuen, kann es auch ihrem Freund zeigen.

Später habe ich mir einen Beruhigungstee gebraut, einen langweiligen Zeitungsartikel gelesen, die Papiere auf dem Schreibtisch geordnet. Nichts half, an Schlafen war einfach nicht zu denken. Musik? Nicht in dieser Stimmung. Schließlich zog ich meinen dicken Mantel an, nahm meine Krücke und die Taschenlampe und machte mich auf den Weg, ohne Angst, trotz der Finsternis draußen. Wenigstens ein kleiner Vorteil, wenn man sterben muss. Man hat vor den Banalitäten keine Angst mehr, nicht vor der Dunkelheit, nicht vor unerklärlichen Geräuschen. Der Weg schien mir vorgeschrieben: Sophias Grab. Es geht nicht mehr schnell, mein Laufen, aber es drängt mich ja nichts. Als ich endlich vor dem Grab stand – die Herbstblumen welken, der Gärtner Leberecht sollte jetzt unbedingt Erika pflanzen –, sprach ich sie an, wie jedes Mal, und erzählte ihr alle wichtigen und unwichtigen Geschehnisse des Tages. »Wie auf einen Anrufbeantworter, von dem nichts zurückkommt«, hatte Nicola bei ihrem Besuch moniert, »das ist doch völlig sinnlos!« Mag schon sein. Aber für mich ist es eine Art inneres Aufräumen. Ich erzähle ihr, was mich bewegt, und dabei ordnen sich die Gedanken und weisen den unguten Störenfrieden einen Platz im Hintergrund zu, wo sie nicht mehr im Weg stehen.

Danach stapfte ich sogar noch zum See und setzte mich auf unsere Seebank. Rechts und links von mir niemand, nicht wie früher Sophia oder Nicola oder beide. Vor mir das leise klatschende Verebben der Wellen auf den Steinen, mir so vertraut wie das Ticken meiner Küchenuhr. Die kleine Nicola hatte immer die Lichter am anderen Ufer gezählt. Heute Nacht waren es nur noch ganz wenige, und auch auf dem Wasser tauchte nirgends mehr das Licht eines Schiffes auf, nicht um drei Uhr. Der Himmel dunkel und kühl, hinter einer dürftigen Wolkendecke aberwitzig weit entfernt die Mondsichel. Alles stumm und unerreichbar und ablehnend. Die immer gleiche Frage ist doch berechtigt. Wohin führt mein Weg, wenn ich demnächst abgeschoben werde? Zu Christus, zu Maria, die ich beide nie gesehen habe? Auf die ich mich nur aufgrund irgendwelcher Schriften fremder Leute verlassen soll? Sie sollen ein Fallnetz sein, sie, die es nicht einmal schaffen, die Welt einigermaßen zu ordnen, sie von Willkür und Ungerechtigkeit wenigstens ansatzweise zu befreien?

Was ist mit diesem sinnlosen Tod von Sophia? Du siehst, Nicola, ich stehe deinen Gedanken näher, als du immer dachtest. Früher war das anders. Da breitete ich über alle Zweifel mein Glaubenstuch. Und das hielt dicht.

Ich will am Leben bleiben, ob es mir nun gefällt oder nicht. Das Leben ist mein einziger verlässlicher Verbündeter, den ich kenne, der mit mir existiert, der mit mir glücklich und mit mir traurig war und jetzt mit mir gemeinsam um seinen Erhalt kämpft. Meine Frömmigkeit? Sie war ein Kinderspiel, solange es mir gutging.

18. Oktober 2006

Der Tod im Hintergrund verschiebt die Sichtweise. Wie eine schwarze Wand wälzt er sich mir entgegen, langsam, aber mit seiner eiskalten, unbeirrbaren Sturheit. Ihm gegenüber, immer noch präsent, das Lebendigsein, das klopfende Herz, der funktionierende Verstand, die Beweglichkeit des Körpers, die Hörfähigkeit der Ohren, die Sehkraft der Augen. Alles das und noch viel mehr ist mir, trotz meiner Schmerzen, noch nie so schützenswert und kostbar erschienen wie jetzt, da ich es bald verlieren werde.

Vor mir auf dem Schreibtisch steht Sophias hölzerner Schutzengel. Unsere Kunstgewerbe-Schwester hatte ihn geschnitzt. Sein Gewand blieb farblos. Aber Nicola durfte seine Flügel so bunt bemalen, wie sie wollte. Mit Schmetterlingen, Vögeln, Rosen und Stimmgabeln. Er hat kein richtiges Gesicht, nur zwei hingetupfte Augen. Haare hat er auch nicht. Dafür ein weit ausgestelltes Kleid und nur noch einen Flügel. An der Schnur, die wie ein Gürtel seinen Bauch umspannt, hängt ein hölzernes Herz. »Bodyguard für meine Mama«, hat Nicola daraufgeschrieben.

Den zweiten Flügel hatte sie später wütend mit der Beißzange abgebrochen. Der übrig gebliebene, es ist der rechte, verleiht ihm etwas rührend Asymmetrisches, Linkisches, Hilfloses. Als wollte er sagen: Ich konnte doch nichts dafür, bin nur ein Zwischenträger zwischen Himmel und Erde, wenn überhaupt. Denn genau genommen bin ich doch nur aus Holz.

20. Oktober 2006

Nicola war acht Jahre alt, als sie ihrer Mutter am Weihnachtsabend den Engel überreichte. »Dein Bodyguard, Mama!« Sophia, ohnehin bester Laune nach einem gelungenen Tag, nahm vor Freude gleich Kind und Engel in die Arme. »Jetzt kann mir nix mehr passieren.«

Für den Nachmittag hatte sie bei unserer Äbtissin einen Gottesdienst für Tiere durchgesetzt und diesen gemeinsam mit unserem jungen Gastpriester vorbereitet und gestaltet. Wieder waren Zettel an Gartenzäune, Bäume und Häuser geklebt worden. »Segnung der Tiere am 24. 12., 17 Uhr in der Klosterkirche.« Der freie Platz vor dem Altar war groß, ebenso der Platz draußen vor dem Portal, so dass niemand befürchten musste, mit seinem Zwei- oder Vierbeiner wieder nach Hause geschickt zu werden.

Aber mit einem solchen Zulauf aus allen umliegenden Ortschaften hatten wir wahrlich nicht gerechnet! Alte und junge Leute aus den verschiedensten Berufen, Konfessionen und Nicht-Konfessionen brachten ihre Hunde, Katzen, Ziegen, Schafe, Kühe, Esel, Pferde, sogar Hühner und Gänse mit, an Zügeln, Leinen, auf dem Arm oder im Korb, um sie in ihrer heimatlichen Klosterkirche segnen zu lassen. Ruhig und diszipliniert stellten sie sich drinnen und draußen auf, sprachen leise mit ihren Tieren. Überall leuchteten Taschenlampen auf, am Weihnachtsbaum glitzerten, von Kerzen angestrahlt, Goldsterne und Kugeln. Nicola stand oben auf der Empore und spielte auf ihrer Geige einen langsamen Satz von Händel, von ihrer Mutter auf der Orgel begleitet. Leise die Worte des Priesters. Leise die ganze versammelte Arche Noah. Sogar Hund Satan, dem Hausherrn in diesem Revier, verschlug es die Sprache.

Resigniert rollte er sich auf der Empore zu Füßen der kleinen Geigerin zusammen, ohne freilich das tierische Volk da unten auch nur eines Blickes zu würdigen. Was hatten die hier zu suchen?

Dabei benahmen sie sich absolut vorbildlich. Nicht ein einziges der Pelz- oder Federtiere wurde laut oder geriet gar in Panik. Staunend, ganz im Bann der ungewohnten Situation, hielten sie inne, schauten sich diese seltsame Szenerie an und verwandelten sich für uns über Jahrhunderte hinweg zu Ochs und Esel im Stall zu Bethlehem.

Nach zehn Minuten, in denen sie in einem langen Gebet gesegnet worden waren, ließen sie sich widerstandslos wieder nach Hause bringen. Nie werde ich den endlosen Zug der Leute mit ihren Gefährten vergessen, wie er sich ohne Musik, ohne Glockenläuten, ohne laute Unterhaltungen in der Dunkelheit des späten Nachmittags verlor.

Sophia, beschwingt von der geglückten Unternehmung, kehrte in Windeseile Heu und Stroh vom Kirchenboden auf. Denn wenig später sollte ja schon unser musikalischer Weihnachtsgottesdienst für die Menschen beginnen. Der Hausmeister, Schwester Johanna, Schwester Ursula und ich schleppten die Stühle und Notenpulte für das Orchester aus der Sakristei heran. Für uns Chorleute, wenn wir Pause hatten und uns zwischendurch hinsetzen durften, war das Chorgestühl vorgesehen.

Der Kirchenmusik-Student, den Sophia über Chorfreunde kennengelernt und für diesen Abend engagiert hatte, weil sie heute dirigieren musste, probierte die Orgelregister aus, spielte sich leise ein. Pater Valentin, wahrscheinlich zum Leidwesen von Schwester Mechthild, musste heute in der eigenen Kirche orgeln. Konzentriert ersetzte sie abgebrannte Kerzen am Altar, in den Nischen und am Weihnachtsbaum durch neue. Mit leisen Schritten, sehr ruhig und behutsam machte sie das, ihrer feierlichen Aufgabe hingegeben. »Die tut meiner aufgewühlten Seele gut«, flüsterte Sophia mir ins Ohr, »so still und ganz und gar mit sich und ihrem Job zufrieden.«

»Denk an sie nachher beim Dirigieren, dann vergeht das Lampenfieber.«

»Mal sehen. Und vielleicht hilft mir in dieser Umgebung ja auch eure Gottesmutter, dass alles klappt.«

»Es wird klappen. Bei den Tieren soeben und bei allen deinen Konzerten hat sie doch auch geholfen, außerdem ist sie nicht ›unsere‹ Gottesmutter. Du musst dich nur endlich mal daran gewöhnen, sie anzusprechen.«

»Mach du's für mich, Luzia, du hast nun mal den besseren Draht.« Sie lief schon wieder weg, um mit dem Organisten etwas zu besprechen.

Langsam trudelten die Orchester- und Chorleute ein, nahmen Platz, tuschelten, machten ihre Instrumente startklar oder blätterten in den Noten. Der Kammerton A, von Frau Sieberg in der ersten Geige angestimmt, geisterte durch den hohen Kirchenraum, wurde wie ein Bällchen von den anderen Instrumenten aufgefangen, hinreichend malträtiert, weitergesendet, bis er schließlich laut quäkend das ganze Orchester beherrschte.

Bei den ersten Geigen, ganz hinten, saß jetzt auch Nicola, aufmerksam und ernst, und bestrich ihren Bogen mit Kolophonium. Sie war mit ihren langen dunklen Locken, den großen Augen und dem jetzt schon auffallend schönen Gesicht eine Miniaturausgabe ihrer Mutter. Im Wesen war sie ruhiger, ausgeglichener, besonnener. Was aber ihre Musikalität betraf, da stand sie Sophia in nichts nach.

Sie spielte für ihre acht Jahre schon ungewöhnlich gut Geige und kam ja auch jetzt mit ihrem keineswegs einfachen Orchesterpart zurecht. Wir alle bewunderten die kleine Maus, wie sie sich tapfer unter den Erwachsenen behauptete, schnelle Läufe, mit gerunzelter Stirn, bewältigte und in langsamen Sätzen schon die schönsten Vibrato-Töne zustande brachte. Auch Frau Sieberg war von ihrer kleinen Schülerin begeistert.
Die Kirche war bald bis zum letzten Platz besetzt, viele junge Besucher mussten stehen, die Älteren hatten sich vorsorglich Klappstühle mitgebracht. Chor und Orchester waren bereit. Überall flackerten die Kerzen von Schwester Mechthild, es wurde langsam still im Raum.
Als Sophia vor uns hintrat, in ihrem langen dunkelblauen Kleid, brauste Applaus auf. Man kannte die Dirigentin gut und wusste, die nächste Stunde mit den bekannten weihnachtlichen Chorsätzen alter deutscher Meister und mit italienischen Orchesterwerken würde zu einer musikalischen Sternstunde werden. Wochenlang hatte man sich darauf gefreut.

21. Oktober 2006

Sophia war eine Dirigentin, die uns schon während der ersten Takte mit ihrem Temperament ansteckte, zugleich aber so präzise und verlässliche Einsätze gab, dass wir niemals ein stimmliches Chaos befürchten mussten. Unter ihrer Leitung fühlten wir uns sicher und in ihrer Musik aufgehoben wie in einem vertrauten Raum.
Was sie für den Schluss dieses Abends geplant hatte, war freilich ihr Geheimnis geblieben, auch mir hatte sie davon nichts verraten. Sie war mit ihrer Trompete zu dem jungen Orgel-Stu-

denten hoch zur Empore gestiegen. »Heißes Ende mit Jazz« hätte man das improvisierte Feuerwerk nennen können, mit dem die beiden plötzlich loslegten und in wenigen Sekunden mit harten Schlägen auf die Tasten, chromatischen Sequenzen, klirrenden Dissonanzen, Septimsprüngen und rhythmisch aufregend stolpernden Synkopen den Kirchenraum fast zum Bersten brachten. Das Publikum lachte, geriet in Wallung, die Jugend begann, wenn auch verhalten und auf der Stelle, zu tanzen, und niemand hätte sich gewundert, wenn sich auch die Kerzenlichter dem rhythmischen Beben des Raumes angeschlossen und im Takt geflackert hätten!

Etwas ängstlich schaute ich zu meinen Mitschwestern und zur Äbtissin hinüber. Gott sei Dank, sie lächelten. Nur Schwester Johanna, die sich lachend nach allen Seiten umschaute, sah man an, dass sie am liebsten aus ihrer Kirchenbank herausgesprungen wäre, um einen richtigen Tanz hinzulegen.

Der Applaus danach wollte nicht aufhören, alle blieben stehen, schauten zu den beiden Musikern hoch und erwarteten Zugaben. Sophia schüttelte energisch den Kopf. Nein, die gibt es nun nicht mehr. Wir wollen nicht übertreiben!

Gut gelaunt machten sich die Zuhörer schließlich auf den Weg und unterhielten sich wahrscheinlich noch lange über diese ungewöhnliche Zugabe – in einer Klosterkirche.

Noch am gleichen Abend schrieb die Äbtissin einen Brief, den ich in Sophias Unterlagen fand.

24. Dezember 1991

Liebe Sophia, zunächst zum Hauptteil Ihres Konzertes. Sie haben mal wieder Großartiges geleistet, ich bin glücklich, eine solche Kantorin zu haben. Für mich geht jedes Mal ein Zauber von Pachelbels vierstimmigem Satz »Maria durch ein' Dornwald ging« aus. Auf dieses Lied freue ich mich schon lange vor Weihnachten. Verzeihen Sie es mir als alter Ordensfrau, wenn ich dazu kurz noch etwas bemerke. Maria ist die Mitpilgerin auf unserem Weg. Sie zu verehren ist notwendig, um Christus nahe zu sein, und sie hat auch im 20. Jahrhundert ihren Platz. Maria ist nicht die Ausnahme, sondern eine Vorwegnahme von dem, was uns bevorsteht. All das wird mir so recht bewusst, wenn ich dieses Lied höre.

Aber auch das Weihnachtskonzert von Vivaldi, so ruhig und klangvoll vom Orchester gespielt, ist immer wieder ein Genuss. Was nun das recht schrille Ende Ihres Konzertes angeht, auch hierzu meine Gedanken. Ich hätte den Organisten und Sie zwischendurch gerne gefragt, ob Sie denn so ohne weiteres auf Harmonie und Stimmigkeit verzichten können? Ob Sie Ihren und unseren Ohren zuliebe nicht wenigstens harmonische Schlussakkorde *hätten präsentieren können? Aber ich konnte mich in diesem Moment ja nicht mit Ihnen anlegen, sondern musste mich hindurchhören, aufpassen, mich den wie auch immer gearteten Klängen überlassen – und schließlich eine Art Notgemeinschaft mit ihnen eingehen. Die andeutungsweise tanzende Jugend übrigens hat mich nach dem ersten Schrecken dann nicht mehr gestört.*

Ich danke Ihnen, liebe Sophia, dass Sie unsere Klosterkirche trotz (oder vielleicht wegen?) gelegentlich schriller Töne für die ganze Umgebung zu einem Musiktempel gemacht haben. Danke auch der kleinen Nicola, die uns mit ihrer Geige immer wieder erfreut. Gott segne Sie beide, Sie, Ihre Musikanten und alle Ihre Tierschützlinge. Frohe Weihnachten! Ihre Schwester Maria Magdalena, Äbtissin.

24. Oktober 2006

Spätabends dann wurden auch bei der kleinen Familie Tell die Kerzen am Baum angezündet, und Nicola durfte endlich ihre Päckchen auspacken. Schwester Johanna und mir war erlaubt worden, ihnen unsere Geschenke zu bringen und anderthalb Stunden bei ihnen zu bleiben. Für Nicola hatten wir einen großen Malkasten mit vierzig Farben, den sie an sich nahm wie einen kostbaren Schatz und ihn während des ganzen Abends nicht mehr aus den Augen ließ.

Weil Sophia wenige Tage zuvor zwei herrenlose, halb erfrorene Katzen, Mutter und Kind, aufgenommen und gesund gepflegt hatte, trugen wir ihr – der Hausmeister hatte sie uns besorgt – eine warme Katzenburg ins Haus. Es vergingen keine zwei Minuten, da lagen die beiden schon darin, schnurrten laut und fanden Weihnachten phantastisch.

Und Nicola überreichte ihrer Mutter feierlich den Schutzengel mit den bunten Flügeln, den Bodyguard Gabriel.

Johanna bekam von ihr einen selbstgehäkelten Teddy, mit Watte ausgestopft, weich und kuschelig. »Du kannst ihn auch als Kopfkissen benutzen«, erklärte sie, »er ist ziemlich haltbar.« Mir schenkte sie eine Blumenvase, die sie im Töpferkurs gemacht hatte, etwas krumm und schief, aber gerade dadurch einmalig und wertvoll. Diese Vase war während meines Klosterlebens einer der ganz wenigen Gegenstände, die ich in meiner Zelle immer um mich hatte, gehütet und mit großer Vorsicht in Gebrauch genommen.

Sophia? Überschüttete uns mit Geschenken, wir kamen kaum zum Atemholen. Vermutlich hatte sie während des ganzen Jahres alles gekauft, wenn es nur irgendwie erschwinglich war, wovon sie annahm, dass es uns gefallen könnte. Und vielleicht weniger daran gedacht, dass Nonnen keine Besitztümer haben sollen. Wir wussten beide, und Sophia ahnte es wahrscheinlich auch, dass Kunstkalender, CDs, weltliche Bücher, Lippenstifte und Parfums nichts in unseren Zellen zu suchen hatten. Freuten uns aber trotzdem. Umso mehr kamen ein schwarzer Wollschal und schwarze Handschuhe zu Ehren, die wir trotz gut geheizter Wohnstube sofort anzogen.

Johanna hatte eine große Schüssel Kartoffelsalat aus der Klosterküche mitgebracht. »An Würstchen hab ich mich nicht getraut für euch Vegetarier, dafür gibt es aber viel süßen Senf.«

Sophia holte Teller, Besteck und Weingläser. »Recht so, Johanna, ich bin nämlich vor lauter Musik überhaupt nicht zum Kochen gekommen.«

Johanna strahlte. »Das dachte ich mir doch. Also weißt du, eure wilde Jazz-Zugabe vorhin war sensationell, unser Gotteshaus hat ja richtig gebebt!« Sie machte ein paar Tanzschritte, stoppte aber sofort wieder ab, als Satan sich zu ihr umdrehte und sie wütend anknurrte. »Typisch Belzebub, und humorlos«, schimpfte sie, »gönnt einer Nonne nix!«

Nicola kicherte. »Der hat vor deiner schwarzen Kutte Angst, und er heißt Satan, nicht Belzebub.«

»Eins so schlimm wie das andere. Wohnt neben dem Kloster und fürchtet sich vor schwarzen Kutten?«

»Also wenn eine schwarze Kutte plötzlich zu tanzen anfängt …«

»… ich sag es ja, gönnt einer Nonne nix.« Dafür hielt sie sich dann am Wein schadlos, den Sophia uns und sich selbst reichlich und oft einschenkte, bis der Kopf dösig und die Beine schwer wurden und Johanna uns mit gewaltigen Liebes- und Treueschwüren reihum und immer inniger umarmte. Satan regte sich darüber so auf, dass wir ihn in Nicolas Zimmer sperren mussten. Kaum war er hinter Schloss und Riegel, trauten sich die beiden Katzen aus ihrer Burg heraus – und hatten im nächsten Moment schon den ganzen Raum unter ihrer Regie. In wildem Tempo jagten sie hintereinander her, sprangen dabei über Tisch und Kommode, Sofa und Sessel, brachten den Lichterbaum gefährlich ins Wanken, warfen einen Plätzchenteller vom Tisch, zwei Weingläser gleich mit, und brachten schließlich eine Bodenvase zu Fall.

Nicola jubelte und klatschte in die Hände, Johanna beendete ihre Umarmungen und setzte sich auf die Couch zum Schlafen. Sophia und ich bemühten uns um Schadensbegrenzung, indem wir zunächst einmal die Katzen einfingen und in ihre Burg hinter Gitter setzten. Ein schwieriges Unterfangen und mit einigen Kratzern verbunden. Als wir es endlich geschafft hatten, als alle Scherben und der verschüttete Wein beseitigt waren, ließen wir uns erschöpft neben der schnarchenden Johanna nieder, schauten in den geretteten Lichterbaum und stellten fest, dass diese lebhafte Nacht der genau passende Abschluss eines überaus lebendigen, rundherum erfüllten Tages sei. Und eines gelungenen Tages!

25. Oktober 2006

Immer noch ein goldener Oktober, weit und durchsichtig der Himmel, ein klares Gewölbe ohne Begrenzung.
Die letzten beiden Tage waren verloren.
Ich lag nur herum und dachte nervös an meine Sanduhr, die mir zuliebe nicht anhielt. Die unbeirrt den Sand durchlaufen ließ.
Wäre die Krankheit doch nur ein böser Traum. Eine wunderbare Vorstellung: Ich würde aufwachen, ins Leben einsteigen wie in die Gondel eines Riesenrades, die ich irrtümlicherweise verlassen hatte, weil ich nicht wusste, dass jemand noch viele Runden für mich bezahlt hatte. Meine wichtigsten Freunde müssten noch da sein und mit mir in der Gondel sitzen. Von irgendwoher Musik, nicht sphärische, vielleicht das Violinkonzert von Mendelssohn. Das Riesenrad beginnt sich zu drehen, nimmt Geschwindigkeit auf, wird aber nie zu schnell. Es fühlt sich angenehm an, weil es uns geräuschlos in die Höhe trägt, uns einen immer weiteren Ausblick verschafft über Dächer, Bäume, Kirchtürme, bis hin zu den Wolken. Die Leute unter uns werden klein, aber sie verschwinden nicht. Wir kommen zurück, ganz sicher, gehören zu ihnen, zu den Lebenden, denn jemand hatte ja für uns gezahlt. Wenn wir wieder auf dem Erdboden stehen, werden wir sie begrüßen, uns auf dem Nachhauseweg zu einem Spaziergang über den Schilfweg entschließen. Ich werde wahrscheinlich mit Sophia über alles Mögliche diskutieren, Konfessionen, Tiere, Klosterleben und auch mal über die Liebe. Doch auf die will sich Sophia nicht mehr einlassen. Wenn ich ehrlich bin und meinem Egoismus freien Lauf lasse: Ich höre das nicht ungern. So habe ich die Freundin ganz für mich.

26. Oktober 2006

Unsere Band wurde immer besser. Es gab Nächte, da fielen wir einander nach dem letzten Ton in die Arme, so hatten uns unsere eigenen Passagen begeistert und uns, und sogar den kleinen Holzraum, zum Vibrieren gebracht.

Natürlich kam uns irgendwann die Idee, dass wir uns, wenn auch als Amateure, nach außen hin präsentieren könnten, vielleicht uns sogar an einem kleinen Jazz-Festival in München beteiligen. Es war das Jahr 1992.

Meine Bedenken als Nonne sah zwar jeder ein, aber niemand, außer mir, hielt das Problem für unlösbar. »Wo ein Wille ist, ist auch ein Weg«, ereiferte sich Sophia, »wir müssen das Ganze nur in deinen Sommerurlaub einbinden oder wie ihr so 'ne Freizeit nennt!«

»Urlaub, ja«, sagte ich schüchtern, »aber nur in einem Kloster.«

»Gut, in einem Kloster, aber tagsüber bei uns ...«

»Nicht überall, wo Jazz stattfindet«, unterbrach ich ihren Redeschwall, »ist auch ein Kloster.«

»Wir können aber Glück haben, oder wir finden eine Notlösung.«

»Du meinst, eine Notlüge.«

»Na ja, das darfst du nicht so eng sehen, weißt du.«

Die anderen lachten, sahen aber auch etwas ratlos drein.

Abgesehen davon, dass sie auf mich als Schlagzeugerin unter keinen Umständen verzichten konnten – ich war auch wirklich nicht schlecht –, hätte mich der Gedanke, als Einzige von uns auf eine solche Veranstaltung verzichten zu müssen, tief bekümmert und nicht zur Ruhe kommen lassen.

So weit war ich innerlich bereits, so weit entfernt auch schon von meinem Klosterleben. Ich hatte immer öfter das Gefühl, ins Taumeln zu geraten, keine für mich gültige Grenze mehr einhalten zu können, unentwegt die Straßenseiten zu wechseln, ja, eigentlich nicht mehr zu wissen, auf welche Seite ich wirklich gehöre.

Manchmal wünschte ich mir, alles flöge auf.

Während eines solchen Gesprächs schenkte mir Sophia ihre Sanduhr. »Lass sie öfter mal durchlaufen, damit du spürst, dass man die kostbare Lebenszeit nicht mit unsinnigen Zweifeln verschwenden soll!«

»Dann müsste mir jemand die Gewissensentscheidung einfach abnehmen.«

27. Oktober 2006

Sie wurde mir nicht abgenommen, sondern mit ihr passierte etwas. Sie wurde mitsamt dem Schuldkonto in hohem Bogen über Bord geworfen.

Denn das, was wir bei unserem ersten Amateur-Jazz-Festival erlebten, was *ich* erlebte, überholte mein ganzes bisheriges Ausscheren in solch einem verrückten Tempo und mit einer Heftigkeit, dass klare Gedanken keine Chance hatten, mich zurückzuführen zu meiner ohnehin schon brüchig gewordenen, klösterlichen Ausgangsposition.

Mit dem alten VW-Bus unseres Kontrabassisten Bruno waren wir an einem Wochenende nach München gefahren, bei glühender Hitze im Juli. Nicola, der Hund und die beiden Katzen wurden wieder von der verschwiegenen Agnes versorgt.

Wir, auch ich, wohnten im Hotel »Oper«, einem Haus mit schwarz-weiß gemusterter Fassade, im Lehel gelegen, einem Alt-Münchner Viertel, das sich durch seine hübschen Kneipen größter Beliebtheit erfreut. Überall gibt es dort Möglichkeiten, sich mit Musikgruppen zu plazieren.

Mit der Äbtissin hatte ich über meine »Freizeit« nicht gesprochen, ich war ihr aus dem Weg gegangen. Sie ahnte ja ohnehin schon lange, dass ich dem Kloster nicht erhalten bleiben würde.

Unser erster Auftritt in der Nähe des Hotels. Wir spielten alles, was wir draufhatten: Swing der dreißiger Jahre, Summertime-Jazz, Evergreens von Duke Ellington. Und das Phantastische war, dass sich fremde Musiker mit ihren Instrumenten zu uns gesellten, so dass wir schließlich zu einer riesigen Band angewachsen waren, mit mehr Instrumenten, als wir je zu träumen gewagt hätten. Ich glaube, jeder konnte uns unsere Begeisterung anmerken, das Glück, dabei sein zu dürfen, uns gegenseitig zu inspirieren, anzufeuern, zu steigern. Und wenn es dann so richtig laut wurde und hitzig, ich auf meinem Schlagzeug tobte – es gelang mir einfach alles –, Bruno mit der linken Hand in eichhörnchenartiger Geschwindigkeit bis in die höchsten Lagen seines Kontrabasses hochkletterte, konnte niemand von unseren Zuhörern mehr ruhig bleiben. Sie tanzten, klatschten und bedankten sich mit stürmischem Applaus.

Uns war heiß geworden. Aber mit meinen dreiviertellangen Jeans, T-Shirt und Turnschuhen, alles von Sophia geliehen, war es auszuhalten.

Sophia, glückstrahlend, sah bildhübsch aus, trug wie eine Zigeunerin zu ihrer weißen Bluse ein knallrotes Halstuch, die lockigen langen Haare offen.

Ich selbst übrigens war hellblond, hatte auch sehr schöne Haare, leicht gelockt, halblang, und vielleicht darf ich sogar beschreiben, was ich im Spiegel zu sehen bekam: graublaue Augen mit sehr dichten Wimpern, einen hübschen Mund, ein wirklich harmonisches Gesicht. Und was die Figur betraf, so war ich ebenso schlank wie Sophia, nur etwas größer. Dass ich acht Jahre älter war, damals vierundfünfzig, fiel noch nicht so ins Gewicht. Oder vielleicht doch, und ich wollte es nur nicht wahrhaben. Jedenfalls fühlte ich mich attraktiv, glücklich und aufgeregt, von unserer Musik auf berauschende Weise aus dem Gleichgewicht gebracht, räumlich entfernt von den Klostermauern und damit auch entfernt von meinem klösterlichen Schwur. Zumindest kam meinem Gewissen die Vorstellung der Entfernung zu Hilfe, bei allem, was sich in dieser Nacht ereignete. Und von einem bestimmten Zeitpunkt an bedurfte es nicht einmal mehr dieser Vorstellung. Ich ließ mich überschwemmen und mitreißen von der riesigen Welle und fand das Leben schöner als jede Musik, schöner als meine Beziehung zur Mutter Gottes, tröstlicher als alle Aussichten auf den so viel gepriesenen Himmel. Ich hielt mein Leben plötzlich bis in die tiefste noch erkennbare Schicht meiner Wahrnehmungen für unbedingt lebenswert, für das kostbarste Geschenk überhaupt. Und das alles wegen der Liebe.

Es hatte sich nämlich unter den fremden Musikern auch ein Saxofonist zu uns gesellt, der schon während des Spiels Blickkontakt mit mir gesucht und mich nach jedem meiner Schlagzeugsoli angelächelt hatte. Der Mann gefiel mir nicht nur, sondern er faszinierte mich, wobei ich nicht hätte sagen können, was genau ihn so anziehend für mich machte. Das jugendliche Gesicht, zu dem die struppigen grauen Haare im Widerspruch standen, vielleicht aber auch nur seine überragende Musikalität, mit der er sein Instrument beherrschte. Seine Passagen wurden jedes Mal zu einem grandiosen Hit. Wie er seine Melodien umspielte, frech oder lyrisch, dissonant oder harmonisch oder in schnellem Wechsel beides, unberechenbar, einfallsreich.

Und niemand trieb mit harten, drängenden Synkopen unser Tempo so zwingend voran wie er. Im Publikum spürte man einen prickelnden Zustand von Anspannung und Begeisterung. Sophia wäre am liebsten aufgesprungen und dem Mann mitsamt seinem heiseren Instrument um den Hals gefallen. Übrigens machte auch sie an diesem Tag ihrem Trompetenspiel alle Ehre.

In unseren kurzen Pausen kam er zu mir herüber, um mir zu meinen Soli zu gratulieren. Dabei war er, objektiv betrachtet, der wesentlich Professionellere. Ursprünglich habe er auch Schlagzeug lernen wollen, erzählte er, aber dann sei er als Bub in der Schule mit dem Saxofon in Berührung gekommen, und da sei es um ihn geschehen gewesen. »Das merkt man auch«, sagte ich, »Sie sind ein solcher Profi, da können wir anderen einpacken.«

»Niemand muss hier einpacken, und Sie schon gar nicht!« Sophia, die lächelnd zu mir herüberblinzelte, klatschte zum Weitermachen in die Hände, er sprang wieder an seinen Platz, nahm sein Saxofon und gab den Einsatz.

28. Oktober 2006

Nach drei Stunden schließlich hörten wir auf zu spielen.

Dieses Aufhören hatte etwas von einer holprigen Landung aus höchster Höhe. Man befand sich, unsanft aufgekommen, verwirrt auf dem Erdboden, schaute sich um und fühlte sich in der Wahrnehmung der Umwelt wie von einer unsichtbaren Watte eingeschlossen und vom normalen Leben abgetrennt. Die Watte langsam abzutragen, sozusagen gegen den Uhrzeigersinn des soeben Erlebten, hätte wahrscheinlich Mühe und Überwindung gekostet. Es wurde uns erspart. Denn die nächste gemeinsame Unternehmung, ein Besuch beim »Gandl«, stand schon auf dem Plan. Die Kneipe gehörte zu unserem Hotel, wir hatten also keinen weiten Weg; was uns bei der Julihitze, unter der die ganze Stadt dahinschmolz, nur recht sein konnte.

Alle kamen sie mit, die ganze vergrößerte Band, nachdem wir unsere Instrumente im Untergeschoss des Hotels abgestellt hatten. Der Saxofonist, der sich eisern neben mir hielt, wollte genau wissen, wo und bei wem ich Schlagzeug gelernt hätte. Eine Frau am Schlagzeug sei ja noch immer eher selten. »Ich heiße übrigens Kesting, nicht mit ä, sondern mit e, Lars Kesting aus Husum, hatte in München beruflich zu tun und ganz zufällig von dem kleinen Festival erfahren. Und weil ich mein Saxofon fast immer dabeihabe, wenn ich mit dem Wagen unterwegs bin ...«

»Wie gut für uns alle«, unterbrach ich ihn, »dass Sie es dabeihatten! Und ich heiße Luzia Lincewsky, mit c in der Mitte und y am Ende, also noch etwas komplizierter als Kesting mit e.«

»Ich werde es mir trotzdem merken.«

Da sich die meisten Münchner an diesem heißen Sommerabend in den Biergärten aufhielten, gab es im Gandl genügend Platz für die große Musikerschar. Wobei mein Saxofonist trickreich dafür sorgte, dass uns beiden ein Zweiertisch im hintersten Eckchen zugewiesen wurde.

Wir aßen und tranken, reichlich und ausgiebig, und es wurde immer lauter und lustiger, je weiter die Nacht vorrückte. Sophia, ganz in ihrem Element, wanderte von Tisch zu Tisch, man hörte sie lachen und irgendwelche kuriosen Dirigentengeschichten erzählen. Zu uns kam sie nicht, winkte mir nur kurz zu. Offenbar wollte sie uns nicht stören.

Wir waren mittlerweile beim Du angelangt, und ich glitt langsam, aber unaufhaltsam einem innerlich aufgelösten Zustand entgegen. Lars hatte seinen Arm um mich gelegt, mich fest und nachdrücklich an sich gezogen. Seine Wärme strömte in meinen Körper, auch der verführerische Duft seines Rasierwassers. Seine Stimme war mir vertraut, woher? So viel konnte ich noch begreifen, dass ich diesem heftigen Ansturm auf die Sensoren aller meiner Sinne nicht gewachsen war. Noch nie hatte ich mich mir selbst gegenüber so wehrlos gefühlt, nicht einmal bei meinem Eintritt ins Kloster.

Aber auch noch nie war ich so durch und durch glücklich gewesen. Keine Ermahnung oder noch so brisante Situation hätte mich in diesen Stunden aus seiner Umarmung herausholen können.

Oder doch. Denn als später Musik einsetzte und sich die ganze Schar schon bald auf der kleinen Tanzfläche tummelte – Bruno hatte sich in Windeseile Sophia geschnappt –, gaben wir schweren Herzens unsere Nähe auf. Um sie jedoch beim langsamen Blues sogleich wieder herzustellen. Und meine seelische Auflösung ging jetzt so zwingend wieder auf meinen Körper über, dass ich glaubte, die Beine würden mir beim Tanz versagen.

29. Oktober 2006

Die Nacht in München. Für mich die erste Liebesnacht in meinem vierundfünfzigjährigen Leben. Ich weiß, wie lächerlich sich das anhört! Ist aber so. Punkt.

Sei unbesorgt, Nicola, ich werde sie nicht ausführlich schildern. Wozu auch, ich habe sie ja in meiner Erinnerung gespeichert. Außerdem, ihr jungen Leute geht ja schon sehr früh und ganz offen und selbstverständlich, um nicht zu sagen routiniert, mit der Sexualität um. Was also könnte ich dir Neues von meinen Erlebnissen erzählen?

Das Besondere, Andere ergab sich lediglich aus dem, was dieses Erlebnis für mich in meinem Alter und für meine bisherige Lebensführung bedeutet hat. Die Erfahrung, einen Mann zu interessieren, von ihm begehrt zu werden, die, wenn auch nur vorübergehende, Sicherheit, in seinen Augen schön zu sein, verliebt, lebendig, unverkrampft, hingebungsvoll. Nichts davon hatte ich bisher an mir gekannt. Doch ich ließ es zu, das Neue, ließ mich wie ein schweres Gewicht hineinsinken, ohne dass mich irgendeine Kraft der Welt hätte zurückhalten können, auch nicht die seelische Kraft meiner Gelübde. Und das lag natürlich nicht nur an der räumlichen Entfernung zum Kloster, an meiner weltlichen Kleidung und der prickelnden, aufwühlenden Atmosphäre des Jazz-Festivals. Durch meine Freundschaft mit der lebenssprühenden Sophia war mir nach und nach das Haus zerfallen, in dem ich mich in den vielen Jahren meines Klosterlebens eingerichtet hatte. Um nicht heimatlos zu werden, hatte ich mir freilich immer wieder Schutzecken in den noch vorhandenen Regionen gesucht, die sich aus frommen Beschwichtigungen ergaben. »Ich betrüge mich selbst«, hatte ich einmal zu Sophia gesagt, »und ich bin mal gespannt, wie lange mein frommes Ich das noch mit sich machen lässt.« Sie lachte und legte ihre Hand auf meine Schulter. »Dein stärkeres Ich ist die Musik und, ich glaube, auch das weltliche Leben. Du wirst mir eines Tages recht geben.«

Ob sie wirklich nicht wusste, dass ich ihr doch schon längst recht gegeben hatte? Zumindest was die Musik betraf. Ob ich mich aus der schützenden Geborgenheit der Klostermauern heraus wirklich auch nach dem weltlichen Leben gesehnt habe, sei dahingestellt. Nach der Liebe wohl schon. Wenn auch nur

ganz unterschwellig und über den Umweg eines gelegentlich geträumten Lebensentwurfes, in dem der Mann auch als treusorgender Familienvater eine Rolle spielte.
Nun hatte ich alles über den Haufen geworfen, fühlte mich wie ein Herbstblatt, viel zu leicht, viel zu dünnhäutig, jeder Luftbewegung preisgegeben, irgendwo zwischen Baumkrone und Erdboden.

30. Oktober 2006

Am nächsten Tag wollten wir nach Hause fahren. Unsere Band und alle, die tags zuvor dazugestoßen waren, wohnten im gleichen Hotel, so dass wir uns zum Frühstück wieder zusammenfanden. Lars Kesting mit e, der sich erst in der Früh aus meinem Zimmer weggeschlichen hatte, setzte sich neben mich und strahlte mich an. »Gott sei Dank weiß er nicht«, flüsterte mir Bruno von der anderen Seite zu, »worauf er sich da eingelassen hat!« Als er meinen erschrockenen Blick sah, tat ihm die Bemerkung sofort leid. Fürsorglich schenkte er mir Kaffee ein. »Stärke dich erst mal, alles Weitere wird sich finden.«
Sophia, unsere Frühaufsteherin, war nicht da, und sie fand sich auch während des ausgiebigen Frühstücks nicht ein. »In warmen Sommernächten«, erklärte Lars, »geht nun mal so manches drunter und drüber, und dann fallen auch Abschiede schwer.« Er nahm meine Hand. »Es wird aber, bitte, zwischen uns kein endgültiger Abschied?«
»Bestimmt nicht«, antwortete ich leise und fühlte mich dabei hundeelend.
Erst als wir unsere Adressen ausgetauscht und uns alle schon erhoben hatten, tauchte Sophia auf, abgehetzt, aufgeregt, mit

verweinten Augen. Atemlos berichtete sie. Sie hatte sich von einem Taxi auf den Umschlagplatz für Tiertransporte fahren lassen, die Zwischenstation der durch ganz Europa transportierten Schlachtpferde und Ponys. Was ich heraushörte: Sie hatte einen alten Esel gekauft und ein hochschwangeres Pony. »Das Pony lag im Transporter zuunterst, große Pferde wurden einfach darüber hinweggezerrt, unvorstellbar, und ganz hinten an die Wand gepresst stand der Esel, am ganzen Körper zitternd!« Sie wirkte so verzweifelt, dass ich sie in die Arme nahm und über ihre verschwitzten Haare strich. »Ganz ruhig, Sophia, du hast das richtig gemacht, wir helfen dir.«
»Wo sind denn die Tiere, die du gekauft hast?«, fragte Lars, und diese sachliche Frage schien ihr aufgeregtes Gemüt zu beruhigen. »Dort in der Nähe in einem Seitengässchen, eine Frau passt so lange auf, bis wir kommen. Wir müssen mit der Taxe wieder hin.«
»Gut. Also werden wir jetzt erst mal schnell einen Hänger besorgen. Vielleicht hat euer VW-Bus ja sogar eine Vorrichtung zum Ankuppeln.«
»Hat er«, erklärte Bruno, »ich schlage vor, Sophia und Luzia fahren zu den Tieren und lösen die Frau ab, und wir zwei kümmern uns jetzt um alles Weitere. Ich kenne einen Pferdehof, der bestimmt einen alten Hänger für uns hat.«
Sophia schaute ihn dankbar an: »Du bist wirklich ein echter Schatz«, und zu mir gewandt: »Und einen Mann wie Kesting, der so selbstverständlich mithilft, kannst du ebenfalls mit der Lupe suchen, gib den ja nicht mehr her, hörst du?«
»Natürlich nicht!« Für diese Antwort belohnte mich Lars mit einem Kuss, und deshalb wiederholte ich die Antwort. Obwohl ich eigentlich wusste, dass ich mein Versprechen nicht halten konnte, jedenfalls nicht so leicht.

31. Oktober 2006

Lars und Bruno hatten uns tatsächlich einen alten Hänger gekauft, ihn am VW-Bus befestigt und uns beim Aufladen der Tiere geholfen. Das alles bei glühender Julihitze. Auch Wasser und Heu hatten sie nicht vergessen.

Und dann der Abschied. Ich kämpfte mit den Tränen, als Lars mich an sich zog und gar nicht mehr loslassen wollte. »Lass unsere Beziehung jetzt nicht im Sande verlaufen«, bat er, »ich will dich unbedingt wiedersehen.«

»Ja, klar, natürlich.« Meine gestotterten Beteuerungen mussten für ihn sehr unsicher klingen. Aber wie sollte ich mich meiner Sache sicher fühlen?

Nachdem mir von Sophia und unseren Freunden der Auftrag erteilt worden war, für einen gnädigen Ausgang dieser Expedition zu beten, machten wir uns etwas beklommen auf den Nachhauseweg. Und schafften ihn, ohne dass das passierte, wovor wir am meisten Angst hatten – die Geburt des Ponykindes im Hänger!

Der junge Bauer Eddy neben unserem Kloster, ich kannte ihn von klein auf und hatte schon immer ein gutes Verhältnis zu ihm, nahm die Tiere auf, ohne dass wir lange hätten betteln müssen. »Ich tu ja auch gern mal was Barmherziges«, verkündete er lachend, »wenn ihr nur die Tierarztkosten übernehmt!«

Sophia setzte sich vor Glück und Erleichterung auf den nächstbesten Strohhaufen und streckte beide Arme in die Höhe. »Eddy, obwohl du katholisch bist, kriegst du einen Platz im Tierhimmel, dafür werde ich sorgen – nee, besser, die Luzia sorgt dafür. Aber ich werde ihr Dampf machen, dass sie die richtigen Heiligen anheuert!«

Nicola, als sie von den neuen Tieren hörte, machte sich sofort auf den Weg zum Stall und wollte dort, mit einer dicken Bettdecke bewaffnet, auch gleich übernachten, um dem Pony bei der Geburt zu helfen. Sie war wild entschlossen. Erst Eddy gelang es schließlich, sie umzustimmen. »Wenn's losgeht und das Pony Probleme hat, hör ich das, Nicola, und dann bin ich auch sofort bei ihm.«

Seufzend zog sie mit ihrer Decke wieder ab.

Als die beiden abends noch einmal hingingen, lief ihnen das schwergewichtige Pony, es war übrigens schwarz-weiß gefleckt, schon entgegen, als seien sie alte Bekannte. Nur der Esel hatte seine Angst noch nicht überwunden und blieb in sicherer Entfernung stehen. Sie nannten ihn Franz, die Ponyfrau Pauline. Das winzige Hengstfohlen, das wenige Tage später geboren wurde, hieß natürlich Paul.

1. November 2006

Und ich ging endlich meinen schweren Weg zu unserer Äbtissin, um ihr meine Münchner Nacht zu beichten und damit meinen Abschied aus dem Orden vorzubereiten.

»Ich war noch nie mit einem so beladenen Herzen bei Ihnen wie heute«, sagte ich gleich bei der Begrüßung, »und ich wünschte, ich könnte Ihnen diesen Kummer ersparen, gerade Ihnen!«

»Ich weiß, Luzia, aber nun erzähle, ich habe Zeit für dich.«

In aller Ruhe und ohne die geringsten Anzeichen von Empörung oder Schrecken hörte sie sich meine Geschichte an, in die ich jetzt auch meine Jazz-Abende und heimlichen Ausbrüche mit einbinden musste. Ich hatte nichts mehr zu verlieren, sie sollte es wissen und dann ihr Urteil sprechen.

Als ich geendet hatte, schwieg sie einen Augenblick und bat mich dann freundlich, uns beiden eine Tasse Kaffee einzuschenken. In der Mittagszeit brauche sie das Gift, erklärte sie lächelnd, sie habe schließlich ein Altersherz. »Ein Altersherz, aber kein verständnisloses Herz, liebe Luzia, und deshalb zunächst mal: Ich kenne dich lange genug und verstehe dich.« Sie beugte sich zu mir vor. »Du bist nicht unsere Kantorin, aber du bist wie sie eine Musikerin. Daher auch eure enge Freundschaft.«

»Das bisschen Schlagzeug, was ich kann.«

»Darauf kommt es nicht an. Du bist sehr musikalisch und phantasievoll, und du reagierst emotionaler, manchmal auch unüberlegter als die meisten anderen. Glaub mir, ich habe bei dir immer mit einer Abweichung aus dem Klosterleben gerechnet.«

Ich nahm ihre Hand. »Ist das wahr?«

»Ja. Und bedenke auch, dass wir alle in jungen Jahren Entscheidungen treffen, die später, wenn wir uns aus irgendeinem Grund anders entwickelt haben, nicht mehr gelten. Ist das nicht auch in vielen Ehen so?«

»Also ist mein Leben als Benediktinerin gescheitert wie eine Ehe.«

»Das klingt mir zu streng und abwertend. Denn die vielen Jahre in einer Ehe oder im Orden sind ja nicht verloren.«

»Was raten Sie mir?«

»Dass du dir alles das positiv anrechnest, was du bisher als gute Benediktinerin geleistet hast. Dass du dann darüber nachdenkst, ob du bleiben oder gehen willst. Diese Entscheidung kann ich dir leider nicht abnehmen, wir würden es uns beide zu leicht machen.« Sie hatte Tränen in den Augen. »Neben der Äbtissin bin ich aber auch eine Frau, die vor ihrem Eintritt ins

Kloster jahrelang in einem Zwiespalt gelebt hat, ähnlich dem, mit dem du dich jetzt herumplagst. Und im Ergebnis bleibt es sich gleich, ob man den Schritt in den Orden noch vor sich oder ihn schon vollzogen hat.«
»Aber das Gelübde.«
»Ja, das Gelübde. Jesus möge es mir verzeihen, aber ich sehe das alles heute in einem milderen Licht.«
»Mild kann aber auch bedeuten, unklar, verwischt.«
»Finde ich nicht, Luzia. Ich werde meinen Pflichten als Äbtissin weiterhin nachkommen, mit meiner Autorität und sicher auch mit dem, was mir mein Glaube sagt. Aber in diesem Gespräch jetzt sträubt sich alles in mir, dir als deine Vorgesetzte die Leviten zu lesen.«
»Sie sollten es aber tun.«
»Nein. Und weißt du, warum? Weil deine Geschichte, wie übrigens die meisten Geschichten, nicht in das simple Raster ›auf Vergehen folgt Strafe‹ passt.«
»Ich hatte etwas versprochen.«
»Und konntest es nicht halten. Weil es wahrscheinlich nicht genügt und der menschlichen Natur nicht gerecht wird, sich über ein langes Leben hin überwiegend auf zwei Bezugspersonen zu konzentrieren, nämlich auf Jesus und Maria. Ein wunderschöner Traum, von dem wir in unseren Klöstern leben, mühsam, wie die vielen Verfehlungen durch die Jahrhunderte zeigen.«
»Aber eigentlich sind es doch nur die Ausnahmen.«
Sie schaute mich erstaunt an. »Meinst du? Denk doch mal an die zahlreichen Begabungen und Facetten von uns Menschen, die hervorgeholt und berührt, oft auch weiterentwickelt werden wollen. Entweder sie verkümmern und rühren sich dann gar nicht mehr – eine nur scheinbar günstige Lösung –, oder sie

schleichen sich, bedürftig, wie sie sind, wie Einbrecher in die Phantasie ein, um wenigstens eine Ahnung davon zu vermitteln, wie sich ein buntes, rundum erfülltes Leben anfühlt.«

»Das alles müsste man aber vorher wissen, bevor man ins Kloster eintritt, ich meine ...«

»Eben nicht. Weil sich nämlich viele der Möglichkeiten, die man in sich hat, erst im Laufe des Lebens bemerkbar machen oder sich sogar erst viel später entwickeln. Ihr Erscheinen ist an Erlebnisse gebunden, oft auch an Erschütterungen.«

»Das stimmt.«

»Und schließlich darf man auch nicht vergessen, dass sensible Menschen in jungen Jahren zu mystischer Schwärmerei neigen, was für den Eintritt ins Kloster oft eine Rolle spielt. Ich finde, jungen Menschen muss die Illusion erlaubt sein, mit Hilfe ihres Glaubens, und warum nicht auch der Mystik, alle auftauchenden Bedenken entkräften zu können, nicht auf Zeit, sondern für ihr ganzes Leben. Ob die Illusion sich dann erfüllen kann, ist eine ganz andere Frage.«

Einen Augenblick war es still im Raum, man hörte nur das Ticken der Wanduhr.

Leise, als spräche sie zu sich selbst, fuhr sie fort: »Je älter ich werde, desto stärker werden übrigens auch meine Zweifel, die sich im Laufe der Zeit in dünnen, aber spürbaren Schichten übereinanderlagern, weil es so viel Schreckliches, Unbegreifliches auf der Welt gibt. Oder es ist eine Art Depression, die daraus entsteht, dass man sich ändert, Prioritäten verschiebt, die Dinge anders sieht und anders einschätzt – auf all das aber nicht reagieren darf. In der Ehe gehen die Menschen dann eben auseinander, im Orden rennst du verzweifelt gegen dein Gelübde an, das nicht wankt und nicht weicht, das obendrein dein Gewissen anfällt. Jetzt habe ich mich richtig in Fahrt geredet. Und mich bestimmt versündigt. Vergiss einfach mal für einen Moment die Äbtissin.«

»Sie haben mich getröstet, und wenn Sie nicht unsere Äbtissin wären, würde ich Sie jetzt umarmen!«

Sie lachte. »Besser nicht, Luzia, sonst verrutscht die Haube!«

Ich wurde mutig. »Wissen Sie, wo bei mir schon früher ein leichtes Missbehagen aufgetaucht ist? Bei diesem täglichen Zwang zu beten, immer dasselbe, tagaus, tagein, tagaus, tagein, bis die Litanei langsam verstaubt und zu einer farblosen, endlosen Schnur geworden ist.«

»Sag mal, ist der Mann verheiratet?« Sie hatte mir offenbar nicht zugehört.

»Witwer mit einer Tochter.«

»Würdest du gerne mit ihm leben?«

»Ich kenne ihn noch viel zu wenig.«

»Dann warte ab, wie sich die Dinge entwickeln.«

»Es wird sich gar nichts entwickeln, wenn ich den Draht durchschneide.«

»Dann überlege dir, ob du ihn durchschneiden willst.«

»Und ich bleibe trotzdem im Kloster, vorerst?«

Statt einer Antwort erhob sie sich und gab mir die Hand. »Gott segne dich! Und er segne deine Entscheidung, wie immer sie ausfällt. Was wir besprochen haben, bleibt unter uns. Und noch was: Ich bin, trotz allem, immer noch gerne Benediktinerin. Aber ich bin alt.«

2. November 2006

Ganz benommen steuerte ich meine Klausur an, so benommen, dass es mir beim Laufen schwerfiel, mein Gleichgewicht zu halten. Ich konnte der Gedanken nicht Herr werden, die in meinem Kopf herumgeisterten, mich bedrängten, sich nicht einordnen oder auch nur beruhigen ließen. Ein Anruf bei Sophia würde sich als zwecklos erweisen. Was hätte ich sie denn fragen sollen?

In meiner Zelle warf ich mich auf mein schmales Bett. Sprang aber nach wenigen Sekunden wieder auf. Ich lief in unsere Kirche, in der sich um diese Zeit hoffentlich niemand aufhielt, kniete mich in die hinterste Bank und versuchte zu beten. Die ersehnte Ruhe brachte auch das nicht. Aber es brachte allmählich so etwas wie eine Hierarchie der Gedanken und damit endlich ein notdürftiges Ordnungsgefüge. Was war denn passiert? Eine Nonne hatte sich verliebt und ihrer Verliebtheit nachgegeben, weiter nichts. Ein beliebter Stoff für Romane und Filme. Weder würde davon die Welt untergehen noch würde es überhaupt jemanden außerhalb meiner Kreise verwundern. Die Äbtissin hatte mir keine Vorwürfe gemacht, mir auch keine weitreichenden Konsequenzen angedroht. Lieber wäre mir gewesen, sie hätte es getan. Aber offensichtlich sollte ich, auf mich allein gestellt, auch allein entscheiden. Immer heißt es, unser freier Wille sei ein Geschenk Gottes. Ein schreckliches Geschenk, amen!

Und spätabends ging ich dann doch noch zu Sophia. Obwohl ich schon vorher wusste, dass sie mir raten würde, mich von meinem Leben im Kloster zu verabschieden.

8. November 2006

Zurück nach einer Woche Krankenhaus. Noch immer tun mir die Infusionen gut. Es ist ein angenehmes Gefühl, wenn Schmerzen und Übelkeit nachlassen und allmählich der Körper, die Nerven, auch die Seele ganz zur Ruhe kommen. Jedes Mal wünsche ich mir dann, das Sterben möge sich, wenn überhaupt, auf diese Weise vollziehen, in Gelöstheit – und vielleicht sogar in Vorfreude? Schwester Johanna, die mich heute auf meinem ersten kurzen Spaziergang am See begleitet und geführt hat, ist eine Freundin von unschätzbarem Wert. »Du darfst dich auf das ewige Leben freuen«, sagte sie, »denn du kennst das Bibelwort ›Gott ist die Liebe, und wer in der Liebe wohnt, der wohnt in Gott und Gott in ihm‹.«

»Habe ich genügend in der Liebe gewohnt?«

Johanna blieb stehen. »Ich glaube nicht, dass unser Herrgott minutiös Buch führt. Aber dass du ein liebender, fürsorglicher Mensch bist und es dir mit deinem Gewissen zu keiner Zeit leichtgemacht hast, das weiß er.«

Wir liefen langsam weiter über unseren Schilfweg, ich dachte an den Schwan, der nicht mehr lebte. Ich dachte an meine Freundin mit dem Baby im Tragetuch, an unseren ersten gemeinsamen Spaziergang hier, an unsere Gespräche über die Konfessionen, über Johann Sebastian, über das Elend der Tiere in der Welt.

Und ich dachte immer noch voller Liebe an Lars.

9. November 2006

Wieder eine durchwachte Nacht. Ich kann diese Friedhofsstille um mich her nicht ertragen. Tappe durch das kleine Haus, mache mir in der Küche einen Kamillentee. Dabei klappere ich extra laut mit dem Geschirr. Noch lebe ich auf dieser Erde, verdammt noch mal! Und das will ich sehen und hören. Sollte ich ans Schlagzeug gehen? Besser nicht, es könnte im Kloster drüben zu hören sein, und alle würden mich für verrückt erklären. Nein, ich trinke lieber brav meinen langweiligen Tee und verhalte mich ruhig. Ich werde eine Kerze anzünden und vielleicht mal wieder an Lars denken, von unserer gemeinsamen Zeit träumen. Seine rauhen Wangen an den meinen spüren, sein Rasierwasser riechen, seine Stimme hören. Abends mit ihm und seiner Band dem Jazz verfallen, mich auf dem Schlagzeug austoben.

All das Banale, aber doch so Schöne, wird es im Jenseits nicht geben, ich werde es vermissen. Es sei denn, die vielen Heiligen legen ein gutes Wort für uns Musiker ein und machen im Himmel irgendein Hinterstübchen für uns frei. Großartig wäre es, sie würden sich während unserer Proben heimlich vor der Tür zusammenrotten und uns zuhören. Vielleicht sogar tanzen!

Damals nach der Münchner Nacht vergingen nicht einmal anderthalb Tage, da rief mich Lars in meinem Gärtnerei-Büro an. Um mich herum standen Kunden, die zu meinem Entsetzen ihre Gespräche einstellten und verstummten.

Wie wir unseren Tiertransport geschafft hätten, wollte er wissen, und ob ich auch solche Sehnsucht nach ihm hätte wie er nach mir? Mit belegter Stimme gab ich irgendeine ausweichende Antwort, die ihn irritieren musste. Mir wurde heiß und kalt. Er konnte ja nicht wissen, dass seine Gesprächspartnerin am anderen Ende der Leitung in der Gärtnerei eines Klosters saß und in einer Nonnenkutte steckte. In meiner Panik legte ich grußlos den Hörer auf, was meine Kunden wahrscheinlich verdutzt zur Kenntnis nahmen.

Glücklicherweise kam wenig später Sophia auf dem Weg zum Stall bei mir vorbei. Sie wolle nach unseren neuen Familienmitgliedern schauen, ob ich für ein paar Minuten mitkommen könne? Nach diesem Erlebnis hätte ich das allzu gerne getan. Aber sie sah es selbst, ich ging in der vielen Arbeit fast unter. Vollgefüllte Körbe mit Tomaten, Gurken, Karotten, Kartoffeln, Bohnen und allen möglichen Salaten wurden hereingetragen, abgewogen, registriert, meine Kasse piepste unaufhörlich wie im Supermarkt. Und draußen kurvten die kleinen Lieferwagen herum, um das alles aufzuladen.

Im Sommer wurde eine Menge bei uns gekauft. Auch heute noch. Nur gibt es leider nicht mehr mich am Schreibtisch und an der emsig piepsenden Kasse, sondern die jüngere Schwester Emilia, die mir jahrelang als verlässliche Gehilfin zur Seite gestanden und auch Sophias Hühnerstall übernommen hatte.

Abends, von Sophias Telefon aus, rief ich dann endlich Lars an, um mich für das abgebrochene Gespräch zu entschuldigen. In meinem Betrieb sei es drunter und drüber gegangen, erklärte ich ihm, um mich herum hätten Leute gestanden und zugehört.

»Und ich hatte schon Angst, du würdest mich abschieben wollen und unsere schöne Nacht zu einem One-Night-Stand erklären.« Er lachte zwar, aber ich spürte den Ernst in seiner Stimme. Und mir war plötzlich zum Weinen zumute, so zwingend, dass ich nur mit Mühe sagen konnte: »Nein, ganz bestimmt kein One-Night-Stand.« (Das Wort hatte ich von Sophia gelernt.)

Sophia strich mir über den Arm. »Dich hat's ganz schön erwischt, und wir sollten mal darüber reden, wie es nun mit dir weitergehen soll. Wenn du mich fragst …«

»Aber ich frag dich nicht, Sophia.«

Sie schob mich ein wenig von sich weg. »Weil du meine Antwort vermutlich weißt?«

»Weil du mir zwar sagst, *was* ich tun soll, aber nicht, *wie* ich es tun soll!«

»Das wird eine lange Nacht«, erklärte sie, »ich mache das Windlicht an, koche uns einen Tee, und wir setzen uns raus auf die Terrasse.«

Diese Nacht zog sich tatsächlich hin bis zu meinem frühen Morgengebet. Ich hatte auf der Bank Platz genommen, sie saß mir gegenüber auf dem rot gepolsterten Gartenstuhl. Es kam mir seltsam vor, dass sich unser Gespräch um mich und nicht um sie drehte, um eine so auffallend attraktive, temperamentvolle Frau, die immer und überall Blicke auf sich zog. Ich sagte ihr das, aber sie wehrte ab. »Ich habe zur Zeit so vieles im Kopf, was mich bewegt und beschäftigt: Nicola, meine Vierbeiner, meine Musik. Für die Liebe ist einfach kein Platz.«

Ich schaute sie etwas skeptisch an.

»Gut, ich will ihr diesen Platz nicht einräumen, auch möglich.«

In der Küche pfiff der Wasserkessel. Während sie den Tee aufgoss, holte ich aus dem kleinen Fach im Bücherregal die Kandiszuckerstäbchen und zwei Tassen. Im Windlicht brannte schon die honigfarbene Kerze, die ihr die Geiger ihres Orchesters geschenkt hatten.

Um uns herum verbreitete sich eine so vertraute, warme, nächtliche Stille, dass ich genau wusste, ich kann loslassen, meine Gedanken und Gefühle aussprechen, ich muss mich weder verstellen noch etwas aufbauschen oder beschönigen.

Ich war verliebt in diesen Lars Kesting, und ich fühlte mich trotz der Klostermauern glücklich und frei wie ein Vogel, in dieser einen Nacht, in der ich meiner Freundin so vieles erzählen und mit ihr besprechen konnte.

10. November 2006

Auf einmal überschlugen sich die Ereignisse.

Es fing damit an, dass Lars vormittags um elf Uhr plötzlich in der Tür meines Gärtnerei-Büros stand. Nie werde ich es vergessen, das Entsetzen in seinem Gesicht, als er mich in meiner schwarzen Nonnentracht endlich erkannte. Und sicher hat er auch mir den Schrecken angesehen, als ich ihn anstarrte.

Er fuhr sich mit der Hand über die Stirn, als müsste er etwas wegwischen, ein rätselhaftes Bild oder eine absurde Verwechslung. Dann wandte er sich um, wortlos, öffnete langsam die Tür und ging hinaus.

Ich blieb sitzen, unfähig, mich zu bewegen oder gar irgendetwas hinter ihm herzurufen.

Und als mir schließlich die Beine wieder gehorchten und ich vor der Tür nach ihm Ausschau hielt, war er verschwunden. Einen Augenblick wurde mir schwarz vor Augen, ich musste mich am Türrahmen festhalten. Nur nicht umkippen! An der Kasse und vor der Waage standen Kunden mit ihren Körben, Gott sei Dank in Gespräche vertieft, so dass sie meine Schwäche nicht bemerkten, auch nicht meine zittrigen Bewegungen, als ich zu meinem Arbeitsplatz zurückschlich.

Wie in einem Nebel, dessen Undurchdringlichkeit mir nur deshalb nichts anhaben konnte, weil ich die Wege genau kannte, brachte ich den Tag hinter mich. Pünktlich um zwölf Uhr schloss ich meine Tür ab, lief in die Kirche zu den Gebeten, aß mit den anderen zu Mittag, steuerte wieder mein Bürohäuschen an, arbeitete bis achtzehn Uhr und ging noch zur Vesper. Nichts ließ ich aus. Doch auch nichts von alledem ging mich etwas an. Nicht der ewig gleiche Inhalt der ewig gleichen Gebete und nicht unsere immer zu tief angestimmten und noch tiefer absinkenden Gesänge, die schließlich um eine halbe Tonart tiefer endeten, als sie begonnen hatten. Nicht der Text der Vorleserin beim Mittagessen. Inmitten meiner vertrauten Umgebung fühlte ich mich fremd, nicht dazugehörig. Dabei schaute mich die Mutter Oberin durch ihre Brillengläser freundlich an, lächelte mir sogar zu.

Sophia hatte ich tagsüber telefonisch nicht erreichen können. Endlich, gegen neunzehn Uhr, sah ich, dass ihre Haustür angelehnt war. Sie empfing mich strahlend, merkte aber sofort, dass es mir schlechtging. »Was ist los?«

Ich ließ mich mitsamt meinen schwarzen Klamotten auf ihre Couch sinken. »Ich muss weg von hier, so bald wie möglich!«

Sie schaute mich erschrocken an. »Warum das denn?«

»Lars war da, hat mich in der Nonnentracht gesehen und ist sofort wieder abgehauen.«

Sophia versuchte mühsam, ihr Lachen zu unterdrücken, aber es gelang ihr nicht. »Wundert's dich? Was meinst du, wie der erschrocken ist! Schließlich hat er doch praktisch mit einer Nonne im Bett gelegen, und nicht nur das.«

»Na ja.«

»Mit einer auf dem Schlagzeug herumtobenden Nonne.«

Auch ich musste jetzt lachen, wenn auch ziemlich gepresst. »Sophia, ich will erst mal weg von hier, noch heute Nacht, nur für eine Zeit.«

»Wohin denn?«

»Nur nach München in unser Hotel, wo diese komische Liebe angefangen hat.«
»Ohne dich abzumelden? Bist du jetzt durchgeknallt?«
»Anders schaffe ich es nicht. Punkt. Emilia muss dann eben für ein paar Tage das Büro übernehmen, ich habe sie gut eingearbeitet. Der Mutter Oberin schreibe ich einen kurzen Brief, den du ihr bitte in ihr Fach legst. Sie wird zuerst erschrecken, mich aber verstehen, weil sie ist wie sie ist.«
»Wenn du dich da mal nicht täuschst. Sie ist dir gegenüber sehr großzügig gewesen, und das nützt du jetzt aus. Du überspannst den Bogen gewaltig! Abhauen ist unfair und hat noch nie was gebracht.«
»Was soll ich denn jetzt tun? Ich befinde mich doch in einer Sackgasse. Und meinen Arbeitsplatz werde ich auch verlieren.«
»Klar, wenn du dich so verhältst.«
»Fährst du mich hin? Und leihst mir etwas Geld? Und legst ihr den Brief ins Fach?«
»Natürlich. Aber gut finde ich deinen Plan nicht.«
»Bist du trotzdem auf meiner Seite?«
»Bin ich. Aber bleib nicht so lange weg, hörst du?«
Ich versprach es ihr. Was ich ihr allerdings nicht sagte: dass ich selbst nicht wusste, warum ich nach München wollte.

11. November 2006

Der überstürzte, heimliche Aufbruch am späten Abend, unsere Fahrt nach München – ich fühlte mich wie unter einem stickigen Glaskäfig, abgedichtet gegen die Außenwelt. Eine Nonne in weltlichen Klamotten zwar, aber fremd in der normalen Welt, die sie, bald auf sich allein gestellt, schon lange nicht mehr richtig kannte. So musste es Gefängnisinsassen gehen, die Freigang haben. Alles fiel mir schwer, nachdem Sophia sich vor dem Hotel von mir verabschiedet hatte und ich plötzlich allein dastand. Das Betreten des Hotels, die Frage nach einem Zimmer, die Benutzung des Aufzugs, die elektronische Chipkarte für die Zimmertür.

Als ich endlich die Tür hinter mir schließen konnte, das Gepäck ablegen, atmete ich erst einmal tief durch. Und schrieb diesen sinnlosen Ausbruch der Unberechenbarkeit und launischen Verdrehtheit meinen Wechseljahren zu. Was sollte das alles? Ich hatte mich verliebt und wusste nun nichts mit dieser Liebe anzufangen. Weder wusste ich, was ich wollte, noch was ich nicht wollte, und schon gar nicht, was ich vorhatte. Das lächerliche Hotelzimmer war eine Fluchtinsel, die mir nichts anderes bringen würde als eine kurze Erinnerung. Und eine unruhige, durchwachte Nacht.

Früh am nächsten Morgen schon rief ich bei unserer Äbtissin an. Sie war sofort am Apparat.

Diesmal machte sie mir Vorhaltungen. Ihre Stimme klang nicht kalt und abweisend, aber verärgert. »Einfach davonlaufen, Luzia, das ist nicht der richtige Weg.«

»Ich habe es Ihnen doch im Brief erklärt, warum ich eine kurze Auszeit brauche.«

»Du hast mir aber keine Gelegenheit gegeben, in einem persönlichen Gespräch auf dein Vorhaben zu reagieren. So ein Brief ist irgendwie – feige.«

»Sie hätten mir abgeraten zu fahren, aber ich musste weg, nachdem ich nun wirklich nach allen Seiten hin unglaubwürdig geworden war. Inzwischen weiß ich selbst, wie gedankenlos das war.«

»Ich habe neulich, entgegen meinen Ordensregeln, versucht,

dich zu verstehen, das hast du ja wohl gemerkt. Aber jetzt so einfach das Weite zu suchen ...«

»... nicht einfach, Mutter Oberin, sondern ziemlich verzweifelt. Und das Alleinsein hier macht mir auch zu schaffen.«

»Wo wohnst du überhaupt?«

»In dem Hotel von – neulich.«

»Aha, du willst dich der schönen Erinnerung hingeben, genau da, wo sie hingehört. Und wie dann weiter?«

»Weiß ich leider nicht.«

Sie stöhnte laut auf. Dann sagte sie mit weicherer Stimme: »Wenn dir die Zeit dort hilft, zu einer guten Lösung für dein weiteres Leben zu kommen, dann nimm sie dir. Hast du genügend Geld?«

»Von Sophia geliehen.«

»Ich werde es ihr aus unserer Kasse zurückzahlen.«

»Danke. Und wie viel Zeit geben Sie mir?«

»Vierzehn Tage, die müssen genügen. Und jetzt erst mal adieu und Gott befohlen. Er möge dir einen besonders aufmerksamen und tüchtigen Schutzengel schicken und einen Engel der Vernunft!« Sie legte auf.

Danach rief ich bei Sophia an.

12. November 2006

»Was ein Glück«, schrie sie ins Telefon, »dass du dich endlich meldest!«

»Es ist doch noch sehr früh.«

»Für mich nicht. Nicola ist auf dem Weg zu den Ponys, und ich war schon mit dem Hund weg. Komm doch wieder, das ist doch alles ohne Sinn und Verstand. Hol dir einen Hund aus

dem Tierheim oder eine Katze oder beides und komm zurück. Dann hatte deine Fahrt wenigstens einen vernünftigen Sinn.«
Ich fühlte mich auf einmal von ihr so eingeengt und im Stich gelassen, dass ich das Gespräch nur noch beenden wollte. »Ich bin ziemlich erschöpft. Sei mir nicht böse, Sophia.«
Sofort lenkte sie ein, ihre Stimme klang erschrocken. »Nein, bitte jetzt nicht das Gespräch abbrechen. So rigoros habe ich das nicht gemeint. Erzähl mir, wie es dir wirklich geht.«

13. November 2006

Alles kommt mir zeitlich so weit entfernt vor. Bin heute sehr schwach, und es fällt mir schwer, die Vergangenheit aufleben zu lassen und mit der Gegenwart zu verknüpfen. Die Emotionen von damals kommen nur gefiltert herüber, können den zeitlichen Abstand nicht überwinden. Vielleicht legt sich mittlerweile auch der Schatten dessen, was ich zu erwarten habe, über mein Denken, wie eine Schicht, die mich undurchlässig macht, unter der meine Antennen eingeknickt liegen, in einem Päckchen zum Abtransport bereit. Alter und Krankheit sind heimtückisch! Sie reduzieren uns auf unseren Körper, ausgerechnet auf diesen brüchigen, unzuverlässigen Gesellen, der uns mit seinem Verfall die Schönheit nimmt, uns weh tut und als klapperdünnes Gespenst der Lächerlichkeit preisgibt. Der uns schließlich auch den Trost wegzustreichen versucht, der darin liegen könnte, dass die glücklichen Augenblicke von früher noch ein wenig herüberstrahlen und uns erwärmen. Ich werde diese Trostlosigkeit aber nicht zulassen. Deshalb morgen weiter!

14. November 2006

Ein sehr intensiver Traum heute Nacht. Über mir hatten sich schwarze Wolken zusammengebraut. Ich stand allein auf einem endlosen Schneefeld und schaute zu den Wolken hoch. Auf einmal lösten sie sich auf, legten einen strahlend blauen Himmel frei, und ich hörte die Stimme von unserer Äbtissin. Du sollst dich freuen, sagte sie laut und deutlich, und sie wiederholte, du sollst dich freuen! Als ich mich umdrehte, um nach Hause zu gehen, hatte sich das Schneefeld in eine blühende Sommerwiese verwandelt.

Es geht mir besser, die Antennen haben sich wieder aufgerichtet und sind empfangsbereit wie schon lange nicht mehr. Sie holen die Bilder und Ereignisse ganz nahe heran und lassen die dazwischenliegenden, bedeutungsloseren Jahre zusammenschrumpfen. Ich spreche in Gedanken mit Lars, mit Sophia, immer wieder mit unserer wunderbaren Äbtissin. Auch mit dir, Nicola, weil du die Einzige bist, die noch da ist. Die nun meine Geschichte liest. Wenn du es überhaupt tust. Denn im Zusammenhang mit Lars ist sie dir ja heute noch ein wenig suspekt, wie du in unserem Nachtgespräch angedeutet hast.

Dabei ging es ausschließlich auf die Initiative deiner Mutter zurück, dass Lars zwei Tage nach meiner kopflosen Flucht ins Hotel »Oper« plötzlich vor meiner Zimmertür stand. Sie hatte mit ihm telefoniert, ihm meinen Aufenthaltsort verraten und wohl auch damit gerechnet, dass er sich sofort auf den weiten Weg machen würde. Denn er musste meine Flucht als eine Botschaft empfinden, die etwas mit ihm zu tun hatte.

Im ersten Moment war ich sehr erschrocken. Und ich glaubte sogar, mich empören zu müssen über Sophias heimlichen Verrat. Ausgerechnet sie, die noch immer die Liebe für sich selbst

kategorisch ausschloss, die sich vor nichts so fürchtete wie vor einer zweiten Trennung, ausgerechnet sie spielte für mich Amor!
Sie waren aber nichts wert, solche künstlich herbeizitierten Überlegungen. Wie Seifenblasen wehten sie davon, als Lars auf mich zuging und mich in die Arme nahm. Wir ließen uns lange nicht mehr los. Und ich hatte in diesen Minuten wieder das Gefühl, tief innen bei mir selbst angekommen zu sein.

15. November 2006

Die nächsten Stunden hatten für uns beide etwas von einer Aufholjagd. Entweder wir saßen an der Isar oder in Straßencafés, abends dann im Biergarten unter einer der riesigen Kastanien und erzählten, erzählten unablässig.
Im Eilverfahren spulte sich unser ganzes bisheriges Leben vor dem anderen ab, wobei ich mit den spärlichen Ereignissen meiner klösterlichen Vita weit hinter der seinen zurückblieb.
Lars war Rechtsanwalt in Husum. In Hamburg war er geboren und aufgewachsen. In seiner Kanzlei arbeiteten noch zwei weitere Anwälte, die ihm nicht nur beruflich nahestanden, sondern auch mit Trompete und Tuba zu seiner Band gehörten. Die Sonntage, sofern ihre Zeit es erlaubte, waren dem gemeinsamen Jazz gewidmet. Im Keller seines Hauses gab es einen großen Hobbyraum, in dem sich zwölf Musiker aus allen möglichen Berufen versammelten, kurz das Programm besprachen und dann mit Schwung in den Jazz eintauchten.
Im Obergeschoss wohnte er mit seiner sechzehnjährigen Tochter Silke. Vier Jahre zuvor war seine Frau mit einundvierzig Jahren während einer gemeinsamen Bergwanderung in Tirol an

Herzversagen gestorben. Ihre Herzschwäche war bekannt gewesen und über Jahre verlässlich behandelt worden. Gegen eine gemäßigte Bergwanderung hatte der behandelnde Arzt nichts einzuwenden gehabt. Während der Wanderung wurde sie plötzlich von einem Schwächeanfall überrascht, und schon wenige Sekunden später, ehe Lars ihre Medikamente hatte finden können, hörte sie zu atmen auf. Alles, was er in einem Rote-Kreuz-Kurs zur Wiederbelebung gelernt hatte, schlug fehl. Die Bergwacht war schnell zur Stelle. Die Aktivitäten der Männer rollten wie ein lauter, hektischer Traum über seinen Kopf hinweg, fordernd und mit Getöse und dennoch so, als ginge es ihn nichts an, als käme er dem schnellen Ablauf der einzelnen Notwendigkeiten nicht nach.

Erst als er wenige Stunden später der zwölfjährigen Silke, die während dieses Urlaubs bei der Familie ihrer Schulfreundin geblieben war, den Tod ihrer Mutter beibringen musste, löste sich sein lähmendes Entsetzen langsam auf, und er begriff, was geschehen war.

Fast ein ganzes Jahr lang hat er sein Saxofon nicht mehr angerührt, es wurde still im Hause Kesting.

Bis schließlich seine beiden Kollegen ihm auf die Schulter klopften und ihm während eines gemeinsamen Abendessens klarmachten, dass es wohl kaum im Sinne seiner Frau gewesen sein könne, alle Lebensfreuden aufzugeben und damit auch das Leben der kleinen Silke nicht mehr so richtig hell werden zu lassen.

Ihm sei das Gespräch damals wie eine Erlösung vorgekommen, erzählte er. Noch in derselben Nacht sei er zum Grab gegangen und habe das getan, was bis dahin jedes Mal in dem Versuch steckengeblieben sei, Zwiesprache zu halten mit ihr, der Toten, oder wenigstens einem Zeichen von ihr nachzuspüren. Aussichtslos immer, dieses armselige Bemühen der armseligen Hinterbliebenen. Auch dieses Mal. Offenbar ließe sich Gott, was das Überschreiten der Grenze zwischen Leben und Tod betreffe, auf keinen noch so kleinen Kompromiss ein.

Trotzdem sei er in einem schon lange nicht mehr gekannten inneren Frieden nach Hause gegangen, mit dem festen Vorsatz, neu zu beginnen, Silke und sich selbst das Leben so schön zu machen wie nur möglich. Daran habe er sich seitdem gehalten. Auch die Beteiligung am Münchner Jazz-Festival sei dafür ein Zeichen gewesen, ebenso seine Liebe zu mir, die freilich, weil sie eine Nonne betreffe, etwas ungewöhnlich sei. Er werde mich nicht mehr aufgeben, sich notfalls mit seinem Nebenbuhler, dem Kloster, anlegen.

Ich hörte gerne seine Stimme. Und ich hätte ihn stundenlang anschauen können. Die kurzen grauen Locken standen ihm wirr um den Kopf, rahmten das schmale Gesicht mit dem grauen Schimmer seines Dreitagebartes ein, seine blauen Augen hinter der Brille schauten lebhaft, aufmerksam, mit einem winzigen Anflug von Spottlust. Er war groß, schlank, in seinen Bewegungen jedoch eher etwas unbeholfen, zögernd. Mit der federnden Sportlichkeit mancher Männer oder gar dem raumgreifenden Seemannsgang konnte er nicht mithalten. Gott sei Dank.

Nicola lernte ihn ja später kennen. Auch wenn sie, erwachsen geworden, all das ignoriert, was sie so sehr an unserer Situation gestört hat, wird sie doch zugeben müssen, dass Lars ein ganz besonderer Mensch war, verlässlich, humorvoll, tolerant und, nicht zu vergessen, durch und durch musikalisch. Dass ich ihn nicht *vor* meinem Eintritt ins Kloster kennengelernt hatte, dass wir keine gemeinsamen Kinder hatten, dass für mich die vielen Jahre ohne ihn womöglich sinnlos oder zumindest am Rande wirklich erfüllten Lebens vorübergegangen waren, darüber nachzudenken brachte mir immer wieder eine andere, neue Antwort ein. Aber diese Ambivalenz in mir habe ich akzeptiert. Sie zeigte mir, dass uns Gott keine gültigen Antworten gibt, wenn wir anfangen, an unserer Vergangenheit herumzukritisieren, sie in Frage zu stellen, vor allem dann, wenn es uns gutgegangen war. Und war es mir nicht gutgegangen?

16. November 2006

Den Nachmittag heute habe ich wie eine vorweggenommene Weihnachtsfeier erlebt. Schwester Ignatia, unsere von Arthrose geplagte frühere Organistin, hat mich in die Kirche mitgenommen. Pater Valentin, der Organist und Mechthild-Freund, den wir uns seit Sophias Tod mit den benachbarten Benediktinern teilen, übte Weihnachtschoräle auf der Orgel, auch Präludien und Fugen von Bach. Ich schloss die Augen. Ich sah wieder vor dem Altar die vielen Tiere, die einst zur Segnung hierhergebracht worden waren, ich hörte von der Empore herunter das Geigenspiel von Nicola, auf der Orgel leise von ihrer Mutter begleitet. Ich hörte die Stimme unserer Äbtissin.
Die Verbindung mit den Verstorbenen in diesen Stunden auf der hintersten Kirchenbank hat mich mit Frieden erfüllt, so dass ich später froh und zuversichtlich am Arm von Ignatia nach Hause ging. Nicht zuversichtlich in der Hoffnung auf Heilung, sondern in einer zaghaften Vorfreude auf meine Freunde, die mich vielleicht in der anderen Welt empfangen werden. Noch hält dieser leichte Zustand an.

18. November 2006

Heute wird es den ganzen Tag nicht hell, und es bleibt still draußen, unbewegt, die Natur ist für eine Zeit zur Ruhe gekommen. Ich bin müde, würde mich gerne schlafen legen und irgendwann einfach hinüberschlafen, vielleicht inmitten eines schönen, unaufgelösten Traumes. Oder aber inmitten der Erinnerungen, die sich als besonders glücklich in mir eingenistet haben und an die ich mich jetzt heranzutasten versuche. Immer in der Unsicherheit, ob sie sich womöglich meinem Zugriff entziehen werden, wenn ich sie in Worte fassen will.

Mag sein, dass sich mein damaliges Liebesglück nur deshalb so schwer beschreiben lässt, weil es eine enge Verbindung eingegangen war mit einer in dieser Weise nie erlebten Empfindung von Freiheit. Dabei war Unfreiheit im Kloster nie wirklich mein Problem gewesen. Sie war ja selbst gewählt und hatte sich, da sie zum akzeptierten System gehörte, ganz unaufdringlich und jedenfalls nicht einengend angefühlt.

Was ich aber jetzt erlebte, schien sich über mir auszubreiten wie ein unendlich weiter, warmer, heller Himmel, ohne dass ich die Vergangenheit als sinnlos vergeudete Zeit zurücklassen und bedauern musste. Alles stimmte, nichts wurde mehr in Frage gestellt.

An welcher Stelle meiner Vergangenheit ich denn im Augenblick mit dem Aufschreiben sei, fragte Johanna, und ob es dabei bleibe, dass sie es später lesen dürfe?

»Du als Allererste, und du sollst auch entscheiden, ob du es danach an Nicola weitergibst oder nicht. Und im Manuskript bin ich jetzt, ach Gott, Johanna, ich bin jetzt da, wo ich mit Lars nach Husum fuhr, aus dem Münchner Hotel direkt nach Husum.«

20. November 2006

Es war ein sehr heißer Tag in diesem verrückten Juli, wir fuhren im offenen Auto. Ich trug noch immer Kleider von Sophia, halblange Jeans und ein rotes T-Shirt. In Husum wollte ich dann endlich mit meinem wenigen Geld für eigene Sachen sorgen. Ich war mir ja eigentlich schon sicher, wie es mit mir weitergehen würde.

Ich glaube, an diesem Reisetag besaß ich Flügel. Ich war verliebt und frei, ich hätte davonfliegen können, mich in Luft auflösen. Dazu seine Musik, von seiner eigenen Band auf CD aufgenommen, sein Saxofon ...

Ich habe mitgesummt, und der Wind trug alles davon. Manchmal löste ich ihn am Steuer ab, zufrieden, dass ich den Führerschein hatte und auch einige Fahrpraxis. Wir machten nicht auf irgendwelchen Parkplätzen Pause, sondern nahmen Ausfahrten und fuhren über schmale Wege ins Land hinein, in dieses wunderschöne weite Land. Die Getreidefelder waren noch nicht gemäht, überall an ihren Rändern leuchtete das heiße Rot der Mohnblumen.

Und wir lagen auf unserer Decke, schauten an den Gräsern vorbei in den blauen Himmel, aßen unsere Brote, unterhielten uns und küssten uns.

Abends bei Sonnenuntergang kamen wir endlich in Husum an, fuhren über die Hafenstraße am Binnenhafen vorbei. Es roch nach Wasser und Seetang. Ich bewunderte die alten Giebelhäuser, die von der Abendsonne angeleuchtet wurden. Auf der anderen Seite zogen die Möven über den bunt angestrichenen großen und kleinen Schiffen ihre Kreise.

Und ich fand Lars' Vorschlag gut, nicht sofort zu seinem Haus in die Süderstraße zu fahren, sondern uns im Ratskeller unter dem Alten Rathaus mit seiner Tochter zu einem gemeinsamen Abendessen zu treffen.

Er suchte sich eine Parklücke und drückte auf eine eingespeicherte Nummer seines Autotelefons. Er hatte Glück, Silke war zu Hause. Wir seien jetzt da, und ob sie Lust hätte, zu uns in den Ratskeller zu kommen? Sie sagte sofort zu.

»Gleich kommt sie«, erklärte er mir, ein gutes Essen ließe sie sich nicht entgehen, und natürlich sei sie gespannt auf die Nonne.

»Hättest du ihr das unbedingt erzählen müssen?«

»Ich meine schon. Schließlich sollst du jetzt für zwei Wochen bei uns in der Süderstraße wohnen, da wäre es sowieso rausgekommen.«

»Ich bin ziemlich nervös vor dieser ersten Begegnung, das musst du doch verstehen.«

Lars lachte. »Die heutige Jugend, Luzia, ist alles, nur nicht verklemmt! Silke wird so ungebremst hier hereingeschneit kommen und so viel plappern, dass du alle Bedenken vergisst.«

Er hatte recht.

Ein modernes junges Mädchen in Jeans und einem schwarzen Top mit Spaghettiträgern tauchte auf, sechzehn Jahre alt, lange blonde Haare, rot gefärbte Strähnen dazwischen, sehr hübsch, selbstbewusst, selbständig. Kein Wunder bei einem Mädchen, das allein beim Vater aufwuchs, wahrscheinlich mit sehr vielen Freiheiten. Sie begrüßte mich ziemlich flapsig, hey, ich bin die Silke, verhielt sich aber im Verlauf des Abends weder arrogant noch eifersüchtig oder, was noch schlimmer gewesen wäre, stumm. Sie erzählte von ihren Freundinnen und Freunden, von der Disco, ihren Cola-Partys, irgendwelchen geilen Klamotten, einer Rockgruppe mit einem hammermäßigen Hit.

Trotz ihrer lockeren Tonart fielen meine Glücksgefühle des ver-

gangenen Tages spürbar in sich zusammen. Ich kam mir neben dieser fröhlich sprudelnden, jugendlichen Oberflächlichkeit alt und altmodisch vor. Und fürchterlich bieder. Alles andere als am Puls der Welt!
Jedenfalls war mir klar, sie wird mit mir nicht warmwerden können, ebenso wenig wie ich mit ihr. Nicht, weil sie unsympathisch ist, sondern weil ich mich in ihrer Welt überhaupt nicht auskenne. Das wird sich auch nicht ändern, mit meiner Kloster-Biographie, meinem Alter.
Es war das erste wirklich schmerzhafte Signal meiner Weltfremdheit, das ich als ausgescherte Nonne zur Kenntnis zu nehmen hatte. Und ohnehin hatte ich meine Zweifel, ob ich all das versäumte weltliche Leben noch einmal aufholen konnte.

23. November 2006

Silke hatte mir im Gästezimmer das Bett bezogen, Mineralwasser und ein Glas hingestellt.
Beide zeigten mir, nachdem ich meinen (Sophias) Rock aus meiner (Sophias) Reisetasche genommen und auf einen Bügel gehängt hatte, ihr Haus. Eine hübsche, weiß gestrichene Jugendstilvilla inmitten eines großen verwilderten Gartens. Die weitläufige Terrasse war zu beiden Seiten eingewachsen von ungeschnitten ineinander verschlungenen Rosenhecken, roten und weißen Rosen, die sich an Holzgittern bis zum darüberliegenden Balkon des ersten Stockes hochrankten. Ein wenig verblüht schon – es war der letzte Julitag –, aber in ihrer Fülle noch immer schön anzusehen.
»Die gab's schon, als wir hier einzogen«, erklärte Lars, »und sie dürfen wachsen, wie sie wollen.«

»So wie unser ganzer Garten«, lachte Silke, »und so wie ich.«
»Du führst sicher ein sehr freies Leben?«
»Denke schon. Mein Daddy ist als Erzieher ungeeignet, mir kann's nur recht sein. Wir zwei kommen super miteinander aus.«
Sie wandte sich ihrem Vater zu: »Morgen fahre ich mit Tina und ihrer Mutter nach Westerland. Dann habt ihr sturmfreie Bude und euer Liebesnest ganz für euch allein.«
Lars schien von diesem Plan nichts gewusst zu haben. »Ihr fahrt nach Sylt?«
»In ihre Wohnung, wie immer. Wir haben doch Ferien, mein Gott, Daddy!«
Er lächelte und klopfte ihr auf die Schulter. »Gut, dann wäre das ja geklärt.« Das Liebesnest überhörte er.
Ich war wieder erschrocken. Diesem sechzehnjährigen Mädchen würde ich nicht gewachsen sein, ganz gleich, wie Lars sich unser Zusammenleben vorstellte, gemeinsam in diesem Haus oder, was das Wohnen betraf, getrennt. »Wir zwei kommen super miteinander aus.« Hatte sie mir damit eine Botschaft übermitteln wollen? Lars schien das nicht bemerkt zu haben. Er wirkte fröhlich und locker und brannte darauf, mir sein Jazz-Studio unten im Keller zu zeigen. Deshalb schob ich meine trüben Gedanken beiseite und stieg mit ihm und Silke die Kellertreppe hinunter.
Als Kind war ich eine Wasserratte. Witterte ich irgendwo Wasser oder gar ein Schwimmbad, hielt mich nichts mehr zurück. Aufgeregt zog ich mich in der Kabine um, dachte an nichts anderes als an den Geruch und die Kühle des Wassers, an das Eintauchen, daran, den Boden unter den Füßen aufzugeben und endlich zu schwimmen. Diese Leidenschaft war lange schon vorüber. Ähnlich zog mich aber jetzt der Musikkeller an.

Die Jazz-Klänge, die von entfernten Ufern unseres Sees zu uns herüberwehten, hatten mich doch schon immer in Schwingung versetzt, so dass ich mich am liebsten mit oder ohne Nonnenkutte in den Rhythmus geworfen hätte wie damals ins Wasser. Um darin einzutauchen.

Der Keller, mit Ausnahme zweier Vorratskammern, bestand aus einem einzigen großen Raum.

Ich blieb erst mal stehen, atmete tief durch.

Einen durch Decken- und Wandverschalungen akustisch derart ausgeklügelten Musikraum hatte ich noch nie gesehen. Auch nicht, was die sonstige Ausstattung betraf.

Die durchgehende indirekte Beleuchtung an den oberen Rändern der Wände gab dem Raum ein weiches Licht. Trotzdem standen noch kleine Stehlampen in den Ecken, die Schirme mit rostfarbenem Stoff bespannt. Überall lagen Instrumente auf dem Teppichboden herum, zwei Trompeten, eine Oboe, eine Tuba, ein Fagott, zwei Klarinetten, das Saxofon von Lars, der Kontrabass stand an die Wand gelehnt. An der Seite ein altes Ragtime-Piano und davor das blitzende, glitzernde Instrument, das mich am meisten faszinierte: ein phantastisches, mit allen Finessen ausgestattetes Schlagzeug! »Unser bisheriger Schlagzeuger hat es hier zurückgelassen, bis er in Hamburg Fuß gefasst hat und bis wir deines hierhertransportiert haben.«

Hierhertransportiert? Silke schaute ihren Vater in einer Mischung aus Ungläubigkeit und Belustigung an. »Eine entlaufene Nonne am Schlagzeug? Bin ich im falschen Film?«

Gott sei Dank wurde Lars ärgerlich. »Ich will das von der entlaufenen Nonne nicht hören, ist das klar? Im Übrigen weißt du längst, dass Luzia Schlagzeugerin ist.«

»Nicht so gut wie Elvin Jones oder Tony Williams«, mischte ich mich zaghaft ein, »aber für den Hausgebrauch ausreichend.«

Dann wandte ich mich an Silke: »Tu mir den Gefallen und lass die entlaufene Nonne einfach ruhen.« Ohne ein weiteres Wort setzte ich mich ans Schlagzeug und legte mit meiner virtuosesten Nummer los, vor Jahren selbst ausgedacht, schwierig, fetzig, sozusagen mein Paradestück. Und ich war gut in Form!
Nach meinem letzten Schlag erst einmal Stille.
Doch dann die unvermeidliche Aufzählung gängiger Jugendwörter. »Geil, hammermäßig, total cool!« Sie strahlte ihren Vater an. »Mann, das ist ja 'n Ding, deine Altherren-Band wird ausflippen!«
Ich hatte gewonnen, wenigstens vorläufig. »Nicht mehr entlaufene Nonne?«
»Kein Thema mehr.« Sie reichte mir die Hand.

27. November 2006

Nicola hat in den letzten drei Tagen jeden Abend aus Berlin angerufen. Meine Krankheit macht ihr Sorgen. »Du gehörst doch zu mir, Luzia.«
»Natürlich gehören wir zwei zusammen. Deshalb war ich ja so traurig, als du dich den ganzen April und Mai über nicht gemeldet hattest.«
»Ob ich mich abnabeln wollte? Aus dem Kloster raus? Irgendwie hatte ich auf einmal das Gefühl, ich müsste etwas nachholen.«
»Und da war dir der Gedanke an die Vergangenheit im Weg.«
»Vielleicht. Aber das ist vorbei und tut mir auch leid. Ich bin jetzt Berlinerin und habe einen Freund. Trotzdem ist mein Urzuhause bei dir! An unserem See, in unserem kleinen Häuschen, in der Gärtnerei mit den vielen schrecklichen Möhren,

den knallroten Staudentomaten und den tausend Basilikumtöpfen, bei den Nonnen, bei Mamas Grab.«
»Und wir haben uns ja auch wieder, so wie immer.«
»Ja, ja und tschüss.« Sie weinte. Und legte deshalb schnell auf. Wie gern würde ich sie auf ihrem weiteren Lebensweg begleiten.

1. Dezember 2006

Freitag, erster Dezember heute. Ein ganz guter Monatsanfang. Die Schwäche hält sich in Grenzen, Übelkeit und Schmerzen liegen allenfalls auf der Lauer. Der Doktor war noch da gestern Abend. Ich mag nach wie vor seine ruhige, sachliche Art, mit der er mir über die Runden hilft, ohne immer gleich ans Krankenhaus zu denken. Oder mir mit düsteren Prognosen Angst einzujagen. Ich weiß ja selbst, wie es um mich steht, und es tröstet mich der Satz von Franz von Assisi, den ich heute in einer kleinen Schrift las: Der Tod ist das Tor zum Licht, am Ende eines mühsam gewordenen Lebens.
Es stimmt, das Ende nun ist mühsam. Aber war im Sommer 1992 mein Absturz aus allerhöchster Höhe nicht zu einem noch viel mühsameren Teil meines Lebens geworden? Wie hatte ich dieses Ende der Husumer Tage überhaupt aushalten können? Mein Glaube jedenfalls war nicht der große Helfer. Im Gegenteil, er legte sich quer wie ein riesiger umgekippter Baum, dessen Äste mir die Sicht versperrten. Wollte sich ein klarer Gedanke hervorwagen, so tauchte blitzschnell ein hartnäckiger Quälgeist, mein Schuldgefühl, auf und schlug ihn in die Flucht. Mein Schuldgefühl. Ich hatte so sehr gehofft, es würde im Laufe der Zeit milder, bedeutungsloser, es würde sich relativieren

und damit ein wenig abtragen lassen. Wahrscheinlich war es auch so. Nur vollzog sich das alles so langsam, dass ich es kaum bemerkte.

Übermorgen ist erster Advent. Johanna war heute Vormittag mit mir am See, nur eine halbe Stunde. Ein vernebelter Tag, sehr still, auch das Wasser ohne Bewegung. In den Häusern brannte sogar tagsüber Licht. Wenn ich als Kind spätnachmittags vom Schlittenfahren nach Hause stapfte, müde und hungrig, und ich sah schon von weitem unser hell erleuchtetes Küchenfenster im winzig kleinen Haus, dann lief ich sofort schneller, in der Vorfreude auf Mamas Empfang, auf die Wärme des Ofens, auf den gedeckten Abendbrottisch. Immer stand in seiner Mitte die braune Teekanne, gefüllt mit heißem Pfefferminztee. Meine Mutter hatte ihre grüne Gärtnerschürze abgelegt und ihren alten, schon sehr fadenscheinigen Morgenrock angezogen, grau mit feinen weißen Streifen, die Streifen nach jeder Wäsche undeutlicher zu erkennen. Ich habe ihn nie vergessen. Vor allem aber nicht die vertraute Atmosphäre, den Frieden zwischen uns beiden, die leise Unterhaltung, die sich um den zu Ende gehenden Tag drehte. Meistens waren es Belanglosigkeiten, aber gerade die bauten in unserem Leben die innere Sicherheit auf, die wir durch die Flucht verloren hatten.

Meine Mutter. Ich sehe sie noch immer vor mir, obwohl seit ihrem Tod ein halbes Leben darüber hingegangen ist. Ihre dunkelblonden, hinter die Ohren gestrichenen Haare, das zarte blasse Gesicht mit den freundlichen Augen. Ich habe sogar noch eine Ahnung von ihrer Stimme, immer ein wenig heiser. Ob sie wohl bei mir ist, wenn ich so intensiv an sie denke? Ob sie mich empfangen wird?

3. Dezember 2006

Erster Advent. Weit entfernt die Husumer Sommertage. Die Bilder sind unschärfer geworden, kleiner auch. Aber sie sind da.
Alles, was wir unternahmen – Wanderungen durch die verträumte Husumer Altstadt, durch den Schlosspark, immer wieder zum Theodor-Storm-Denkmal, Ausflüge zu den Nordfriesischen Inseln oder zu den Seehundbänken –, überall fühlte ich mich in einer zauberhaften neuen Welt. Und wenn wir im Sand am Meer saßen, über uns der tiefblaue, sternenübersäte Nachthimmel, wir nicht redeten, aber unsere Übereinstimmung spürten, wurde ich von einer großen, weichen Welle erfasst, die mich trug und am Ende irgendwelche Zweifel, Verzagtheiten oder Einsprüche in einem kleinen Strudel untergehen ließ.
Wie die Dinge sich entwickeln würden, konnte ich damals nicht ahnen. Und das war gut so.

4. Dezember 2006

In den Nächten begegnet mir jetzt öfter meine Mutter, etwas verschwommen in der Ferne und nur für wenige Sekunden. Aber ich erkenne sie. Vielleicht will sie mich an sich erinnern oder trösten oder beides. Sie geht nur vorüber, schaut mich kurz an, hebt die Hand zum Gruß.
Ich möchte dieses Manuskript unbedingt noch zu Ende bringen und jetzt wieder Husum auf den Plan rufen.
Unsere aufregenden Jazz-Abende in Lars' Keller. Seine lauten, erwartungsvollen Freunde, die jedes Mal so ungeduldig an ih-

ren Instrumenten herumtüftelten wie Pferde, die vor dem Rennen mit den Hufen scharren. Ehe sie dann endlich gemeinsam anfangen durften. Mir ging es nicht anders. Ich konnte die ersten Takte so wenig erwarten wie als Kind das Eintauchen ins Wasser. Wir sehnten sie herbei, die geliebten Klassiker »Deed I Do«, »I'm Getting Sentimental Over You«, »It Don't Mean a Thing« und, vor allem, »Caravan«, unsere Wüstenmusik mit der berühmten Melodie der kleinen Sekundschritte.

Wir spielten, wenn auch mit redseligen Kaffeepausen, die Nächte durch und ließen Ermüdungen erst gar nicht aufkommen. Verständlich, dass es mich immer von neuem beflügelte, für mein Schlagzeug Lob und Bewunderung einzuheimsen. Ich machte meine Sache gut. Nicht eine einzige technische Hürde, die mir misslungen wäre. Ich war verliebt und wuchs über mich selbst hinaus.

5. Dezember 2006

Schwester Maria Magdalena hatte mir ja eine Bedenkzeit von vierzehn Tagen zugestanden. Mitte August war sie zu Ende, und ich musste schon bald an den Abschied denken.

Mittlerweile war Silke zurückgekommen, hatte von mir wenig Notiz genommen und uns in Ruhe gelassen.

Es war deutlich, eine neue Mutter wollte sie in mir nicht sehen. Ich wollte diese Rolle ebenfalls nicht und unternahm in dieser Hinsicht auch gar keine Versuche. Ihrem Vater hatte sie in einem längeren Gespräch erklärt, ich sähe ja gut aus, hätte tolle blonde Locken und wäre eine spitze Schlagzeugerin, aber er müsste mich doch bitte nicht gleich heiraten.

Lars, etwas bedrückt, gab mir diese Nachricht nun weiter, weil ich ihn um Offenheit gebeten hatte, und warb sofort um Verständnis. »Sie ist eifersüchtig, Luzia, aber das wird sich ziemlich bald legen. Ich werde jedenfalls meine Pläne durchziehen, und du machst hoffentlich mit!« Für ihn, trotz Silke, sah alles so klar aus. Für mich freilich stand mehr auf dem Spiel. Ich musste das Kloster verlassen, Nicola von der Notwendigkeit eines Umzugs überzeugen, sofort seine Ehefrau werden und mit ihm in einer für mich ganz neuen Welt leben.

Seine Begründungen allerdings stimmten. Dass wir zusammenpassten und uns einen Streit auch in Grundsatzfragen nicht vorstellen konnten. Dass es nicht einmal in unserem Gottesglauben Differenzen gab, obwohl er evangelisch war und, wie alle Protestanten, keinen Bezug zur Gottesmutter hatte und von klösterlichem Leben schon überhaupt nichts wusste. »Lass dich dadurch nicht stören«, meinte er, »der liebe Gott und seine Familie sind mir zwar nicht immer so gegenwärtig wie dir, aber sie gehören zum Leben dazu, und ich bin froh, dass wir sie haben.«

Dass ich in der Entscheidung den schwierigeren Part hatte, wusste er, und er wollte es mir so leicht wie möglich machen. Dabei war mein Entschluss eigentlich gefasst. Eigentlich.

Durfte ich mich denn innerhalb so kurzer Zeit für die Ehe entscheiden? Oder stolperte ich einfach nur hinein wie jemand, der die Schwelle übersieht und sofort der Länge nach hinfällt?

Mit Sophia telefonierte ich nicht nur oft, sondern sie schrieb mir auch gegen Ende meiner Husumer Tage einen langen Brief.

Meine liebe gute Luzia, nach unseren vielen Telefoniererereien solltest du jetzt endlich einen Schlussstrich unter dein Wenn und Aber ziehen! Wie du an meiner Biographie siehst, geht man mit jeder Ehe ein kleines oder größeres Risiko ein. Aber ich sage dir schon jetzt, das Risiko mit Lars ist, trotz Tochter Silke, winzig klein. Und selbst wenn etwas schiefginge, was ich nicht glaube, fändest du als ausgelernte und erfahrene Gärtnerin immer wieder einen Job, um dich über Wasser zu halten. Außerdem bin ich ja auch noch da! Muss wirklich ich dir sagen, dass du etwas mehr Gottvertrauen haben solltest?!

Dabei ist mein Rat gegen mich selbst gerichtet! Denn ich leide wie ein Hund bei der Vorstellung, dich zu verlieren, mit dir nicht mehr singen, lachen, heimlich bis in die Nacht schwatzen, dir meine Bach-Fugen nicht mehr auf der Orgel vordröhnen zu können. Wir werden uns nicht mehr gemeinsam an Nicolas Geigenspiel freuen, auch nicht an unseren Chorproben, und wir werden abends nicht mehr auf unserem Schilfweg am See entlangspazieren und vom anderen Ufer die Glocken hören. Von unseren Jazz-Nächten will ich gar nicht erst reden! Eine Schlagzeugerin wie dich werden wir hier auf dem Land nicht finden, also wird sich unsere Band wahrscheinlich in Wohlgefallen auflösen. Traurig, traurig. Trotzdem, wenn ich tief in mich hineinhorche und dabei nur an dich denke, bin ich überzeugt, dass dich deine Liebe zu diesem Mann nicht in die Irre führen wird. Ich habe ihn ja kaum kennengelernt, aber in den wenigen Stunden hat er mir schon sehr imponiert mit seiner handfesten Hilfsbereitschaft, nicht zuletzt aber auch mit seinem Saxofon. Alles, was aus deinen Erzählungen so rüberkommt, macht mich sicher, dass du es gut haben wirst. Und einen Sekretärinnenjob an seiner Seite bietet er dir ebenfalls an. Was willst du mehr? Bedenke auch, dass du im Kloster schon seit einiger Zeit nicht mehr sattelfest warst, dass du über kurz oder lang ganz von selbst die Kutte an den Nagel gehängt und auf etwas Neues gehofft hättest. Und schließlich ein Satz von Václav Havel: »Hoffnung ist nicht die Überzeugung, dass etwas gut ausgeht, sondern die Gewissheit, dass etwas Sinn hat, egal, wie es ausgeht.«

Den Sinn dürftest du kennen. Wenn nicht, dann sage ich ihn dir: deine Liebe zu Lars Kesting mit e.

Wenn ich nun das alles noch mal durchlese und mein Zurückgelassenwerden bedenke, wird mir klar, dass ich dir mit Nicola, Pelz- und Federgetier, Sack und Pack eines Tages nachfolgen muss. Vielleicht mit dem großen Glück, in deiner Nähe eine Kantoren-Stelle zu ergattern, eine kleine Wohnung dazu, in der Heimtiere erlaubt sind, und einen Stall für Pauline, Paul und Franz. Einfach wird es nicht sein, aber siehe Václav Havel und die Hoffnung! Der Sinn? Unsere Freundschaft. Punkt. Sicher auch meine Neugier auf Norddeutschland. Neuanfänge haben mich schon immer gereizt. Auch wenn das Alte, Bekannte rundherum schön und passend und in Ordnung ist. Nicola werde ich überreden müssen. Sie liebt unsere Wohnung, ihre Schule, ihre Geigenlehrerin, vor allem ihre Freundin Theresa, von der sie sich nicht trennen will. Ich werde es sehr vorsichtig angehen müssen, auf keinen Fall will ich sie unglücklich machen. Kommt Zeit, kommt Rat.

Jetzt schlage ich dir erst einmal vor, dass ich am Montag, wenn ich meinen Sonntagsdienst in der Kirche hinter mir habe, mit meiner alten Karre zu dir nach Husum fahre, einen Tag bei euch bleibe und dich dann mit nach Hause nehme. Nicola ist schon recht selbständig und kann die Pelztiere versorgen. Johanna hält die Hand darüber und lässt die verlässliche Agnes nachts bei ihr schlafen.

Und ich, kann ich bei euch in der Süderstraße übernachten? Hotel geht aber auch. Ich freue mich auf dich, auf Lars, auf Husum, auf unsere gemeinsame Rückfahrt. Ich habe tolle CDs, nicht nur Jazz, auch das Klavierkonzert von Rachmaninow, von der Argerich gespielt. Ich sage dir, wenn man das hört, verliert man schnell die Bodenhaftung, um im nächsten Moment schon wieder in den Boden hineingedrückt und durch irgendwelche unterirdischen Gänge gejagt zu werden, bis Licht auftaucht, sich neue riesige Klangräume

auftun. Ganz, ganz entfernt wie bei Richard Strauss, aber in sich doch etwas gefasster und von einer Melancholie, die sich so gut und sanft anfühlt, dass man sie festhalten möchte. Klingt paradox, ist aber so. Ich werde auch das Klavierkonzert A-Dur von Mozart mitnehmen, von der Clara Haskil gespielt. Du weißt ja, der langsame Satz schließt mir den Himmel auf.
So, meine Liebe, wir telefonieren noch, und du sagst mir, ob du mit meinem Abhol-Vorschlag einverstanden bist.
Bitte sei es! Deine Sophia

6. Dezember 2006

Zwei Tage danach setzte sie sich in ihren alten Golf, voller Vorfreude und, wie sie mir noch kurz vor ihrer Abfahrt zusicherte, bestens ausgeschlafen und unbeeindruckt von der langen Fahrt, die vor ihr lag. Es war der zehnte August 1992, ein strahlend schöner Tag.
Über Raststätten-Telefone blieben wir in Verbindung. Die Autobahn sei belebt, aber nicht überfüllt, sie komme trotz vieler Lastwagen gut voran.
Am Abend, etwa anderthalb Stunden, bevor wir mit ihrer Ankunft rechnen konnten, teilte sie mir mit, bei der nächsten Ausfahrt wolle sie die Autobahn vorübergehend verlassen, um »ein bisschen flaches Land« anzusteuern, auf einer Wiese Rast zu machen, etwas zu essen, zu trinken, sich ein wenig ins Gras zu legen und in den Augusthimmel zu schauen. »Einfach ein bisschen relaxen und Kraft tanken für meine Ankunft. Denn wenn ich bei euch bin, geht der Abend ja erst richtig los!«
Das waren die letzten Worte, die ich von Sophia hörte.

7. Dezember 2006

Als eine halbe Stunde nach diesem Gespräch unser Telefon klingelte und ich in der sicheren Annahme, es sei Sophia, den Hörer abnahm, hörte ich zunächst nur ein Räuspern und leichtes Rauschen, ehe mir ein fremder Mann mitteilte, es habe auf der Landstraße einen schweren Unfall gegeben, in der Brieftasche der jungen Frau habe zuoberst ein Zettel gelegen mit meiner Telefonnummer und der Bitte, mich bei einem Unfall sofort zu verständigen.

»Bitte bleiben Sie am Apparat!«, rief ich ins Telefon. »Bitte legen Sie nicht auf, ich weiß ja gar nicht …« Ich zitterte so, dass ich kaum den Hörer festhalten konnte, er schlug regelrecht gegen mein Ohr. »Nur ruhig«, sagte der Mann, »ich bleibe so lange am Apparat, bis wir alles geklärt haben. Handelt es sich um eine Verwandte von Ihnen?«

»Nein, um eine Freundin, meine beste Freundin, sie ist auf dem Weg zu uns …«

»Sie lebt nicht mehr«, unterbrach er mich, »das ging alles so schnell.«

Ich fing zu weinen an und rief nach Lars. Er kam sofort und nahm mir das weitere Gespräch ab. Ich sackte auf einen Stuhl, alles drehte sich vor meinen Augen, wurde dunkel, die Gegenstände entfernten sich in einer immer enger werdenden Spirale, ich hörte Lars' Stimme nur noch ganz leise. Aber ich fiel nicht in eine erlösende Ohnmacht, sondern verharrte in diesem schwankenden, nebligen Vorraum, der einer Ohnmacht manchmal wie eine letzte Hürde vorgebaut ist.

Lars holte mich zurück, sehr ernst, und erklärte mir, was passiert war. Der fremde Anrufer sei auf einem Feldweg neben der schmalen Landstraße mit seinem Hund spazieren gegangen. Der

VW Golf der jungen Frau sei auf der Straße von links gekommen, in normalem Tempo. Plötzlich, kurz vor einer ganz und gar unübersichtlichen Linkskurve – ein Steilhang dort versperre zusätzlich jeden Überblick –, habe sie heftig gebremst und angehalten, sei sofort ausgestiegen und nach links über die Straße gelaufen. Er habe ihr noch zugerufen, ob sie wohl wahnsinnig sei. Im selben Augenblick sei schon das Unglück passiert. Ein VW-Bus sei nicht eben langsam um die Kurve gekommen, habe Sophia sofort erfasst. Laut quietschende Bremsen, ihr hochgeschleuderter Körper – und gleich darauf diese entsetzliche Stille, in der man meinte, alles sei innerhalb von Sekunden gestorben, nichts bewege sich mehr. Nur von irgendwoher Musik. Der Fahrer des VW-Busses, ein Mann mittleren Alters, sei herausgesprungen, kreidebleich, habe immer nur den Kopf geschüttelt und auf die bewegungslose Frau gestarrt. Er, der Anrufer, habe schnell das Warnkreuz aus Sophias Kofferraum geholt, um es jenseits der verhängnisvollen Kurve aufzustellen. Die Musik sei aus dem Inneren ihres Autos gekommen. Sie hätten sie abgestellt. Die Frau, sie sei mit Sicherheit sofort tot gewesen, habe sie ja nicht mehr hören können. Und natürlich hätten sie umgehend die Polizei verständigt.
Auf der von Sophia zu Fuß angesteuerten Straßenseite habe sich eine schwer verletzte Katze herumgeschleppt. Sie sei wohl wenige Minuten oder Stunden zuvor von jemandem angefahren worden, und Sophia habe sie vermutlich entdeckt und retten wollen. Daher diese ganze Aktion.
»Natürlich, Sophia wollte der Katze helfen.«
»Und war dabei so leichtsinnig.«
»Sie wird gedacht haben, das ginge alles sehr schnell, die Katze hochheben, mit ihr zurücklaufen, sie ins Auto packen, weiterfahren, dichten Verkehr gab es da ja nicht.«

Lars schaute mich an, sagte aber nichts.

»Lars, wir müssen es Nicola beibringen – mein Gott, sie ist erst neun! Und die Schwestern müssen wir anrufen, was machen wir denn jetzt? Und wie geht alles weiter?« Ich hielt meinen Kopf mit beiden Händen fest, als fürchtete ich, den Verstand zu verlieren.

Lars strich mir über meinen heißen, vor Aufregung schwitzenden Rücken. »Bleib ganz ruhig. Ich spreche jetzt mit unserer Polizei, fahre sofort zur Unfallstelle und übernehme dann alles Weitere.«

Und in mir begann sich ein einziger Gedanke auszubreiten und rigoros die Regie zu übernehmen: Sophias Tod ist die Strafe für mein Ausbrechen aus dem Orden.

8. Dezember 2006

Ohne Lars wäre ich aufgeschmissen gewesen.

Am Unfallort besprach er alles mit der Polizei und veranlasste Sophias Überführung in unser Kloster. Er fand auch die verletzte Katze, die sich mittlerweile unter ein Gebüsch am Straßenrand geschleppt hatte und noch immer, wenn auch in tiefer Bewusstlosigkeit, zu leben schien. Bevor er später wieder zu mir zurückkam, brachte er sie zum Tierarzt, der sie wegen ihrer schweren Verletzungen einschläferte. Wir haben sie noch in der Nacht im Husumer Garten begraben, eine wunderschöne braun-schwarz getigerte Katze. Und noch etwas brachte Lars mit. Sophias Schutzengel mit den bunten Flügeln. Auf dem Beifahrersitz habe er gelegen.

Ihr Auto, nachdem er es schnell ausgeräumt hatte, ließ er nach Husum abschleppen zu einem Gebrauchtwagenhändler, den er

kannte und der es für Nicola verkaufen sollte. Für mich wollte ich es nicht haben, nicht dieses Auto!
Lars beurlaubte sich für ein paar Tage von seiner Kanzlei, fuhr mich noch am Ende dieser langen Nacht nach Hause und nahm dort alles, was geregelt werden musste, in die Hand. Er wohnte natürlich bei Nicola und mir.
Der Jammer der Kleinen war so herzzerreißend, dass ich mich in den nächsten Tagen und Nächten nur um sie kümmerte, sie stundenlang in meinen Armen hielt, zu beruhigen und zu trösten versuchte.
In ihr saß aber schon der Stachel gegen mich, die ich ihrer Meinung nach am Tod ihrer Mutter schuld war. Wäre ich nicht in Husum gewesen ...
Zunächst hat sie es nicht ausgesprochen, aber ich spürte den stummen Vorwurf. Würde er sich in Hass verwandeln? Und hätte sie nicht sogar recht?
Damit würden sich meine neuen Lebensplanungen vollends zerschlagen.

9. Dezember 2006

Im Kloster war man fassungslos. Viele der Schwestern weinten, als sie mit mir über das Unglück sprachen. Johanna konnte sich gar nicht beruhigen. »Die Sophia war doch das Leben selbst, wie kann denn so jemand plötzlich tot sein?«

Die Mutter Oberin, zutiefst erschrocken, stimmte uns zu, dass Sophia auf dem Klosterfriedhof beerdigt werden sollte. Sie war unsere Kantorin gewesen, eine geliebte und bewunderte, also gehörte sie auch zu uns!

Nicola, als sich der erste Schock ein wenig gelöst hatte, so dass sie wieder in kleinen Schritten vorausdenken konnte, bat uns, ihre Lieblingspuppe, die Iris, in den Sarg ihrer Mutter legen zu lassen, und dazu die Stimmgabel.

Am Abend vor der Beerdigung – sie war für den vierzehnten August vorgesehen – wurde Sophia in unsere kleine Friedhofskapelle gebracht, und ich bat den Mann vom Bestattungsinstitut, für mich den Sarg noch einmal zu öffnen. Für eine Stunde wurde es mir gewährt. Der Mann, verständnisvoll und diskret, wollte in dieser Zeit einen Spaziergang zum See machen, um mich nicht zu stören. Niemand, außer Lars, sollte es wissen, auf keinen Fall Nicola.

Ich fürchtete mich vor Sophias Anblick, ihren Verletzungen, vor allem vor der Strenge, mit der der Tod ein Gesicht verändert und uns Lebende zu Rechtfertigungen zwingt. Rechtfertigungen wofür? Dass wir leben, Gelübde brechen, egoistisch sind, Fehler machen, nicht genügend auf andere aufpassen, Zeichen nicht erkennen und unser eigenes Ende immer wieder aus dem Bewusstsein verbannen? Gründe gibt es genug.

So war es aber nicht, als ich dann endlich vor ihr stand, vor der stillen Sophia mit den gefalteten Händen; die weiß gekleidete

Gestalt von vier brennenden Kerzen in ein weiches Licht getaucht. Ihr schönes Gesicht kaum verletzt, neben ihrem Kopf Nicolas schwarzgelockte Puppe Iris, unter ihrer rechten Hand die Stimmgabel.
Keine Strenge. Kein Vorwurf. Keine Trostlosigkeit. Kein Schrecken.
Dafür diese Verschlossenheit und unermessliche Ferne, die eiskalte Unerreichbarkeit, die man nur vom Blick in den Sternenhimmel kennt. Doch die Sterne sind nicht Menschen, haben nicht neben uns gelebt, nicht musiziert, nicht gelacht, uns angehört, beraten, sich mit uns gefreut, uns getröstet, uns lange Briefe geschrieben. Sterne bleiben uns fremd. Wir kennen sie nur aus der Unendlichkeit, wo sie hingehören, und wenn Wolken sie bedecken, vermissen wir sie nicht.
Aber Sophia. Ich stand an ihrem Sarg, schaute sie an, weinte um sie, versprach ihr, für Nicola zu sorgen, für alle Tiere auch, versprach ihr, meine Sache gut zu machen, ganz in ihrem Sinn, bat sie um Vergebung für ihre Katastrophenfahrt nach Husum. Immer wieder die Bitte um Vergebung. Ich erzählte ihr, dass Lars die verletzte Katze gefunden und mitgebracht hatte.
Ihr stummes, verschlossenes Gesicht nahm meine Worte nicht an, ich spürte, wie sie abprallten, auf mich zurückfielen, wie sich meine Gedanken bei diesem Alleingang immer chaotischer ineinander verwickelten. Obwohl ich wusste, dass die lebendige Sophia mich getröstet und meine Schuldgefühle weggewischt hätte, ließ ich nur meine augenblickliche Einrede gelten:
Ich hätte ihrem Angebot, für mich eine so endlos lange Autofahrt auf sich zu nehmen, nicht zustimmen dürfen. Denn zu Hause wartete ein neunjähriges Kind.
Aber Sophia antwortete nicht. Nicht der Hauch einer Annähe-

rung, wie ich sie vom Gebet zur Gottesmutter kenne, diese langsam entstehende Nähe. Oder ist selbst die nur Einbildung? Werden wir in Wirklichkeit so allein gelassen wie hier an Sophias Sarg?
Der Mann kam zurück, leise, wie es zu seinem Beruf gehört. Er nickte mir zu und begleitete mich zur Tür.

10. Dezember 2006

Zu Sophias Beerdigung hatte sich eine so große Anzahl von Trauernden versammelt, dass viele von ihnen außerhalb des Friedhofes stehen mussten. Ich selbst saß nicht mehr als Nonne unter Nonnen, sondern weltlich gekleidet neben Lars in unserer kleinen Kapelle, schaute auf den über und über mit roten Rosen geschmückten Sarg, fühlte mich erstarrt – und bildete mir ein, die Abneigung der gesamten Trauergemeinde zu spüren. Es musste sich doch wie ein Lauffeuer herumgesprochen haben, warum Sophia nach Norddeutschland gefahren war!
Der evangelische Pfarrer las den Text aus Johannes 16,22: »Und ihr habt auch nun Traurigkeit, aber ich will euch wiedersehen, und euer Herz soll sich freuen, und eure Freude soll niemand von euch nehmen.« Wie oft habe ich Nicola mit diesem Satz zu trösten versucht!
Sophias Chor, heute ohne mich und ohne Dirigentin, sang den Choral »Befiehl du deine Wege«, den sie sehr geliebt und mit uns einstudiert hatte. Ganz hinten in der Kapelle standen unsere Gartenhäuschen-Musikanten, eng aneinandergedrückt, mit rotgeweinten Augen.
Nicola hatten wir in Begleitung von Agnes mit dem Dampfer zum anderen Ufer fahren lassen. Sie sollten sich einen Mär-

chenfilm anschauen. Sie wird von dem Film nichts gehabt haben, aber wenigstens musste sie nicht zuschauen, wie der Sarg ihrer Mutter in das Grab gelassen wurde.
Es herrschte Trauer, nicht nur im Kloster. In der ganzen Gegend trauerte man um »die Musik-Sophia vom Kloster«. Satan verzog sich tagelang in seinen Korb, nahm kein Essen an, hob nicht einmal den Kopf, wenn man ihn ansprach.
Und unser Kontrabass Bruno legte noch über eine lange Zeit alle paar Tage eine rote Rose auf ihr Grab.
Unseren Jazz gaben wir auf, und bald hörten wir auch nichts mehr voneinander. Die Zeit war vorbei.
Ich wusste, dass Sophia mich auch in ihrem Testament dazu bestimmt hatte, im Falle ihres Todes Nicola großzuziehen, wenn möglich behördlich abgesichert durch Adoption oder zumindest als Pflegestelle. Und mich um die Tiere zu kümmern. Ich hatte damals zugestimmt, auch, dass ich dafür den Orden verlassen würde. Wer glaubte schon an den Ernstfall?
Lars hatte das Testament in ihrem Schreibtisch gesucht und in der untersten Schublade gefunden. Wir sprachen ausführlich darüber, und ich war dankbar, einen Juristen an meiner Seite zu haben.
Für ihn war es selbstverständlich, dass ich nach meinem offiziellen Austritt aus dem Kloster meine Zelte hier abbrechen und mit Nicola und den Tieren bei ihm einziehen würde. Für die Ponys und den Esel wollte er in Husum einen guten Platz finden.
Was aber war mit mir?
Ich befand mich nach dem ersten Schock, dem ersten automatischen Funktionieren zunächst in einem Zustand zwischen Abwesenheit und innerer Erstarrung.
Ich konnte mich nicht mehr aussprechen. Nicht mit Lars, auch

nicht mit der Äbtissin oder Schwester Johanna. Beten konnte ich sowieso nicht. Als hätte ich meine Fähigkeit des Formulierens plötzlich verloren, ließen sich meine Worte nicht mehr geordnet nach außen transportieren. Geisterten stattdessen als stumme Puzzleteile in meinem Kopf herum.
Durch das Unglück, das unmittelbar etwas mit mir zu tun hatte, war für alle meine weiteren Vorstellungen und Wünsche eine riesige Barriere entstanden. Ich fühlte mich in meinen Entscheidungen nicht mehr frei. Nicht nur, weil ich die Ursache gewesen war, auch nicht nur, weil Nicola mir meine Husumer Tage nicht verzeihen würde. Sondern vor allem deshalb, weil sich der Gedanke in mir nicht ausrotten ließ, durch Sophias Tod bestraft worden zu sein. Hatte ich doch auf fast allen Ebenen mein benediktinisches Gelübde gebrochen.

11. Dezember 2006

Es war Nicola, die mir als Erste und sehr bald aus meiner Erstarrung heraushalf, kindlich fordernd und ohne daran zu zweifeln, dass ich nun für sie da zu sein hatte. Weil sie mich brauchte. Allein war sie hilflos, hatte damit Anspruch auf die unmittelbare Nähe eines Erwachsenen, auf die schnelle Übernahme eines geordneten, gemeinsamen Lebens, so wie sie es kannte.
Und sie wollte unbedingt der Mama, einen Tag nach der Beerdigung, etwas auf der Geige vorspielen.
Also begleitete ich sie abends mit ihrer Geige zum Grab, dem blumenübersäten Hügel, wo sie ihr nach einem Augenblick der Verstörtheit leise den langsamen Satz aus einer Sonatine von Dvořák vorspielte. Die vielen bunten Blumen, die zaghaften Töne – wie ich dieses kleine Mädchen liebte, in seinem Kummer und seinem

verzweifelten Bemühen, tapfer zu sein. Und wie ich es so gerne vor seinem Schmerz bewahrt hätte! An diesem warmen Sommerabend schwor ich mir, noch einmal und intensiver als vor Sophias verschlossenem Gesicht, Nicola eine gute Mutter zu werden und sie wieder glücklich zu machen. Selbst dann, wenn meine eigenen Pläne darüber in die Brüche gehen würden.

»Nein, nein, die Mama liegt da gar nicht«, sagte sie auf dem Heimweg, »die ist ja im Himmel.« Ich stimmte ihr zu. »Sie ist im Himmel und hat dein Spiel eben gehört.«

»Und so 'n Grab ist nur zur Erinnerung für die Leute, damit die meine Mama nicht vergessen.« Ich fand, dass sie sich besser gar nicht trösten konnte.

Wie sollte die Erinnerungsstätte aussehen? Sie wünschte sich ein schmiedeeisernes Kreuz, eines wie die Nonnen es hatten. Auf der weißen Scheibe in der Mitte sollte stehen »Sophia Tell, Kantorin, 1946–1992«. Eine kleine Geige und vielleicht eine Rose sollten in den Eisenranken des Kreuzes zu erkennen sein. Also gingen wir zusammen mit Lars zu unserem Kunstschmied, und sie erklärte ihm genau, wie sie es haben wollte. Der Mann nickte. »Das ist zu machen, kleines Fräulein, du wirst mit mir zufrieden sein.«

Am Tag darauf musste Lars nach Hause fahren.

12. Dezember 2006

Als Lars kurz vor seiner Abreise mit Nicola über unseren möglichen Umzug nach Husum sprach, reagierte sie nicht ablehnend. »Wenn die Mama jetzt wirklich immer um mich ist, dann ist sie ja auch in Husum um mich. Und die Theresa kann ich in den Ferien besuchen und die Frau Sieberg auch.«

Wenig später wusste ich, dass solche Sätze ihr Versuch waren, ihre Angst vor dem nächsten großen Abschied zu verdrängen, sich die neue Situation tapfer schönzureden.
Lars wurde von den Schwestern wehmütig verabschiedet, von mir schon nach wenigen Minuten sehr vermisst. Wir hatten am letzten Abend lange draußen gesessen, und kurz vor Mitternacht war er noch ein Mal mit mir zum Grab gegangen. Vieles war besprochen worden. Nur meine Schuldgefühle hatte ich nicht erwähnt. Mit dieser Last wollte ich nach seiner Abreise nun doch endlich zur Mutter Oberin gehen. Obwohl ich eigentlich schon vorher wusste, wie sie dazu stehen würde.
Und so war es dann auch. Sie habe sich unseren Herrgott nie als einen strafenden Gott vorgestellt, und das sei er hier nun auch nicht. Die Liebe zwischen diesem sympathischen Mann und mir sei so herzerfrischend (dieses Wort gebrauchte sie tatsächlich), dass ich mir nicht selbst im Wege stehen, sondern den Schritt in ein neues Leben wagen sollte. Zum einzigen Hindernis könne Nicola werden, die hier verwurzelt sei und möglicherweise das Grab der Mutter als einen ganz wichtigen Zufluchtsort empfände. Aber nun ginge ja noch etwas Zeit darüber hin, zuerst mein offizieller Austritt aus dem Orden, dann hoffentlich bald die Zustimmung der Behörde, Nicola als Pflegekind zugewiesen zu bekommen. Lars habe den Antrag ja bereits mit allem Nachdruck und sogar bei einem persönlichen Besuch beim Jugendamt eingereicht.
»Also«, sagte sie zum Schluss, »du musst jetzt mutig sein und ein wenig kämpfen, deine Namenspatin, die heilige Luzia, war schließlich auch eine Kämpferin!«

13. Dezember 2006

Mein Namenstag heute, der Tag der heiligen Luzia. Gott sei Dank hatte sie nichts mit Luzifer, dem gefallenen Engel, zu tun! In aller Frühe schon hat Nicola angerufen, mir gratuliert und den netten uralten Schlager »Santa Lucia« auf der Geige vorgespielt. Außerdem für den vierundzwanzigsten Februar einen Violinabend in unserer Klosterkirche angekündigt, zur Erinnerung an ihre Mutter, ob mir das recht wäre?

»Mensch, da hab ich ja jetzt was zum Freuen!«

»Und wenn ich dann bei dir einfalle, bringe ich dir einen riesengroßen Blumenstrauß mit und meinen eigenen Organisten.«

Auch meine Mitschwestern sind gekommen und haben mir gratuliert, mir sogar ein Ständchen gebracht.

Nachmittags stahl sich Johanna für eine Stunde davon, brachte Plätzchen aus der Klosterküche mit und zündete ihre geliebten Kerzen an. In ihrem Korb, tief unter den Plätzchen versteckt, hatte sie die unverzichtbare Flasche Eierlikör deponiert, dessen bester Konsument sie selbst war. Denn ich musste mit Alkohol ja leider aufpassen. »Ich trinke einfach für dich mit«, erklärte sie zufrieden und füllte immer wieder meinen Eierbecher bis zum äußersten Rand, »schließlich hast du Namenstag, und das muss gefeiert werden, und zwar mit Alkohol. Man gönnt sich ja sonst nix, prost!«

Heiter und mit rot glühenden Wangen zog sie später wieder von dannen, hielt aber beim Laufen erstaunlicherweise ihre Spur. Und das, obwohl sie die Flasche bis auf einen kleinen Rest ausgetrunken hatte. Meine Johanna, die pure, unverwüstliche Lebenslust.

14. Dezember 2006

Meinen Austritt aus dem Orden und die Regelung einer finanziellen Abfindung hat unsere Äbtissin so sachlich und unspektakulär wie nur möglich über die Bühne gebracht. Sie wollte mir, aber auch Nicola, weitere Aufregungen ersparen. Ich hieß jetzt wieder Martha Lincewsky, wurde aber von allen, die mich kannten, weiterhin Luzia genannt. Und von meinen ehemaligen Mitschwestern genauso anerkannt wie vorher.

Wir wohnten nun auch offiziell in Sophias Häuschen am Rande der Gärtnerei. Meine Arbeitsstelle am Schreibtisch und an der Kasse durfte ich Gott sei Dank bis zu unserem Umzug behalten. Denn daran gab es nach meinem Gespräch mit der Äbtissin nun nichts mehr zu rütteln. Ich wollte meine Zelte hier abbrechen, sobald sich Nicola ein wenig stabilisiert hatte.

Doch das ließ lange auf sich warten.

Still und in sich gekehrt schloss sie sich weder Schwester Johanna noch mir an. Ihre anfänglichen Bemühungen, sich selbst zu trösten oder auch meinen beruhigenden Worten zuzuhören, waren in eine tiefe Traurigkeit übergegangen. Die Mutter war nicht mehr da, sie würde auch nie wiederkommen. Das allein zählte.

Mitte September wurde mir vom Jugendamt, nach mehreren Hausbesuchen und eingehenden Gesprächen, Nicola als Pflegekind übergeben. Lars hatte offensichtlich gute Vorarbeit geleistet.

Er rief jeden Abend an. Und immer wieder brachte er das Thema Umzug ins Gespräch. Und immer wieder musste ich ihn um Geduld bitten.

Irgendwann machte Lars den Vorschlag, wir sollten während unserer letzten Sommerferienwoche ganz bequem mit dem Zug nach Husum kommen und auch Satan mitbringen.

Die letzte Ferienwoche war bereits angebrochen. Wir mussten uns also schnell entscheiden. Agnes wollte sich besonders um Satan kümmern, denn eine so lange Zugreise war ihm nicht zuzumuten. Die Katzen, mit Futter versorgt, würden mit sich selbst zurechtkommen. Von daher stand uns nichts im Weg.

Dass etwas ganz anderes im Weg stand, spürte ich wohl.

Nicola wollte nicht mitkommen, auch nicht für nur eine Woche. »Aber du warst doch sogar damit einverstanden, dass wir eines Tages ganz dorthin ziehen?«

»Ich will jetzt nicht nach Husum«, sagte sie sehr laut, »ich will auch nicht, dass du meine Mutter bist und dieser Arsch mein Vater! Ich will auch nicht mehr Geige üben.«

»Aber warum so plötzlich, Nicola?« Ich war über ihre Heftigkeit erschrocken.

»Weil ich hierbleiben will, auch wenn meine richtige Mutter eine gemeine Kuh war. Weil sie ist abgehauen, einfach so, und ich muss deshalb jetzt nach Husum!«

»Aber du bist ungerecht. Sie ist doch nicht absichtlich von dir weggegangen.«

»Abgehauen ist sie!«

»Ihr ist etwas Schreckliches passiert, was sie aber weiß Gott nicht wollte.«

»Aber sie hat nicht aufgepasst. Und überhaupt, wenn du nicht mit deinem Lover nach Husum gefahren wärst ...« Sie fing zu weinen an. »Wenn man ein Kind hat, passt man auf, und du bist auch daran schuld! Ich will nicht nach Husum, und meine Geige kommt auch weg. Die könnt ihr euch sonst wohin schieben!«

»Warum bist du denn auf einmal so wütend?«

»Weil ich nicht nach Husum will, weil ich nicht will, dass du oder die Johanna meine Mutter seid, dass dieser Arsch mein Vater ist, weil ich ...«

Sie lief in ihr Zimmer und drehte den Schlüssel um.
Im nächsten Moment war nicht zu überhören, wie ihre Geige krachend zersplitterte, wie die Saiten gequält zirpten, wie das Kind zu guter Letzt auf den Trümmern herumtrampelte.
Mein erster Gedanke war: Jetzt ist alles aus. Ich ließ mich auf den Küchenhocker fallen, stützte meinen brausenden Kopf auf beide Arme. Wie in völlig überdrehter Zeitraffung spulte sich mein weiteres Leben vor meinen Augen ab. Keine Liebe mehr, keine klösterliche Geborgenheit mehr, kein Beruf und kein Geld mehr, Verantwortung für ein Kind, das mich ablehnte, für einen sehr alten Hund und zwei Katzen, zwei Ponys und einen Esel.
Als Nicola mit den Trümmern ihrer Geige im Arm an mir vorbeilief, ließ ich in meiner Verstörtheit erst ein paar Sekunden vergehen, ehe ich ihr nachging. Einen Augenblick blieb sie stehen, drehte sich zu mir um und schrie: »Du bist an allem schuld, du bist schuld, dass sie tot ist. Wenn du nicht bei deinem Scheiß-Lover gewesen wärst, wär sie hiergeblieben!« Dann stolperte sie weiter.
Sie lief, ich hatte es erwartet, zum Klosterfriedhof, warf die Geigentrümmer auf Sophias Grab, deckte sie mit ein paar Blumen zu und trampelte noch einmal darüber. »So, das hast du jetzt davon! Vielleicht kannst du ja im Himmel noch auf dem Ding spielen!«
Natürlich wusste ich, wie verzweifelt sie war. Ich wusste aber auch, dass ich mit keinem einzigen Argument und schon gar nicht mit Vorwürfen an sie herankommen würde, nicht in dieser Verfassung. Deshalb schlug ich ihr möglichst beiläufig vor, mit mir eine kleine Ruderboot-Tour zu machen. Der Himmel war bedeckt, aber es wehte noch ein warmer Wind.
Sie schaute mich böse an. »Jetzt willst du dich einschleimen.

Und wenn ich ins Wasser spring, mitten auf dem See, was willst du dann machen?« Sie redete noch immer sehr laut.
»Dich rausholen, was sonst?«
»Oder schnell wegrudern, dich verpissen. Und wenn ich ertrinke, bist du mich los.«
»Ich will dich nicht los sein. Wie kommst du auf so eine blöde Idee?«
»Dann kannst du zu deinem doofen Lover in dein doofes Husum!«
»Da wollte ich ja mit dir zusammen hin.«
»*Du* wolltest da hin zu deinem doofen ...«
»Hör jetzt auf, Nicola, Lars ist nicht doof!« Ich wurde jetzt auch wütend, obwohl sie so klein und verzweifelt vor mir stand. »Husum ist eine schöne Stadt, und viel Wasser gibt es da auch.«
»Dann kann ich ja *dort* ertrinken!«
»Klar, das kannst du überall, in jeder Pfütze, wenn du dein Gesicht nur lang genug reinhängst.«
Jetzt musste sie lächeln, sehr zaghaft, aber immerhin.

15. Dezember 2006

Wir gingen dann nicht rudern, sondern machten einen langen Spaziergang. »Die blöde Kuh hatte den Schilfweg ja auch immer gern«, murmelte sie vor sich hin, »aber jetzt kann sie ja nicht mehr laufen, weil sie vielleicht doch in dem Sarg zugedeckelt ist und einen Haufen Dreck drüber hat.«
»Erde. Ihre Seele ist aber nicht zugedeckelt, die ist bestimmt frei und ganz oft bei dir.«
»Ich seh nix.« Provozierend hielt sie Ausschau nach allen Seiten.

»Na ja, du weißt doch, dass wir die Seele nicht sehen können.«
»Weil wir zu blöd sind?«
»Weil wir vieles erst sehen, wenn wir im Himmel sind.«
Eine Weile schwieg sie. »Dann sieht die Mama jetzt mehr als ich.«
»Das glaube ich bestimmt.«
»Und sie sieht, dass du mich jetzt am Hals hast, und unseren Hund und die Katzen.«
»Ich hab dich und die Tiere gern am Hals. Nur wäre es mir natürlich viel lieber, Sophia wäre noch bei uns.«
»Hättest ja nicht nach Husum fahren müssen und die Mama hinter dir her.«
»Aber Nicola, wir konnten doch nicht wissen, dass so etwas Schreckliches passiert!«
»Die hat nicht aufgepasst.«
Jetzt blieb ich stehen. »Hör zu, jeder Mensch auf dieser Welt passt ganz oft nicht auf, und trotzdem passiert nicht gleich so was Schlimmes. Meistens haben wir Glück. Wenn jemand, der nicht schwimmen kann, ins tiefe Wasser fällt, und es ist gerade jemand in der Nähe, der ihn rettet, hat er Glück.«
»Und die Mama hatte Pech, weil ein Auto um die Ecke kam und niemand sie wegzerren konnte.«
»Genau.«
»Und warum hat der Schutzengel, den ich ihr geschenkt hab, nicht dafür gesorgt, dass sie Glück hatte?«
»Das wissen wir nicht, ich weiß es auch nicht.«
»Obwohl du eine Nonne bist.«
»Ich *war* eine.«
»Und bist ausgerissen« – jetzt lächelte sie wieder – »und würdest gern den Lars heiraten.«
»Irgendwann, ja.«

»Weil der dir helfen kann, Hund ausführen und so. Dann soll der doch hierherziehen, in dein Schlafzimmer, ihr schlaft doch sowieso zusammen.«

»Er hat seine Tochter und sein Büro in Husum.«

»Kann doch die beiden mitbringen.«

»Die beiden?«

»Das Büro und die Tochter.«

»Und wo sollen die alle hin in unserem kleinen Haus?«

»Die könnten ja in euer Gartenhäuschen, wo ihr diese scheußliche Musik gemacht habt.«

»Das ist viel zu klein. Ein Rechtsanwalt braucht viel Platz für seine Kanzlei – so heißt das Büro von einem Rechtsanwalt.«

»Und wie heißt die Tochter?«

»Silke.«

»Ich heiße Nicola, das klingt viel schöner als Silke.«

»Natürlich. Aber sie ist sehr nett, die Silke.«

Nicola blieb sofort stehen. Ihre versöhnliche Stimme wurde wieder laut. »Ich will aber nicht hin, Ende Gelände, aus die Maus!«

16. Dezember 2006

Lars, dem ich am Abend die ganze Episode erzählte, nahm sie gelassen, zumindest klang es so am Telefon. Auch Silke hatte offenbar rebelliert. Eine neue Freundin für ihn sei ja okay, aber gleich heiraten und mit Anhang? Ob er denn vorhätte, plötzlich »ganz groß in Familie« zu machen, ob ihr bisheriges Zweierleben nicht viel relaxter sei? Sein Argument, dass Patchwork-Familien modern seien und meistens gut klappten, habe ihr nur ein müdes Lächeln entlockt. Und zum Schluss den Satz:

»Dann kann ich ja ausziehen und für deine neue Tochter Platz machen.«

»Na ja«, tröstete er mich und sicher auch sich selbst, »solche Anfangsquerelen sind dazu da, dass man sie überwindet. Und gemeinsam schaffen wir das.«

Nachts, nach endlosem Wachliegen, brühte ich mir einen Tee nach dem anderen auf, in der irrwitzigen Hoffnung, damit einer Lösung unserer Widrigkeiten näher zu kommen.

Nichts tat sich.

Erst gegen Morgen, draußen wurde es hell und noch immer war sommerliche Wärme angesagt, fühlte ich mich wieder stärker und den Problemen einigermaßen gewachsen.

Eigentlich konnte ich doch dankbar sein! Ich war existentiell nicht ins Bodenlose gefallen, hatte durch die Hilfe unserer Äbtissin ein Dach über dem Kopf, immer noch meine Arbeitsstelle und meine loyalen, ehemaligen Mitschwestern, die mich nicht im Stich ließen.

So gab mir Ursula, unsere medizinisch geschulte Schwester, den guten Rat, Nicola zur Spieltherapie in eine kinderpsychologische Praxis zu schicken, die einen sehr guten Ruf hatte. Sie befand sich auf der gegenüberliegenden Seite des Sees, war aber mit dem Dampfer gut zu erreichen.

Ich nahm es sofort in Angriff und hatte das Glück, einen soeben frei gewordenen Platz zu ergattern, also nicht auf der Warteliste zu landen.

Für Nicola wurden diese Stunden zu einem wöchentlichen Ereignis, auf das sie sich jedes Mal freute. Wir tuckerten zusammen hin, am frühen Abend, ich bummelte während der Stunde durch das Städtchen, und danach gingen wir in den Eissalon »Valentino«.

Über ihre zertrümmerte Geige sprachen wir, auch im Sinne der

Therapeutin, nicht. Ihre Geigenlehrerin war über die Geschichte sehr bestürzt, meinte aber, Nicola würde ganz sicher eines Tages das Üben wieder aufnehmen wollen und um eine neue Geige bitten. Sie könnte ihr in diesem Fall sogar eine ausleihen.

17. Dezember 2006

Mein Geburtstag heute, der achtundsechzigste.

Namenstag, Geburtstag, Weihnachten, Silvester, der Dezember hat es in sich. Dieses Mal spielte mir Nicola durch das Telefon die Melodie der Grizabella aus dem Musical »Cats« vor, in der die alte Katze ihr mühseliges Leben besingt. »Nicht dass du dich für die Grisabella hältst«, beschwichtigte sie mich gleich danach, »aber wir zwei fanden doch immer die Melodie so schön!«

»Finde ich heute noch, Nicola, und was die alte Katze betrifft, na ja.« Wir lachten beide und schwärmten von einer Cats-Aufführung, die wir vor Jahren gemeinsam in München besucht hatten.

Nicola wäre gerne zu meinem Geburtstag gekommen, sie hätte sich schon bei einer Mitfahrzentrale erkundigt, erzählte sie. Aber jetzt um die Weihnachtszeit sei alles schon besetzt gewesen. Und auch über die Weihnachtstage würde es nicht möglich sein, weil sie wie die meisten Musikstudenten kleine Konzertangebote in Altersheimen und Krankenhäusern angenommen hätte. »Um Freude zu machen und Geld zu verdienen. Wobei ich mir heute vorwerfe, dass du dich ja auch gefreut hättest!«

»Sicher. Aber du hättest nicht viel von mir gehabt, Nicola. Ich bin doch eine rechte Schlafmütze geworden. Deshalb ist es besser so.«

Wieder wurde mir von allen Seiten gratuliert, und Johanna rückte nachmittags mit achtundsechzig kleinen Kerzen an, die sie mit dem Feuerzeug von unserer Küsterin anzündete. »Für meine Luzia, die Lichtträgerin«, sagte sie feierlich.
Heute will ich nicht darüber nachdenken, dass es mein letzter Geburtstag ist.

18. Dezember 2006

Immer wieder besuchte uns damals Lars, trotz der großen Entfernung. Meistens am Wochenende mit dem Auto, manchmal auch, wenn seine Zeit knapp war, flog er, und ich durfte ihn mit dem Klosterauto am Flughafen abholen. Für mich, die ich ihm entgegenträumte, waren das die schönsten Fahrten. Auf dem Beifahrersitz lag der CD-Player, ich hörte Klavierkonzerte von Beethoven und wusste, bald sehe ich ihn, er wird mich in die Arme nehmen, wir laufen zum Auto, er legt während der Fahrt seinen Arm um meine Schultern. Auf irgendeinem stillen Parkplätzchen machen wir eine Begrüßungspause. Wir beide sind glücklich.
Bei uns bemühte er sich darum, rührend geduldig, Nicolas Vertrauen zu gewinnen. Obwohl wir ja wussten, dass nicht er der Stein des Anstoßes war, sondern der geplante Umzug nach Husum, der Abschied von zu Hause. Empfindlich wie eine Briefwaage reagierte sie auf jede noch so verschlüsselte Andeutung unserer Pläne. Nein, sie würde nicht mitkommen, nein und nein und nein!
Also redeten wir überhaupt nicht mehr darüber, nicht vor ihr und auch nicht in Andeutungen.
Lars blieb noch immer gelassen. Eine Neunjährige würde man

schon irgendwie überzeugen können oder sie eben einfach vor vollendete Tatsachen stellen, so wie er das gegenüber Silke vorhabe. Immer wenn wir uns wieder verabschieden mussten, versuchte er, mich damit zu beruhigen. Und ich nahm es gerne an. Von einem Umzug war nun gar nicht mehr die Rede, und das tat Nicola gut. Wenn wir zusammen zu Mittag aßen, fing sie endlich wieder an, von der Schule zu erzählen oder davon, wie sie in der Pause mit Theresa »Edelsteine getauscht« habe. Steine, am Strand gefunden und für kostbar erklärt.

Spielten die beiden nachmittags zusammen mit ihren Barbiepuppen, konnte sie so ausgelassen sein wie früher.

Nur der zweite Oktober, der »Tag des Schutzengelfestes« und Sophias Geburtstag, wurde noch einmal zur Klippe.

Sophia hatte diese Besonderheit immer erwähnt und mitgefeiert. Alle Engelfiguren, die im Kloster aufzutreiben waren, hatte Johanna für diesen Tag gesammelt und herangetragen, zur großen Freude von Mutter und Tochter. Sie wurden auf den Geburtstagstisch gestellt, auf das Klavier, auf die Kommode, auf den Fußboden. Es wimmelte von den verschiedenartigsten Engeln. In der Mitte des Geburtstagstisches aber stand der Bodyguard-Engel Gabriel, der die Mutter immer begleiten sollte. Zwischen den Engeln flackerten Kerzen, und Johanna sprach feierlich aus dem Psalm 91 den Vers 11: »Denn er hat seinen Engeln befohlen über dir, dass sie dich behüten auf allen deinen Wegen.«

Dieses Mal brachte Nicola schon am Vorabend das Thema zur Sprache. »Die Johanna soll keine Engel holen und so ’n Quatsch! Die richtigen pennen ja nur oder erzählen sich blöde Witze. Jedenfalls können die sich alle verpissen! Wir legen ein paar Geburtstagsblumen aufs Grab und aus die Maus, okay?«

»Gut, ohne Engel. Aber gar nicht feiern? Vielleicht zusammen mit der Johanna und deiner Theresa, mit Kakao und Kuchen, Käsekuchen vom Bäcker Pütz?«

Energisch wischte sie sich mit dem Ärmel der Schlafanzugjacke ein paar Tränen ab. »Okay, du kriegst die Johanna zu Besuch und ich die Theresa, und Käsekuchen wär super. Wir kaufen zwei Stücke zusätzlich für die Mama mit, und eins isst dann die Theresa und eins ich.«

»Und die Johanna?«

»Wir können ja vier Stücke dazukaufen, für dich und die Johanna. Und die Mama kriegt nur Blumen, die riechen wenigstens gut.« Sie lachte, wurde aber gleich wieder ernst. »Und die Engel können sich heimgeigen! Können ja meine Geigensplitter wieder zusammenkleben, wenn sie gerade mal nicht herumgammeln.«

»Hättest du sie gern wieder – ich meine, eine Geige?«

»Nee, auf der können die Engel herumkratzen, bis der böse Gott noch böser wird und ihnen die Flügel ausreißt, weil's so grässlich klingt.«

»Du hast jedenfalls immer sehr, sehr schön gespielt, Nicola.«

»Trotzdem ist der Gott bös mit uns gewesen. Und ich will auch nicht beten. Gute Nacht und amen!«

19. Dezember 2006

Gestern Abend war noch der Doktor da, wie immer nett und unaufgeregt. Es geht mir erträglich, nur werde ich langsam so dünn wie ein Gespenst. Ob ich Nicolas Konzert noch mit anhören kann?

Für sie hätte damals alles so bleiben müssen. Im Laufe der Zeit, freilich einer langen Zeit, hätte sie den Tod ihrer Mutter verkraftet und meine Schuld in einem immer milderen Licht gesehen. Für diesen Prozess brauchte sie Zeit und Ruhe, unterstützt durch ihre Spieltherapie.

Aber die Zeit, die sie brauchte, wurde zwischen Lars und mir schließlich zu einer Zerreißprobe. »Ein halbes Jahr, ein Jahr, zwei Jahre«, sagte er traurig am Telefon, »wie lange dauert so eine Behandlung? Und übrigens haben wir ja auch in Husum Kinderpsychologen.«

»Es ist ja nicht nur die Therapie, Lars, sie braucht im Augenblick ihr gewohntes Umfeld.«

»Und damit schieben wir unser Zusammenleben auf die lange Bank, bis die Bank so lang ist, dass wir ihren Anfang und ihr Ende nicht mehr sehen!«

(Alle Dialoge von damals, ob mit Nicola, mit Lars oder den anderen, kann ich nicht mehr wörtlich, sondern nur noch sinngemäß niederschreiben. Aber diesen Satz von der langen Bank habe ich mir lebenslang wörtlich gemerkt.)

20. Dezember 2006

Wenige Tage nach diesem Telefongespräch, in dem alle unsere Pläne so festgefahren schienen, kam ein Brief von Lars. Ich war zunächst erschrocken. Da wir jeden Abend miteinander telefonierten, konnte es eigentlich nur um etwas gehen, das er ungern aussprach. Also wohl der Vorschlag zur Trennung. Man liiert sich eben einfach nicht mit einer entlaufenen Klosterschwester mit Kind, Vierbeinern und einem komplizierten Umzug.

Aber der Brief klang anders. Ich lege ihn hier dazu.

Herbst 92

Meine liebe Luzia. Romantische Briefe fallen mir schwer. Ich bin nun mal Jurist und von daher für Liebesbriefe ungeeignet.
Aber ich möchte dir trotzdem so gerne vermitteln, wie sehr ich dich liebe und wie sehr ich daran interessiert bin, mein Leben mit dir zu verbringen, täglich, stündlich, eben immer. Ich könnte dir schwören, dass Nicola diesen Schritt schafft, wenn man ihn von ihr verlangt, wenn nötig mit Nachdruck. Ein Kind ihres Alters kann sich noch überall zurechtfinden, wenn es eine feste Bezugsperson hat. Ich habe auch, ebenfalls mit Nachdruck, Silke zur Räson gerufen. Von ihrer Seite wird also kein Lamento mehr zu erwarten sein, denke ich.
Ich weiß, Nicola ist jünger, erstens, und zweitens liegen die Ereignisse zeitlich noch sehr viel näher.
Aber wenn wir das Ende der Weihnachtsferien, also Mitte Januar, als Umzugstermin anvisieren, sind seit dem Tag des Unglücks fünf Monate vergangen!
Alles, was für den Umzug zu tun ist, kannst du dem Spediteur und mir überlassen, einschließlich eurer Arche Noah. Du kannst derweil mit Nicola und Satan einen langen Winterspaziergang machen, oder ihr tuckert mit dem Dampfer rüber und geht shoppen.
Übrigens, das mit dem Stall am Stadtrand für den Esel und die Ponys klappt. Und Silke freut sich auf den Hund und die Katzen. Und ich? Freue mich wahnsinnig auf dich, auf unser gemeinsames Leben in dieser wunderschönen Stadt und besonders auf unsere Jazz-Abende! Unsere Kumpels können es gar nicht erwarten, dass du endlich wieder auf deinem Schlagzeug tobst. Du weißt ja, wie jämmerlich Jazz ohne Schlagzeug klingt. »Ein Trauerspiel ohne Spiel« hat Hermann neulich gesagt, als wir uns wieder mal ohne deine scheppernde, klirrende, mitreißende Lokomotive um etwas Rhythmus bemühten.

Meine Liebe, du hast ja schon mal angedeutet, dass dir das alles ein bisschen zu schnell geht. Raus aus dem Kloster, rein in die Ehe. Aber wenn sich die Liebe nun eben ohne Anlauf und ohne Vorwarnung ereignet hat und wenn man nicht mehr zwanzig ist, sondern langsam auf die sechzig zusteuert, dann finde ich es legitim, sich ohne die üblichen bürgerlichen Gepflogenheiten, was die Schnelligkeit der Entscheidung betrifft, aufeinander einzulassen und Nägel mit Köpfen zu machen. Ein zusätzlicher Nagel mit Kopf wäre es, wenn ich an Silvester zu euch käme und wir zwei jenseits des Sees in irgendeinem netten Hotel ins neue Jahr hineinfeiern könnten, vielleicht sogar mit Tanz! Was meinst du dazu? Um das passende Hotel würde ich mich kümmern. Du müsstest nur ja sagen. Silke wird bei ihrer Freundin sein, mich also nicht vermissen. Und für Nicola kann in den paar Stunden vielleicht wieder die gute Johanna, oder Agnes, sorgen?
Falls du zustimmst, werde ich ohne zu murren auf ein gemeinsames Weihnachten und die gemütliche Zeit zwischen den Jahren verzichten, um Nicola nicht zu beunruhigen. Das ist ein echt opferbereites Angebot! Umarmung und viele Küsse von deinem alten Nordlicht Lars.

Damals, als ich diesen Brief langsam wieder zusammenfaltete, glaubte ich, Sophias Stimme zu hören, und es entspann sich zwischen uns ein stummer Dialog.
Was für ein unglaublich netter und aufrichtiger Brief, Luzia. Niemand, ich am allerwenigsten, versteht dein Zögern!
Es geht schließlich um *dein* Kind, antwortete ich gereizt, sonst würde ich keinen Augenblick zögern!
Es geht um deine eigene Ambivalenz.
Quatsch! Ich liebe Lars und könnte mir ein Leben mit ihm wunderbar vorstellen. Ich würde ...
Ich könnte, ich würde, ich wäre – ach, Luzia!

»Du täuschst dich, Sophia«, sagte ich laut, und ich meinte es auch so. Stopfte den Brief in seinen Umschlag, legte ihn unter mein Kopfkissen und ging in die Küche, um die Nudeln für das Mittagessen aufzusetzen.

21. Dezember 2006

Zu Hause und in der Kirche stehen alle Zeichen auf Weihnachten. Und unser entfernter Nachbar, der regelmäßig ausgeliehene Pater Valentin, lässt uns musikalisch nicht im Stich. Schon wegen Mechthild. Doch spendet er uns nur Orgelmusik. Wenigstens die. Sophias Chor und Orchester hatten sich damals ja sofort aufgelöst.

Gestern Nachmittag, meine abnehmende Kraft machte mir ausnahmsweise mal keinen Strich durch die Rechnung, setzte ich mich in die Kirche und hörte seinem Orgelspiel zu. Diesmal dachte ich an Satan, den schwarzen Beschützer auf der Empore neben der Orgel. Diesen wunderbaren Neufundländer, Sophias Schatten, der von ihrer Person einfach nicht wegzudenken war. Wo sie ging und stand, trottete er hinter ihr her oder lag zu ihren Füßen. Ständig musste man, wollte man sie begrüßen, mit einem großen Schritt über ihn hinwegsteigen, in der Küche, im Wohnzimmer, im Flur, an der Orgel, überall.

Nach ihrem Tod hatte er zunächst völlig verstört gewirkt. Langsam und vor allem, wenn Nicola mit ihm spielte, erholte er sich und gewöhnte sich auch an mich. Wir waren ja sein Rudel, das er in Ordnung halten und beschützen musste.

Doch im Jahr darauf sein plötzliches Ende.

Wie immer wollten Nicola und ich ihn frühmorgens begrüßen.

Eine laute Zeremonie, die er kannte und auf die er größten Wert legte. Versäumte man sie, weil man es eilig hatte, verweigerte er anschließend das Essen.
Diesmal reagierte er nicht. Bewegungslos lag er in seinem großen Hundekorb, die Augen halb geschlossen. Er lag so entspannt da, dass man sich ein schweres und langes Sterben nicht vorstellen konnte. Auch hätten wir sicher etwas bemerkt. Diese Einschätzung war unser einziger Trost.
Der treue, verlässliche, knurrige schwarze Kerl mit dem zottigen Fell hatte zu Sophia, zu uns und auch zum Kloster gehört wie ein wichtiges Familienmitglied, so wie damals in Schlesien unser Kalli.
Die Entdeckung an diesem Morgen, auf die wir so gar nicht vorbereitet waren, traf uns hart. Ähnlich einer hängengebliebenen Schallplatte versuchte ich, mir und Nicola in den ersten Sekunden dauernd einzureden, er sei möglicherweise nur bewusstlos. Unsinn. Unser herbeigerufener Tierarzt stellte eindeutig seinen Tod fest und vermutete als Ursache Herzversagen. »Das ist bei einem alten Neufundländer das Wahrscheinlichste.«
Für Nicola eine zweite Katastrophe in dieser verhängnisvollen Zeit, die ihre Meinung vom bösen Gott noch einmal kräftig untermauerte. Sie war ja mit dem Hund groß geworden, hatte bis dahin ein Leben ohne ihn nicht gekannt.
Sie wollte ihn nun unbedingt in das Grab ihrer Mutter legen lassen, lief deswegen zu unserem Hausmeister, dem Karl Wellner, um ihn zu überreden. Erst als er ihr zusicherte, ihm ein schönes Grab hinter unserem Häuschen unter der Zeder herzurichten, war sie einigermaßen zufrieden.
Zusammen schmückten wir Satan mit einer roten Schleife und drei künstlichen roten Rosen (von Sophia, Nicola und mir),

ehe Herr Wellner ihn nachmittags, in seine graublaue Lieblingsdecke gehüllt, in das tiefe Grab legte.
Danach ging ich mit der fassungslosen Nicola in den warmen Stall zu Paul, Pauline und Franz, bis sie sich ein wenig beruhigt hatte.
Ein schwerer Stein liegt nun auf seinem Grab. Sie hat mit haltbarer Farbe seinen Namen daraufgeschrieben, darunter seine Lebensdaten: Satan, 1981–1993

22. Dezember 2006

Der Brief von Lars lag wie ein Dokument der Liebe, des Vertrauens vor mir. Für die gemeinsame Silvesternacht mit Musik und Tanz sagte ich ihm telefonisch sofort zu. Ich hatte als junges Mädchen zwar nie eine Tanzstunde besucht, aber als Schlagzeugerin war ich ein durch und durch rhythmischer Mensch und traute mir eine lockere, nicht an vorgeschriebene Tanzschritte gebundene Tanzerei zu. Es hatte ja auch damals im Gandl geklappt.
Weihnachten wurde für Nicola wieder zur Klippe, und in gewisser Weise auch für mich.
In die Kirche abends wolle sie nicht gehen, erklärte sie mir beim Mittagessen, lieber mit mir »Fang den Hut« spielen. Weihnachten überhaupt nicht feiern, keinen Christbaum, keine Kerzen. Auch keine Geschenke? Selbst da blieb sie konsequent. »Ohne die Mama will ich nie mehr Weihnachten feiern.«
»Das wird ihr aber sehr, sehr leidtun, sie will nämlich unbedingt, dass du glücklich bist.«
»Jetzt nicht mehr. Sie hätte ja bei mir bleiben können.«

»Aber Nicola, darüber haben wir wer weiß wie oft gesprochen, die Mama wollte doch nicht sterben!«

»Hätte ja aufpassen können. Hätte überhaupt nicht nach Dingsda fahren müssen. Du hättest ja mit dem Zug nach Hause fahren können, oder dein Lover hätte dich heimgefahren.«

»Ja, hätte. Wenn wir Menschen immer im Voraus wüssten, wie etwas ausgeht, dann würden wir keine Fehler machen. Dann hätte ich die Mama natürlich dazu überredet, zu Hause zu bleiben. Aber wir wissen's halt nicht und entscheiden uns dann oft falsch. Dir kann es auch passieren, dass du dich mal ganz falsch entscheidest.«

»Aber ich sterbe dann nicht gleich.«

»Nein, aber du kannst dich zum Beispiel beim Schlittenfahren verletzen, wenn du mal nicht aufpasst, kannst gegen einen Baum fahren, oder ein anderer Schlittenfahrer erwischt dich.«

»Wenn aber irgendwo eine Katze rumläuft, steig ich nicht vom Schlitten und lass mich von einem anderen Schlitten totfahren!«

»Die Katze war schwer verletzt, die Mama wollte sie retten und hat den anderen Autofahrer nicht sehen können.«

»Weil der um die Ecke kam. Da war sie ganz schön leichtsinnig.«

»Stimmt. Aber sie dachte halt, sie schafft es ganz schnell.«

»Sie dachte, sie dachte, sie dachte, und vor lauter Denken war ihr die Katze wichtiger als ich.«

»Das würde ja auch heißen, die Katze war ihr wichtiger als ihr eigenes Leben. Und da merkst du doch schon, dass das nicht stimmen kann. Sophia wollte weiß Gott ihr Leben nicht verlieren.«

»Dann hätte sie ja aufpassen können.«

Immer das gleiche Gespräch. Und immer hörte es an dieser

Stelle auf. Es war tatsächlich furchtbar leichtsinnig von ihr gewesen, an einer so unübersichtlichen Stelle die Straße zu überqueren.
Natürlich verstand ich das neunjährige Kind, das sich von seiner Mutter im Stich gelassen fühlte. Ich verstand auch, dass sie *mich* und meine Befindlichkeit vollständig überging. In ihren Augen war ich die Verursacherin der Tragödie, also hatte ich nun auch die Folgen zu tragen.

23. Dezember 2006

Morgen ist Weihnachten, und ich erlebe es noch.
Die Beschäftigung mit der Vergangenheit gibt mir Kraft, wenn auch nur noch aus den letzten Reserven.
Nicola rief heute früh an, fröhlich, aufgekratzt. Offenbar will sie die lange Zeit, die es noch dauert, bis sie kommt, ein wenig herunterspielen. »Die paar Wochen bis zum vierundzwanzigsten Februar gehen bestimmt schnell vorbei! Ich freue mich auf dich. Wir spielen Bach, Händel und Vivaldi. Meinen Organisten bringe ich mit. Ein super Typ, wird dir gefallen. Kann er bei uns schlafen? Bitte, bitte halte dich bei Kräften. Rede deiner Bauchspeicheldrüse gut zu!«
»Aber ja!«
»Ich will dich nicht auch noch verlieren, hörst du? Weißt du eigentlich, wie dankbar ich dir bin? Und wie sehr ich dich liebe?«
Ich dachte, jetzt darf Weihnachten kommen.

24. Dezember 2006

Weihnachten 1992, das also nicht gefeiert werden sollte.
Nachmittags waren wir mit dem Dampfer drüben gewesen und hatten in der Konditorei Schwarzwälder Kirschtorte gegessen. Ich hatte mir von Nicola Erlebnisse aus der Schule erzählen lassen, auch von ihrer Freundschaft mit Theresa. Zum Schluss, wieder auf unserer Seeseite, gingen wir noch in den Stall zu den Ponys und dem mittlerweile gar nicht mehr ängstlichen, sondern verspielten alten Esel, um ihnen zur Feier des Tages Möhren und getrocknetes Brot zu bringen. Alle drei liefen uns entgegen, der Esel knabberte wie jedes Mal an Nicolas Jackenärmel. Und es roch wieder so gut nach Heu und Stroh im warmen Stall.
Wir schauten auch in unserer Gärtnerei nach den Hühnern, die alle schon ihr Schläfchen hielten und in Reih und Glied brav auf der Stange hockten, zwischen ihnen mit knallroten Kämmen die Hähne.
Zu Hause gab es unser beider Lieblingsessen, Spaghetti mit Champignonsoße. Und die Katzen durften sich an Sprotten satt essen, bis sie träge und mit dicken Bäuchen in ihrem Korb lagen.
Nicola war still und ernst, aber nicht unfreundlich. Das sollte sich aber ändern.
Später kam Johanna, die sich für eine Stunde freigenommen hatte. Sie brachte zwar wie vereinbart keine Engel mit, dafür eine große Schale duftender Plätzchen und einen ganzen Korb voller Kerzenleuchter, auf denen schöne hohe Kerzen steckten. »So ganz ohne alles geht das ja nun wirklich nicht!«, räsonierte sie. »Man muss doch wenigstens ahnen, dass Weihnachten ist. Außerdem ist Luzia, wie der Name sagt, eine Lichtträgerin.« Es

dauerte nicht lange, da erstrahlte das Wohnzimmer im Glanz der leise flackernden Lichter, und die elektrischen Lampen wurden überflüssig. Nicola verschränkte ihre Arme. »Wenn ihr jetzt die Lampen ausknipst und nur noch die Kerzen an sind, geh ich in mein Zimmer!« Johanna schaute sie erschrocken an. »Das mit den Schutzengeln versteh ich ja zur Not. Aber was hast du denn gegen Kerzen?«

»Kerzen sind Weihnachten, und ich will kein Weihnachten!«

»Aber es geht hier doch nicht nur um dich! Die Luzia und ich mögen Weihnachten – da ist immerhin Christus zur Welt gekommen.« In aller Ruhe knipste sie die elektrischen Lampen aus. »Lass dich nicht so wahnsinnig tyrannisieren«, flüsterte sie mir zu, »irgendwann musst du einen Riegel vorschieben.«

Nicola blieb tatsächlich da, aber man merkte ihr die geballte Wut an. Ich öffnete eine Flasche Wein, für Nicola Orangensaft. Und wir versuchten, den Abend irgendwie zu überstehen, was zumindest Johanna in ihrer Weinseligkeit besser gelang als mir.

Als sie sich nach einer Stunde erhob, um sich zu verabschieden, war Nicola gerade damit beschäftigt, in der obersten Schublade der Wohnzimmerkommode etwas zu suchen. »Da bist du ja, du Versager«, schnaubte sie den Engel mit den bunten Flügeln an. »Das Fliegen kannst du jetzt vergessen!« Sie holte aus der Küche eine Beißzange, brach ihm damit krachend den linken Flügel ab, lief hinaus ins Dunkle, warf den Engel in hohem Bogen in den Schnee, in die andere Richtung den Flügel, und stürmte an uns vorbei in ihr Zimmer.

Johanna war erschrocken. »Zuerst zertrümmert sie ihre Geige, jetzt den Engel. Wo soll das denn hinführen? Die Psychotherapeutin wird entsetzt sein!«

»Glaube ich nicht. Die ist mit solchen Ausbrüchen sogar ganz

zufrieden, sieht sie als ein Ventil.« Aber sehr glücklich fühlte ich mich trotz meiner gescheiten Erklärung auch nicht.
Johanna schüttelte den Kopf. Sie hielt nichts von der Psychologie, »schon gar nicht, wenn die so tun, als könnten sie den lieben Gott damit ersetzen.«
Wir diskutierten nicht weiter, sondern suchten nach Taschenlampen. Wir fanden sie in der kleinen Tischschublade unter der Garderobe und konnten nun auch den armen Engel wieder nach Hause holen und hoch oben im Bücherregal vor seiner Feindin verstecken. »Ich bin ja nicht abergläubisch«, bemerkte Johanna etwas verlegen, »aber ich hätte ein dummes Gefühl gehabt, wenn wir den Engel im Schnee hätten liegen lassen. Schlimm genug, dass wir den Flügel nicht gefunden haben.«
»Ein Stück Holz. Und es geht doch nur um Symbole.«
»Egal. Engel ist Engel.« Sie war heute mit uns überhaupt nicht zufrieden. Ich merkte es ihrem Gang an, als sie nach Hause lief, resolut und trittsicher trotz des guten Weins.
Etwas später schaute ich nach Nicola. Sie schlief schon, und das war gut so, obwohl sie noch in ihren Kleidern steckte. Ich habe sie nur mit ihrer Wolldecke zugedeckt und das süße Kindergesicht angeschaut. Nichts darin war mehr übrig geblieben von ihrer Wut. Mit roten Wangen und ihren wirren dunklen Locken schlief sie tief und entspannt und träumte hoffentlich etwas Schönes. Ich streichelte ihr Gesicht. Sie war mein Kind. Ich hatte jetzt ein eigenes Kind.

25. Dezember 2006

Den ersten Teil unserer weihnachtlichen Mitternachtsmesse gestern habe ich miterleben können, beschützt und gestützt von Johanna, aber auch sehr herzlich aufgenommen von meinen früheren Mitschwestern.
Pater Valentin spielte etwas von Pachelbel auf der Orgel, ich freute mich an jedem Ton, und ich kannte jeden Ton.
Nach einer guten halben Stunde brachte mich Johanna nach Hause, blieb noch ein wenig bei mir.
Für heute muss ich Schluss machen. Bin sehr müde.

27. Dezember 2006

Viel zu früh stand ich damals auf dem Münchner Hauptbahnhof und wartete auf Lars. Er war in Hamburg umgestiegen und saß nun im ICE aus Hamburg-Altona, der um 17:07 Uhr eintreffen sollte. Ich stand auf Gleis fünfzehn und beobachtete die vielen Tauben, die auf dem leergefegten Asphalt vergeblich nach Futter suchten. Es war Silvester, sehr kalt. Jeder, der hier wartend herumstand, trug dicke, daunengefütterte Kleidung. Den Tauben wurden vom eisigen Wind die Federn zerzaust, sie froren und hatten Hunger. Also lief ich zurück in die Haupthalle und suchte nach etwas Essbarem. In einem hell erleuchteten Stand wurde Gebäck angeboten. Ich kaufte sechs Semmeln ohne Belag, obwohl ich natürlich wusste, dass Körner für die Tauben besser gewesen wären. Etwas Ähnliches, vielleicht sogar Haferflocken, fand ich aber weit und breit nicht. Wieder zurück, zerpflückte ich die Semmeln unter den teils neugierigen, teils bitterbösen Mienen der Umherstehenden und warf sie

den Tauben hin. In wenigen Sekunden fanden sich Scharen von weiteren Tauben ein, die sich um die Bröckchen stritten.
»Tauben füttern ist verboten!«, brüllte mich ein Mann unter einer riesigen Pelzmütze mit Ohrenklappen an. Eine ältere Frau stimmte ihm empört zu. »Wo die sich derart vermehren!«
»Die haben Hunger«, erwiderte ich laut, »also gebe ich ihnen Futter.«
»Menschen sind wichtiger«, keifte die Frau.
»Dann sorgen Sie doch für Menschen«, sagte ich, »Sie müssen sich nur hier bei der Bahnhofsmission erkundigen, wo Sie helfen können. Aber wahrscheinlich tun Sie weder was für Menschen noch für Tiere!«
»Man müsste Sie anzeigen!«, brüllte jetzt der Mann mit den Ohrenklappen.
»Tun Sie's doch.« Ich verfütterte meine Semmeln zu Ende und fühlte mich gut. Außerdem tauchte wie eine graue Schlange in der Ferne der Zug auf.
Meine beiden Widersacher eilten ihm entgegen, hatten in ihrem Bestreben, einen guten Platz zu ergattern, die Tauben und mich und die Innere Mission wahrscheinlich schon vergessen. Und ich blieb stehen und freute mich auf Lars.
Als der Zug mit quietschenden Bremsen hielt, flatterten die Tauben davon. Sie hatten kein einziges Bröckchen übrig gelassen. Nur eine blieb sitzen, obwohl jetzt schon die ersten Fahrgäste ausstiegen. Sie blieb auch sitzen, als ich mich zu ihr hinabbückte. Kurz entschlossen nahm ich sie auf den Arm und wickelte meinen Wollschal um sie herum. Sie ließ es ohne Widerstand zu.
Als ich wieder hochsah, stand Lars vor mir. »Jetzt muss ich dich auch noch mit einer Taube teilen, das wird ja immer schöner! Erst Kloster, dann Nicola, dann Taube.« Vorsichtig umarmte er

mich, um meiner dünnen, fedrigen Patientin nicht weh zu tun. Die Menschen liefen um uns drei herum wie um eine Säule. Langsam bewegte sich die Säule zum Auto, zum Klosterauto, das ich mir wieder hatte ausleihen dürfen.

Zu Hause wurden wir von Nicola gut gelaunt empfangen. Sie hatte sogar den Tisch gedeckt, aber nur für eine kleine Brotzeit. Denn wir wollten ja später noch zu unserer Silvesterparty auf die andere Seeseite.

Zuerst aber rief ich bei unserem Tierarzt an. Die Taube hatten wir, noch immer eingewickelt in meinen Wollschal, auf dem Rücksitz des Autos gelassen.

Dass ich sofort zu ihm kommen durfte, trotz Silvester, war noch immer Sophia zuzuschreiben, die sich damals als Besitzerin von zwei Pferden, einem Esel, einem Hund, Katzen und Hühnern mit ihm angefreundet hatte. Auch war er es gewesen, der den Schwan wieder auf seine zwei Beine gestellt hatte.

Lars blieb während meiner Tierarztfahrt bei Nicola, wollte ihr unbedingt die Grundzüge von Schach beibringen. Sie brannte darauf, denn ihre Mutter hatte uns ein besonders hübsches Schachspiel hinterlassen.

Und ich, die Taube im Gepäck, fuhr durch den noch stillen Silvesterabend zu unserem Tierarzt, der Gott sei Dank auf unserer Seite des Sees wohnte.

Er empfing mich sehr herzlich und ganz ohne Vorbehalt wegen der ungewöhnlichen Zeit. In seinem hell erleuchteten Praxisraum wickelte er die Taube vorsichtig aus. »Ihre Erste Hilfe war schon mal ganz richtig«, sagte er, »die ist völlig entkräftet, wäre sicher bald auf dem Bahnsteig liegen geblieben und gestorben.«

»Kriegen wir sie durch?«

»In einem warmen Raum, mit Wasser und Taubenfutter – ich gebe Ihnen welches mit –, glaube ich das schon. Sie ist übrigens

weiblich.« Sehr vorsichtig, aber routiniert gab er ihr eine Spritze unter die Federn in den Rücken. Sie zuckte nicht einmal.
Und natürlich kamen wir auch auf Sophia zu sprechen. Sie sei eine ungewöhnlich warmherzige Frau gewesen, meinte er, aber offensichtlich sei ich ja in ihre Fußstapfen getreten. Etwas Netteres hätte er mir an diesem letzten Tag des Jahres nicht sagen können.
Zufrieden machte ich mich auf den Heimweg, zufrieden mit mir und der geretteten Taube. Aber auch, weil ich Lars mit Nicola zu Hause wusste und weil ich mich auf die Silvesternacht mit ihm freute.
Einträchtig saßen die beiden im Wohnzimmer am Couchtisch und spielten Schach. Agnes als Babysitterin war schon eingetroffen und schaute interessiert zu. Nicolas Wangen glühten. Ein friedlicher Anblick, nach den bisherigen Erfahrungen keineswegs selbstverständlich.
Die Taube wurde in unserem warmen Seitenkämmerchen neben dem Bad untergebracht und mit Wasser und Futter versorgt, was sie freilich zunächst nicht anrührte. Aber sie machte es sich in ihrer weich gepolsterten Obstkiste gemütlich und steckte das Köpfchen in die Federn. Ein kleines Licht ließen wir ihr an, so wollte es Nicola unbedingt, »weil sie sonst Angst hat«.
Während der Brotzeit verkündete sie, die Taube müsse Traudl heißen. »Ah ja«, sinnierte Lars, »weil Traudl so ähnlich wie Taube klingt, beide mit au.«
»Kann sein«, murmelte Nicola, »aber sie muss trotzdem Traudl heißen.«
Und dann warfen wir uns in Schale, ich, so gut ich es konnte. Lars trug einen eleganten nachtblauen Anzug, sah mit seinen grauen Haaren unglaublich attraktiv aus. Agnes konnte ihre

bewundernden Blicke gar nicht mehr von ihm abwenden. Ich, obwohl nun schon ein wenig geschult, fühlte mich auf dem Terrain der Eleganz trotzdem noch provinziell, unbeholfen und unsicher. Ich hatte mir ein langes dunkelrotes Kleid gekauft, eng, mit einem erst unten ausschwingenden Rock. Oben hochgeschlossen, was Lars zu einem Schmunzeln veranlasste. Wir vermieden es aber, darüber zu sprechen, mir war sowieso klar, was er dachte. Ex-Nonne ...

Sophias Kleider hatten wir im November endgültig bei der Caritas abgegeben. Schon allein wegen Nicola hätte ich sie nicht getragen.

28. Dezember 2006

Lars hatte jenseits des Sees eine sehr hübsche große Bar ausfindig gemacht, in der es eine gute Band gab und genügend Platz zum Tanzen.

In dem vollbesetzten Raum ging es hoch her, man hörte es schon von draußen. Wieder hatte er für einen kleinen Tisch in der hintersten Ecke gesorgt, so wie damals in München.

Unser Tisch, unsere Kerzen, unser Zusammensein. Und ein Rotwein, der es in sich hatte. Später dann Tanzmusik, die den ganzen Raum zum Beben brachte. Auf der Tanzfläche gab es bald nur noch ein dröhnendes rhythmisches Stampfen.

Wir stampften mit – bis der Bandleader als nächste Darbietung »Jeepers Creepers« ankündigte, zum Anheizen der jungen und zum Ausruhen der älteren Tanzpaare. »Hätte ich doch mein Saxofon da, ich würde glatt mitmachen«, raunte Lars mir zu.

»Ich hab das Stück auch gespielt«, schrie ich ihm ins Ohr – und wusste im nächsten Moment, wie leichtsinnig diese Bemerkung gewesen war! Lars ließ mich auf der Tanzfläche im Gewühl stehen, lief nach vorn und flüsterte dem Schlagzeuger etwas ins Ohr. Der lächelte, erhob sich und winkte mir zu. Ehe ich auch nur tief Luft holen konnte, hatte mich Lars schon abgeholt und zum Schlagzeug geschoben. Da es plötzlich still geworden war und sämtliche Tanzpaare mich neugierig musterten, ich also wusste, dass es keinen Ausweg mehr gab, übernahm ich die »Stöckchen«, setzte mich zurecht und nickte meinen Mitspielern zu. Den Anfang machte ich mit einem kurzen Wirbel, wurde vom Saxofonisten mit einer interessanten Sekund-Prim-Sekund-Melodie abgelöst, die er mit vollem, warmem Ton variierte und trotz lebhafter Ausschweifungen immer wieder deutlich hervorhob. Erst das Piano löste die Melodie in hastigen Läufen auf, steigerte das Tempo, band die Melodie wieder zusammen und gab sie an den Bass weiter.

Als ich sie übernahm, verwischte ich mit harten Synkopen und Gegensynkopen den Rhythmus, wurde sehr schnell und ließ erst nach wenigen Minuten eine Sequenz entstehen, die an Schnelligkeit und Wucht immer mehr nachließ und sich abschwächte wie ein in der Ferne verhallendes Flugzeug. Ich war in das Schlagzeug vollständig eingetaucht, meine Hände und Füße schienen ferngesteuert worden zu sein.

Nicht verwunderlich, dass es nach dem letzten Ton einen Riesenapplaus gab!

Wahrscheinlich war es der Rotwein gewesen, der sich mit den Erinnerungen an den Husumer Jazz-Keller und an unsere Gartenhausnächte verbündet und mir mit einer Kraft eingeheizt hatte, von der ich selbst überrascht worden war. Dazu die Nähe von Lars, wir beide so verliebt und aufeinander eingestimmt – und überhaupt diese unglaubliche Silvesternacht.

»Du musst bei uns mitmachen«, schlug der Bandleader vor,

»das ist ein echtes Angebot, überleg's dir und sag dann einfach ja oder ja!«

»Ihr habt doch schon einen, und einen sehr guten.«

»Für Free Jazz sind zwei und mehr Schlagzeuger optimal. Du weißt ja, das Schlagzeug ist der Ordnungsfaktor für den Jazz und unverzichtbar. Also bist auch du unverzichtbar!«

Wir tauschten unsere Adressen aus, obwohl ich wusste und es ihm auch erzählte, dass ich demnächst von hier wegziehen würde.

»Das lassen wir einfach nicht gelten«, erklärte er und gab mir noch zusätzlich seine Telefonnummer.

Um zwölf Uhr wurde geknallt, getuscht, durcheinandergerufen, mit den Gläsern angestoßen, viel Glück gewünscht und viel geküsst. Und wieder getanzt und gestampft.

Dann mussten wir aufbrechen, weil unser letzter Dampfer um ein Uhr ablegte. Außerdem sollte Agnes endlich von unserer Couch in ihr eigenes Bett übersiedeln dürfen.

Wir konnten zur Anlegestelle zu Fuß laufen, und das war in Anbetracht unseres Alkoholspiegels praktisch.

Trotz der winterlichen Kälte standen wir später – nur wir beide – draußen an der Reling und schauten über das dunkle Wasser zum Ufer, von dem aus immer noch Feuerwerkskörper in den Himmel gejagt wurden. Lars hakte sich bei mir unter. »Lass uns zusammenleben, Luzia, ich verspreche dir, dass auch Nicola es bei mir gut haben wird. Und deine Pelztiere auch.«

Statt einer Antwort küsste ich ihn. »Okay«, sagte er, »das war deine Antwort. Du weißt ja gar nicht, wie sehr ich mich freue auf unsere gemeinsame Zeit.«

»Ich freue mich auch.«

Etwas skeptisch betrachtete er mich von der Seite. »Das klingt aber dünn, Luzia.«

»Ich freue mich wirklich.«
»Aber?«
»Aber da ist ja noch Nicola.«
Er sagte daraufhin nichts mehr.
In dem Augenblick ahnte ich, dass es mir gelungen war, mit dieser einzigen Bemerkung die schöne Erinnerung an den ganzen Abend zu zerstören. Die Weinseligkeit hatte sich verabschiedet.
Später, bevor wir uns wortkarg schlafen legten, nahm er den Gedanken doch noch einmal auf. »Ich glaube, der eigentliche Grund für die ewige Verzögerung ist gar nicht Nicola. Die ist nur vorgeschoben. Du selbst bist der Grund.«
»Unsinn. Du musst doch spüren, dass ich dich liebe.«
»Weiß ich. Aber für die Umsetzung unserer konkreten Pläne hast du offenbar zu lange im Kloster gelebt.«
Diese Bemerkung traf einen wunden Punkt in mir, er wusste das.
»Es ist leicht, sich über mein ehemaliges Klosterleben lustig zu machen.«
»Wer macht sich denn lustig? Tatsache ist, dass es für dich schon ein Kraftakt war, die altgediente Kutte an den Nagel zu hängen. Den zweiten Kraftakt scheinst du nur mit Mühe zu schaffen, wenn überhaupt.«
»Für mich ändert sich ja auch mehr als für dich, erstens, und zweitens habe ich ein Kind von den Veränderungen und dem neuen Kurs in unserem Leben zu überzeugen.«
»Ich doch auch.«
»Deine Tochter ist aber älter, und sie muss nicht ihre Heimat aufgeben.«
»Das müssen viele Kinder, ohne dass so viel Rücksicht genommen wird.«

Für diesen Jahresbeginn war nun nichts mehr zu retten, nicht in der Nacht und nicht am nächsten Morgen. Stumm und verstimmt verabschiedeten wir uns später auf dem Bahnsteig, er stieg in den Zug, wir winkten uns noch kurz zu. Ehe der Zug abfuhr, drehte ich mich schon um und lief traurig zurück. Vorbei an den Tauben, die wieder nichts zu picken fanden und denen der eiskalte Wind durch die Federn fuhr.

4. Januar 2007

Zu Hause empfing mich Nicola mit den Worten: »Jetzt ist der endlich wieder weg!« Ich schaute sie erschrocken an.

»Lars war doch sehr nett mit dir, ich verstehe dich nicht.«

»Weil der will, dass wir zu ihm ziehen, nur deshalb ist der nett.«

»Er will, dass es uns allen gutgeht in seinem schönen großen Haus.«

»Die Theresa hat gesagt, der will mit dir ins Bett.«

»Er will mit uns leben.«

»Mit dir.«

»Mit uns, denn du gehörst zu mir.«

»Dann will der wohl mit *uns* ins Bett.«

Jetzt schrie ich sie an. »Quatsch, hör doch endlich damit auf. Er ist ein sehr lieber Mensch und …«

»… hat eine blöde Tochter.«

»Sie ist nett und freut sich auf dich.«

»Gleich kotz ich! Wieso soll die sich denn freuen, wenn sie auf einmal alles teilen muss!«

»Gar nichts muss sie teilen. Sie ist nämlich viel älter als du und hat ganz andere Interessen. Ihr kommt euch nicht in die Quere. Punkt.«

»Jedenfalls kannst du allein umziehen. Ich bleib beim Grab von der Mama und bei der Johanna, Ende Gelände!«
Sie hatte schon wieder Tränen in den Augen, ich sagte nichts mehr. Außerdem, was sollte ich eigentlich verteidigen? Einen Umzug, den ja auch *ich* angeblich nur halbherzig anging? Angeblich? Wirklich? Mir war auf einmal so kalt wie den Tauben auf dem Bahnsteig.

5. Januar 2007

Unser Leben, was die Tagesabläufe betraf, fing an, sich zu normalisieren.
Die Taube erholte sich zusehends, schaute lebhaft in die Welt und machte schon kleine Ausflüge. Das Fensterchen ihrer Kammer diente ihr als Abflug- und Landeplatz, oft saß sie auch nur auf dem Fensterbrett, gurrte vor sich hin oder putzte sich die grauweißen Federn.
Nicola hatte noch immer ihre von allen Kindern sehr geliebte junge Lehrerin und ging gern zur Schule, einträchtig mit Theresa. Ich arbeitete bald wieder voll in meinem Gärtnerei-Büro und verdiente damit den Lebensunterhalt für Nicola und mich. Außerdem bekam ich für sie ein monatliches Pflegegeld. Wenn wir einigermaßen sparsam lebten, kamen wir gut hin.
Mir war klar, dass ich nur deshalb noch hier leben und arbeiten durfte, weil unsere Äbtissin sich über die Regeln, was ausgeschiedene Nonnen betraf, hinweggesetzt hatte und nun ihre Hand über uns hielt. Ich glaube, diese außergewöhnliche Frau hätte sich auch meinen Mitschwestern gegenüber so verhalten. Nicht, weil sie alt war und müde! Ihre Sicht der Dinge, wie sie den einzelnen Menschen, seine Talente und Entwicklungen

einschätzte und wichtig nahm, gehörte entweder schon immer zu ihrer Persönlichkeit oder hatte sich im Laufe ihres klösterlichen Lebens verändert und war einer verständnisvollen Toleranz gewichen, wenn sie es für nötig und angebracht hielt.
Im Übrigen war sie durchaus eine strenge Ordensfrau, die noch immer Wert auf die Einhaltung der sieben Gebetszeiten legte, auf das Beten und Singen aller hundertfünfzig Psalmen innerhalb von zwei Wochen, auf die Chorgebete und Lesungen und die tägliche Messe; also auf die strengen benediktinischen Regeln.
Aber ich hatte mich ja aus alledem herausgelöst. Die Zeit der Loslösung hätte ohne sie und ihre geistige Führung zum Spießrutenlauf für mich werden können.
»Schade, dass du uns verlassen hast«, sagte sie nur ein Mal, als sie mich im Büro besuchte, »aber trotzdem bist du ja ein Mensch.« Sie lächelte und fügte hinzu: »Ein liebenswerter Mensch obendrein.« Unser anschließendes Gespräch habe ich nicht vergessen.
»Ich weiß nicht, wo ich gelandet wäre ohne Sie, Mutter Oberin.«
»Na, natürlich auch in den Armen dieses Mannes, und dazu habe ich ja nun wirklich nichts beigetragen.«
»Aber Sie haben viel auf sich genommen und unsere strengen Regeln weit ausgedehnt.«
»Völlig überdehnt, gewiss. Christus möge es mir verzeihen. Aber von deinen nächtlichen Schlagzeugeskapaden wusste ich tatsächlich nichts. Schon gar nicht von deinen Schleichwegen mit der Taschenlampe über unseren Speicher.«
»In Begleitung von Mäusen und Spinnen.«
»Armes Kind. Die Sehnsucht nach eurer Musik muss heftig gewesen sein.«

»Und meine Ausreden, wenn ich bei den Nachtgebeten öfter fehlte ...«

»... habe ich dir geglaubt.«

»Oder nur glauben *wollen?*«

»Geglaubt. Zumindest nicht hinterfragt.«

»Vielleicht hatten Sie Angst vor der Antwort.«

»Angst sicher nicht. Eher, könnte sein, ein Unbehagen. Andererseits kommt ja das meiste, was wir unerlaubt tun, über kurz oder lang ans Tageslicht.«

»Meinen Sie?«

»Ja. Weil eine neue Phase, in die ein Mensch gerät, immer intensiver und zwingender für ihn wird. Und irgendwann ist sie nicht mehr zu verbergen.«

»Meine neue Phase fing schon mit Sophia an.«

»Das war nicht zu übersehen, Luzia. Aber schließlich habe ich mir gesagt, im Grunde war es nicht eigentlich Sophia, sondern ihre *Musik*, die dein Musikerherz ergriffen und in seine alte Bahn zurückgezogen hat. Und die Sophia war ja auch für unser Klosterleben ein großer Gewinn.«

»Sie war eine tolle Musikerin.«

»Das stimmt. Hat Nicola eigentlich wieder eine Geige?«

»Im Augenblick noch nicht. Vielleicht schenke ich ihr eine, nach Ostern, wenn der Umzug geschafft ist.«

»Mein Gott ja, euer Umzug. Freust du dich?«

»Auf Lars, ja. Auf den Abschied von hier weniger. Und wenn ich an die Kleine denke, wird mir angst und bang.«

»Sie wird es schaffen. Kinder kommen im Allgemeinen mit neuen Situationen gut zurecht, auch wenn sie anfangs protestieren.«

»Mag sein.«

Sie schwieg einen Augenblick. Dann meinte sie sehr leise, fast im Flüsterton: »Ich kenne mich in der irdischen Liebe nicht aus, Luzia. Aber sie sollte dir doch eigentlich über alle Hürden hinweghelfen?«

»Sie sollte es. Aber vielleicht sind die Hürden meiner vierundfünfzig Jahre zu hoch, oder die Hürden meiner langen Klosterzeit, der verlässlichen Gewohnheiten, des Beschütztseins vor der Welt draußen. Ich lebe nun seit über dreißig Jahren hier, ich kenne die Welt nicht mehr richtig, jedenfalls nicht von ihrer offenen, modernen, fordernden, angreifenden, hektischen Seite.«

»Hast ganz recht. Wir Klosterschwestern werden im Laufe der Jahre weltfremd, was wir aber« – hier lachte sie – »zum Glück nicht merken, wenn wir in unseren festen Mauern bleiben.«

»Ach, Mutter Oberin, die festen Mauern, die hatten doch auch ihr Gutes! Es ist nämlich nicht so, dass ich das alles überhaupt nicht vermissen würde. Nur kann ich natürlich mit Nicola nicht darüber reden. Ich bin jetzt ihre Mutter, ihr einziger Halt, und ich darf nicht plötzlich anfangen, das Rad zurückdrehen zu wollen.«

»Das solltest du auch deinem Freund gegenüber nicht tun. Du hast demnächst neue Aufgaben, packe sie an. Du bist stark und wirst sie bewältigen. Aber gib bitte nie deinen Glauben auf.«

Sie wandte sich zur Tür. Ich begleitete sie, froh darüber, dass uns niemand bei diesem Gespräch gestört hatte. Aber noch eine letzte, brennende Frage musste ich loswerden. »Meinen Sie, dass ich in meiner neuen Rolle als Mutter vor allem deshalb zwingend funktionieren muss, weil ich für Sophias Tod die Ursache war?«

Energisch schüttelte sie den Kopf. »Wieder die alte Geschichte vom strafenden Gott! Meine liebe Luzia, in diesem Punkt gibst du dir selbst eine viel zu große Bedeutung. Nicht wir oder irgendwelche Umstände bestimmen die Todesstunde, sondern die liegt einzig in Gottes Hand. Das solltest du aber wissen.«

7. Januar 2007

Lars hatte schon bald unsere Neujahrsverstimmung vom Tisch gefegt.

Er rief wieder jeden Abend an, und wenn er es sich zeitlich leisten konnte, besuchte er uns an dem einen oder anderen Wochenende. In der Regel legte er die weite Reise mit dem Auto zurück. Und er fuhr über Nacht, um dann zum zweiten Frühstück bei uns zu sein. Wir blieben telefonisch in Verbindung, und wenn ich wusste, jetzt ist er bald da, traf ich in der Küche die letzten Vorbereitungen, möglichst geräuschlos, um sein Hupen nicht zu überhören. War es dann so weit – es hupte zwei Mal kurz und ich sah sein dunkelblaues Auto vor unserem Törchen halten –, ließ ich alles stehen und liegen und rannte ihm entgegen. In diesen Momenten fielen die Bedenken und Glücksbremsen von mir ab, und ich freute mich nur noch auf die Stunden, die vor uns lagen. Auf das ausgedehnte Frühstück, auf lange Unterhaltungen, auf unsere abendliche Dampferfahrt hinüber zur anderen Seite, wo er uns zu einem guten Essen einlud, was für Nicola jedes Mal gekrönt wurde durch einen großen Eisbecher. Nachmittags, von Nicola schon vorbereitet, spielten die beiden Schach am Wohnzimmertisch. Hatte Taube Traudl besonders gute Laune und befand sich nicht gerade auf einer ihrer kurzen Ausflüge, dann stolzierte sie auf demselben Tisch herum, hackte kräftig auf das Schachbrett ein, dass die Figuren kippten, und fegte diese mit beiden Füßchen in hohem Bogen auf den Boden. Verscheucht wurde sie nie, denn sie genoss uneingeschränkte Narrenfreiheit.

Wir besuchten natürlich immer auch die Ponys und den Esel, was Lars hin und wieder vorsichtig zum Anlass nahm, von dem schönen Stall zu schwärmen, den er für die drei am Rande von

Husum gefunden hatte. Selbstverständlich sei auch auf dem Dachboden seines Hauses für Traudl gesorgt.
Nicola hörte es sich schweigend an, fragte aber nicht weiter nach.
Für sie hätte alles so bleiben müssen, genau so, wie es jetzt war. Hin und wieder Luzias Lover zu Besuch, mit Schach, Dampferfahrt und Eisbecher. Danach ahoi und tschüss!
Lars und ich machten jetzt aber Nägel mit Köpfen.

8. Januar 2007

Am elften April 1993 war Ostersonntag. Für Mittwoch, den vierzehnten April, war unser Umzug vorgesehen. Ich hatte eine Speditionsfirma angeheuert, die für die wenigen Möbel mit einem kleinen Transporter auskam.
Lars war schon am Samstag gekommen, um mir beim Packen zu helfen.
Mit Nicola hatte ich gesprochen, diesmal ausführlich und ohne ihr eine Möglichkeit des Protestes einzuräumen.
»Wir werden immer wieder hier einen Besuch machen«, versprach ich ihr, »nach Mamas Grab sehen und vielleicht auch die Ferien hier verbringen.« Sie nahm es weder wütend noch erfreut auf, eher gleichgültig, nach dem Motto: Ich habe ja keine Wahl, ihr bestimmt das einfach, und ich habe zu gehorchen. Sie wurde bald zehn Jahre alt, im Herbst stand der Übergang ins Gymnasium bevor. Ihrer bildschönen Mutter sah sie so ähnlich, dass man sie, wo immer sie in der näheren Umgebung auftauchte, sofort als Sophias Tochter erkannte. Ein schönes Kind, das man gerne anschaute und mit dem man sich auch gerne unterhielt, weil es nicht wie manche Kinder nur mit Ja

und Nein antwortete, sondern eigene Erlebnisse erzählte, sich lebhaft und mit Charme auf Gespräche einließ.
Lars mochte sie. »Ich freu mich auf die zweite Tochter, ich freu mich auf euch beide und auf eure Arche Noah.«

9. Januar 2007

Am Ostersonntag, in aller Früh, brach Lars wieder nach Husum auf, um dort die letzten Vorbereitungen zu treffen.
Wir standen am Auto, um uns zu verabschieden.
Es war ein wunderschöner Morgen, kühl und klar die Luft, der Himmel blau, ohne Wolken.
Einen Augenblick schwiegen wir alle drei. Bis Lars sich an Nicola wandte. »Bald, wenn dann euer Haus schon leer ist, komme ich wieder und hole euch ab. Und wir drei werden zwischendurch auf einer Wiese picknicken. Freust du dich ein bisschen, vielleicht auch auf mein Haus und das Meer?«
»Wenn du willst.«
»Nicht, weil ich es will, Nicola, einfach nur, weil es in Husum wirklich schön sein wird für dich.«
Sie schüttelte den Kopf. »Nix ist schön für mich, das könntest du endlich mal raffen.«
»Hör zu, ich versteh dich ja. Du weißt sicher, dass meiner Silke mit ihrer Mama genauso was Schlimmes passiert ist wie dir.«
»Ist mir doch egal. Außerdem musste die nicht wegziehen. Wenn du mich verstehen würdest, dann würdest du uns hier in Ruhe lassen und dich endlich verpissen, die Fliege machen, abzischen, du blödes Saxofon!« Die letzten Worte schrie sie plötzlich mit hochrotem Gesicht, schlug einen Moment mit beiden Fäusten auf ihn ein, wandte sich um und rannte zurück ins

Haus. Wir schauten erschrocken hinter ihr her. »O Gott, Luzia, da steht uns ja noch einiges bevor«, sagte er, und er klang jetzt verärgert, »aber wir können doch nicht noch Jahre warten!«

»Zumal es dadurch nicht besser wird. Nein, mach dir keine Sorgen, konzentriere dich lieber auf deine lange Fahrt. Ihr Protest gilt ja nicht dir, sondern unserem Ortswechsel.«

»Das eine hat aber was mit dem anderen zu tun, infolgedessen bin ich natürlich ihre Zielscheibe.«

»Nein. So einen Auftritt lasse ich ihr nicht mehr durchgehen, ich werde nachher mit ihr reden. Irgendwann kommt sie zur Vernunft.«

»Ja, Luzia, irgendwann. Wenn ihr aber demnächst irgendetwas in Husum nicht gefällt, wird sie uns die Hölle heißmachen. Du hast ihr doch immer alles durchgehen lassen und auf ihr wer weiß wie empfindsames Seelchen Rücksicht genommen!« Seine Stimme klang wütend.

»Stimmt doch gar nicht!«

»Das stimmt sehr wohl, denn sie ist die heilige Tochter von der heiligen Sophia.«

»Du hast dich doch auch immer um sie bemüht und bist mit einer Engelsgeduld auf ihre Verweigerungen eingegangen.«

»Weil ich es dir recht machen wollte. Ich allein hätte sie ganz anders zur Räson gerufen!«

Langsam öffnete er die Wagentür und stieg ein. »Ich weiß nicht« – er sprach mehr zu sich selbst – »das eben war doch ziemlich heftig.«

»Es ist doch auch nicht wegzudiskutieren, dass für sie der Zeitpunkt des Umzugs wahrscheinlich zu früh ist.«

»Klar. Ein Jahr, zwei Jahre, wir haben ja jede Menge Zeit!«

Wieder ein gequälter Abschied.

Er fuhr los, winkte mit müden Bewegungen aus dem heruntergekurbelten Fenster, bis sein Auto hinter der Kurve verschwunden war. Ich stand, wie bei allen Abschieden, neben der Zeder und fühlte mich so bedrückt, dass mir der kurze Rückweg schwerfiel.

10. Januar 2007

Ich werde nun doch recht pflegebedürftig. Johanna ist regelrecht als Pflegerin für mich abgeordnet worden. Ein großes Entgegenkommen von unserer neuen Äbtissin Schwester Hildegard. Sie ist weniger weich als ihre Vorgängerin, jünger und unnachsichtiger. Trotzdem lässt sie mich, die Abtrünnige, mit dieser Krankheit nicht hängen. Aber ich war ja auch eine gute und verlässliche Kraft in unserem großen Gartenbetrieb. Das erkennt sie an.
Johanna sorgt für alles, für meine Wäsche, meine Diät, meine notwendigen Medikamente. Sie ist auch während der Arztbesuche anwesend und schaut regelmäßig nach mir, obwohl sie dafür jedes Mal ein ganzes Stück durch die große Gartenanlage laufen muss.
Doch mit unserer Arche Noah hat sie nichts mehr zu tun. Die Katzen waren nach einigen fröhlichen Jahren an Leukose gestorben. Traudl war eines Tages auf Nimmerwiedersehen davongeflogen. Der Esel und die beiden Ponys, mittlerweile schon recht betagt, wohnen noch bei unserem Nachbarn und dürfen dort so lange leben, bis sie sich, alt und grau, von ihrer schönen Welt auf der Weide und im warmen Stall verabschieden.
Johanna kommt gern zu mir. Wir können uns unterhalten, ohne dass uns der Gesprächsstoff ausgeht. Alles, was ich erlebt

habe, hat sie miterlebt. Wir hängen aneinander wie Geschwister. Sie leidet unter meiner Krankheit, vor allem unter der Vorstellung, allein zurückzubleiben. Meine Versuche sie zu trösten, fallen natürlich schwach aus.
Demnächst wollen sie mich im Kloster unterbringen, aus praktischen Gründen. Bis jetzt habe ich es noch verhindern können. Mir selbst und Nicola zuliebe. Beide fühlen wir uns hier zu Hause, auch wenn Nicola ihre Zelte in Berlin aufgeschlagen hat. Trotzdem, der Wechsel wird bald nötig sein. Aber mein Geist ist noch immer glasklar. Auf diese Erkenntnis lege ich größten Wert.

11. Januar 2007

»Ich möchte nicht, dass du mit Lars so umgehst!«, rief ich Nicola durch ihre von innen abgeschlossene Tür zu. »Das war absolut scheußlich eben. Er hat eine endlos lange Fahrt vor sich ...«
»Der braucht ja keine endlose Fahrt zu machen, kann ja einfach zu Hause bleiben an seinem Super-Meer bei seiner Super-Tochter!«
»Ich will aber mit ihm zusammen sein, Punkt!«
»Ich geh aber nicht weg von hier, Punkt!«
»Du gehst mit, weil die Mama wollte, dass du bei mir lebst.«
»Aber nicht, dass ich nach Husum muss.«
»Weil sie nicht wusste, dass es sich so ergeben würde. Und jetzt mach endlich deine Tür auf, ich habe keine Lust, mich so mit dir zu unterhalten.«
Tatsächlich schlurfte sie zur Tür, langsam, drehte den Schlüssel um, lief zu ihrem Bett zurück, hockte sich darauf, die Pulloverärmel wie eine Erfrierende weit über die Hände gezogen.

»Hör zu, Nicola, wenn man jemanden dermaßen kränkt, wie du das eben mit Lars getan hast, dann ist man automatisch im Unrecht. Du wirst damit überhaupt nichts erreichen, außer dass Lars traurig ist und dich irgendwann nicht mehr mag.«
»Ist mir egal.«
»Ist dir nicht egal. Denn wir werden zusammenleben, und da wäre es besser, man mag sich und macht sich das Leben schön.«
»Du bist der Mama untreu.«
»Unsinn.«
»Nix Unsinn. Du lässt ihr Grab im Stich.«
»Johanna wird das Grab pflegen, das weißt du. Und wenn du an die Mama denkst, ist sie bei dir, auch in Husum.«
»Ach, dann liegt wohl im Grab nur meine Puppe!«
»Nein, ihr Körper. Aber ihre Seele ist bei dir.«
»Nonnengelabere. Hat der Bruder von der Theresa gesagt.«
»Und du glaubst ihm das.«
»Logo. Du warst ja ’ne Nonne.«
»Aber Nonnen labern nicht. Du solltest eigentlich wissen, wie nett sie sind und wie gut du es immer bei ihnen hattest.«
»Deshalb will ich ja hierbleiben.«
»Wir werden sie ja auch besuchen, vor allem die Johanna.«
»Du hast selbst gesagt, es ist ein weiter Weg von Husum hierher.«
»Es ist ein weiter Weg, ja. Trotzdem halte ich mein Versprechen. Und jetzt will ich zu dem Thema nichts mehr hören, schon gar nicht, wenn du den Lars und mich so kränkst!« Ich war laut geworden, was mir später bitter leidtun sollte. Aber mir steckte noch der Abschied, den Nicola zerstört hatte, in den Knochen.
Unser gemeinsames Frühstück wurde eine recht einsilbige Angelegenheit. Jeder starrte vor sich hin, aß freudlos seine Semmel. Ich fühlte mich aufgeregt, verletzt und wütend. In einer

Dreiviertelstunde würde die Ostermesse beginnen. Ich besuchte ja noch immer gern, wenn auch nicht regelmäßig, unsere Messen und Gebetsstunden. Heute zog es mich sehnsüchtig in die Kirche. Nichts benötigte ich so dringend wie Gottes Hilfe. Nicola hätte mit ihrer Freundin Theresa in den evangelischen Kindergottesdienst gehen können. Theresa fragte aber schon gar nicht mehr nach, da ein gemeinsamer Besuch schon lange nicht mehr zustande gekommen war.

Am Abend zuvor hatten Lars und ich auf der Wiese bunte Eier und Schokoladenhasen versteckt.

»Nach der Messe gehen wir Eier suchen«, schlug ich ihr vor, bemüht freundlich, »bis dahin musst du dich gedulden, vielleicht Kindergottesdienst?«

»Nee, bestimmt nicht. Ich guck fern.«

Mittlerweile waren anderthalb Stunden seit Lars' Abreise vergangen, ich hatte noch nichts von ihm gehört. Für ihn ungewöhnlich. Beunruhigt lief ich in mein Zimmer und wählte die Nummer seines Autotelefons. Ich erreichte ihn sofort. »Warum hast du dich noch nicht gemeldet? Sonst rufst du immer schon nach einer Stunde an!«

»Die Stimmung ist mir total verhagelt, Luzia.«

Jetzt wurde ich auch noch auf ihn wütend. »Da reicht dir so ein Ausbruch einer Neunjährigen, und schon werde ich mit ihr in Sippenhaft genommen!«

»Verdammt noch mal, weil du ihr von Anfang an nicht Einhalt geboten und vielleicht mal ein Machtwort gesprochen hast!«

»Das habe ich soeben getan.«

»Reichlich spät und sicher halbherzig wie immer.«

»Wo sind denn *deine* Machtworte geblieben? Schließlich hat sie ja *dich* angegriffen!«

»Das kann ich als Außenseiter doch gar nicht! Wenn man heutzutage eine Kinderseele verletzt, fahren Mütter oder Ersatzmütter doch sofort ihre Krallen aus! Jetzt haben wir schon ihr zuliebe mit dem Umzug bis Ostern gewartet. Ich wette, morgen schlägst du mir eine weitere Verlängerungsfrist vor, vielleicht Weihnachten. Und wer weiß, vielleicht kommt dir das ebenso zupass wie dem kleinen Monster. Du hängst doch auch noch mit tausend Stricken an deinem oberbayerischen Klostergemäuer, am lieben Gott, an deinen Basilikumtöpfen, deiner Madonna, deinem Rosenkranz, deinem See, deinem Schilfweg – ach, was soll's!« Er hatte ausgeschaltet, ehe ich auf seinen Wutausbruch antworten konnte. Ich hätte ihm gesagt, wahrscheinlich mit zittriger Stimme: Du hast recht, ja. Aber noch viel mehr hänge ich an dir, du Idiot, und deshalb habe ich schon eine ganze Menge an alten Stricken durchgeschnitten.

12. Januar 2007

Völlig verloren saß ich danach in der Kirche, durcheinander, viel zu aufgeregt, um vernünftig beten zu können. Die Litanei des Priesters schien kein Ende zu nehmen. Jesus an seinem Kreuz, die Mutter Gottes daneben, beide aus Holz, sie blieben Holz. Ich fühlte mich überhaupt nicht in der Lage, sie aus ihrem biederen Holz herauszulösen und in meinen Geist aufzunehmen. Die Anbetung machte ich noch mit, weil es sich so gehörte. Dann lief ich davon, durchquerte mit schnellen Schritten unseren weitläufigen Gemüsegarten und hätte nichts dagegen gehabt, wenn ich mich in Wohlgefallen aufgelöst hätte. Meine Beziehung angeschlagen, mein Kloster verloren, Sophia verloren, im Gepäck ein widerspenstiges Kind – schlimmer konnte es nicht kommen.

Doch, es gibt immer noch etwas Schlimmeres. Der Phantasie trickreicher Geister sind keine Grenzen gesetzt.
In unserem Häuschen angekommen, hörte ich nur das Gurren der Taube, die damit beschäftigt war, die Krümel vom Tisch zu picken. Ich hängte meinen Mantel in der Garderobe auf und rief nach Nicola, um mit ihr die vermaledeiten Ostereier zu suchen. Sie antwortete nicht.
Ihre Zimmertür war angelehnt. Ich warf einen Blick hinein, schon ein wenig beunruhigt. Keine Nicola.
Dafür auf ihrem kleinen Schreibtisch ein Zettel, aus dem Notizblock gerissen, mit Bleistift beschrieben. Ich habe ihn bis heute aufgehoben. »Luzia, ich hau ab, weil ich nicht mit nach Husum ziehe. Aber dein Lover und deine ewige Beterei nerven mich auch. Ich finde es gemein von dir, dass du immer noch zu der Madonna betest, obwohl die der Mama und mir so was Grässliches angetan hat!! Du hältst zu der und nicht zu uns. Wahrscheinlich, weil du in echt noch eine Nonne bist und dich nicht traust, die Madonna anzuschreien!!! Ich will von der jedenfalls nichts mehr wissen. Du brauchst mich nicht zu suchen. Ich weiß gute Verstecke und komme nicht mehr zurück. Lieber tu ich verhungern. Nicola.«
Aufgeregt las ich die krakeligen Zeilen immer wieder. Ich versuchte, ruhig zu atmen und das Ganze für einen Kinderstreich zu halten. Spätestens am Nachmittag würde es ihr langweilig werden, wo auch immer sie sich versteckt hielte, und dann würde sie kleinlaut zurückkommen und Hunger haben. Auch frieren, denn sie hatte offenbar nur ihren dünnen Anorak mitgenommen. Als das Telefon klingelte, fuhr ich zusammen. War es die Polizei, um mir irgendeine Schreckensnachricht durchzusagen?
Es war Lars. Ehe er überhaupt etwas von sich berichten konnte,

krächzte ich in den Hörer: »Die Kleine ist verschwunden, hat einen Zettel hinterlassen ...«

»Natürlich«, unterbrach er mich ruhig, »das war doch vorauszusehen, dass sie es mit allen Mitteln versucht. Und jetzt eben mit Weglaufen.« Seine gelassene Stimme ließ meine Nervosität ein wenig in sich zusammenfallen. Aber sie wirkte so unbeteiligt, so als wäre er an uns nicht mehr interessiert. Während ich noch nach Worten suchte, sagte er genau das, was ich am meisten gefürchtet hatte: »Man soll sich eben nicht in eine Nonne verlieben, und schon gar nicht in eine mit Kind.«

»Erstens bin ich keine Nonne mehr«, schrie ich – meine Stimme klang hysterisch –, »und zweitens hat das mit dem verschwundenen Kind überhaupt nichts damit zu tun!«

»Sehr viel. Vor lauter Frömmigkeit traust du dich nicht, diesem Balg etwas abzuverlangen. Sie macht, was sie will, also läuft sie auch weg, wenn ihr das durch den Kopf schießt. Und ihre Attacken gegen mich gewöhnst du ihr auch nicht ab. Wahrscheinlich denkst du, der liebe Gott wird's schon richten.«

»Deine Tochter hat mich damals auch nicht mit offenen Armen empfangen.«

»Aber nicht so wahnsinnig respektlos. Das heute war ja Pippi Langstrumpf pur. Für ›verpiss dich und hau endlich ab‹ hätte ich ihr auf der Stelle den Hintern versohlt, wenn sie dir das als Abschiedswunsch mit auf den Weg gegeben hätte!«

»Ich kann sie nicht bestrafen, sie ist nämlich verschwunden, und ich habe keine Ahnung, wo sie sich versteckt hält.« Ohne Abschiedsgruß beendete ich das Gespräch. Und er rief nicht zurück.

13. Januar 2007

Ich begann zu suchen, zu rufen, Nicola mit allen möglichen Versprechungen zu locken. Auch einige meiner ehemaligen Mitschwestern beteiligten sich an der Suche, später sogar Theresas Familie. Es war ein sonniger, aber kalter Tag, kein typisches Aprilwetter. Und eine kalte Nacht war zu erwarten.

Am späten Nachmittag sprach Lars auf den Anrufbeantworter. Er sei gut angekommen und hoffe, dass die Ausreißerin sich wieder eingefunden habe. Seine Worte täten ihm leid, aber er fühle sich auf einmal so resigniert.

Ich nahm seine Nachricht nur am Rande zur Kenntnis. Denn jemand hatte mir soeben geraten, nun endlich die Polizei einzuschalten. Und in diesem Moment war mir erst das ganze Ausmaß der Gefahr so richtig bewusst geworden.

Zwei Polizisten wurden mir zugesichert, mehr sei hier auf dem Land nicht drin, aber ich könne mich auf sie hundertprozentig verlassen.

Als sie kurz darauf bei uns eintrafen, fiel mir ein Stein vom Herzen. Es waren gestandene, nette Männer, deren guten Ratschlägen ich mich gerne anvertraute und, vor allem, deren beruhigende Worte mir guttaten.

Zusammen mit ihnen erweiterten wir unseren Suchradius bis in den entfernten Wald hinein. Das Seeufer schlossen wir bald aus. Dort wäre man längst auf sie aufmerksam geworden, zumal es sich inzwischen durch eine Rundfunkdurchsage herumgesprochen haben musste.

Als es abends dunkel wurde, statteten die Polizisten sich und uns mit weithin leuchtenden Taschenlampen aus.

Doch der Wald war durchsetzt von dichtem Unterholz und undurchdringlichem Gestrüpp, so dass sich das Licht der Lampen

darin verfing wie in einem vernebelten Irrgarten. Wäre doch Satan als Suchgehilfe noch am Leben gewesen!
Wir suchten und riefen bis zur Erschöpfung. Immer öfter setzten wir uns auf irgendeinen herumliegenden Baumstamm, sprachen nicht mehr miteinander, weil wir eigentlich nur noch ausruhen wollten.
Früh um vier Uhr gaben wir auf, zunächst, um uns in meinem Haus mit starkem Kaffee und belegten Broten zu neuen Lebensgeistern zu verhelfen. Die Schwestern mussten dann schon zum Morgengebet in die Kirche, wollten aber sofort danach wiederkommen. Die Polizisten verabschiedeten sich ebenfalls, wenn auch nur vorläufig. Sie versprachen weiterzusuchen, bis sie das Kind gefunden hätten.
Lars hatte mehrmals auf den Anrufbeantworter gesprochen. Er mache sich nun doch Sorgen, und sein Verhalten am Vormittag täte ihm leid. Ich möchte ihn doch bitte zurückrufen, auch nachts.
Nun wieder ganz allein, nahm ich sein Angebot gerne an. Und erreichte ihn auf Anhieb trotz der frühen Stunde. »Wir haben sie noch nicht gefunden, Lars, es ist sehr kalt, sie hat nur ihren dünnen Anorak mitgenommen. Wenn sie nicht in irgendeinem Haus steckt, kann ihr die Kälte zum Verhängnis werden.«
»Sie wird in einem Haus untergekrochen sein, oder im Kloster. Habt ihr da gesucht?«
»Im Keller, auf dem Dachboden, in der Kirche, hinter der Orgel, in der Sakristei, auf dem Speicher. Vergeblich.«
»Soll ich kommen?«
»Nein. Bis du hier bist, müssen wir sie längst gefunden haben. Mehr als wir alle kannst du auch nicht tun.«
Nach einer kurzen Pause dann seine Frage, leise, scheinbar beiläufig. »Hast du dem Spediteur für übermorgen abgesagt?«

»Nein, aber um acht Uhr werde ich es tun.«
Wieder eine Pause, in der ich ihn atmen hörte. »Du bist irgendwie – eiskalt, Luzia.«
»Das warst du auch. Und ich habe im Augenblick andere Sorgen als den Umzug.«
»Natürlich. Deine Sorgen um Nicola und deinen katholischen Gott mit seinem ganzen katholischen Anhang werden immer wichtiger sein als alles, was uns beide betrifft.«
»Weil es nicht nur uns beide gibt in diesem Leben.«
Ich zitterte inzwischen so, dass ich kaum noch den Knopf zum Ausschalten des Telefons bedienen konnte. Lars nahm mir das Problem ab und beendete das Gespräch.

14. Januar 2007

Und hier nun eine kleine Botschaft für dich, Nicola, wenn du meine Geschichte liest.
Du hättest ja gerne, dass ich Klösterliches und Frommes in meinem Bericht ein wenig zurückhalte. Weil du den frühen Tod deiner Mutter dem Himmel nicht verziehen hast, bis heute nicht. Und weil ich deine Ersatzmutter wurde, sollte ich unbedingt auf deiner Seite stehen, deine Partei ergreifen, gegen den lieben Gott. Ich habe mich irgendwie durchlaviert, wenn du dich erinnerst. Dass es nicht aus Überzeugung geschah und ich mich immer dir gegenüber verstellen musste, das wirst du heute wissen und auch verstehen. Ich denke darüber nun mal ganz anders als du.
Ich konnte zwar einen Mann lieben, tollen Jazz machen, meine Kutte an den Nagel hängen und mein Gelübde brechen. Vielleicht auch einen bestimmten Teil meiner streng katholischen

Denkart ablegen. Aber ganz und gar meinem Glauben abschwören, das konnte ich nicht. Damals, als du verschwunden warst, habe ich gebetet, gebetet, gebetet. Am meisten zur Gottesmutter, weil sie schließlich selbst ein Kind hatte und wissen musste, wie es sich anfühlt, es zu verlieren.
Und wenn du denkst, ich wäre nur deshalb über dein Verschwinden so verzweifelt gewesen, weil Sophia mir die Verantwortung für dich übergeben hatte, dann täuschst du dich. Ich war verzweifelt, weil ich zu dem Zeitpunkt innerlich schon ganz in die Mutterrolle geschlüpft war und wie eine Mutter an dir hing. Und dich sehr liebte.

15. Januar 2007

Am Ostermontagmorgen um elf Uhr, als wir nach einer zweiten vergeblichen Suchaktion im Wohnzimmer zusammensaßen, um wegen weiterer Schritte zu beratschlagen, stand Nicola plötzlich vor uns. Bebend vor Kälte. Ihre Zähne schlugen aufeinander, und sie wurde von einem Husten geschüttelt, der tief und hart klang und ihr offensichtlich weh tat. Sie krümmte sich vor Schmerzen, und man sah ihr an, sie hätte gerne geweint. Doch die Husterei ließ nicht einmal das Weinen zu. Auch sprechen konnte sie nicht. Ich nahm sie in die Arme und drückte sie fest an mich. Ihr Gesicht glühte vor Fieber, die Haare waren feucht.
»Wir bringen sie in unsere Krankenstation«, schlug Johanna vor, »sie hat ja offensichtlich eine schwere Bronchitis.«
Ich schüttelte den Kopf. Nicola konnte sich nicht äußern, sie kämpfte mit Fieber, Husten und Kälte.
Ich war mir aber ganz sicher, dass sie ins Krankenhaus musste. Und dass wir keine Zeit verlieren durften.

Die Polizisten boten mir sofort ihre Hilfe an. »Wir packen sie in unser Auto, und Sie fahren gleich mit. In ungefähr zwanzig Minuten sind wir im Krankenhaus.«

16. Januar 2007

Nicola war gefährlich unterkühlt. Die Kinderärztin diagnostizierte eine doppelseitige Lungenentzündung.

Sie lag auf der Kinderstation, hatte das Zimmer für sich allein, weil zu Ostern die meisten Kinder abgeholt worden waren.

Man wärmte sie mit einer Heizdecke und mehreren Wärmflaschen, der Husten war mit Hilfe von Tropfen und einem Spray abgemildert worden. Bald schon schlief sie fest ein. Ich saß neben ihrem Bett, sah in ihrem Gesicht Sophia vor mir, wie sie als Kind ausgesehen haben musste. Der widerspenstige, zornige Ausdruck, der noch Sonntagfrüh ihr Gesicht beherrscht hatte, war einer weichen Kindlichkeit gewichen, erschöpft, aber zufrieden und ruhig. Wenn sich meine mütterliche Liebe zu ihr bisher noch mit leisen Vorbehalten in einer Art Wackelkontakt eingerichtet hatte, so war sie in der letzten Stunde zu einer Gewissheit geworden, unabänderlich und ohne an Bedingungen geknüpft zu sein. Das Kind war mir von Sophia geschenkt worden, heute zum zweiten Mal. Ich sagte es leise in den Raum hinein. Vielleicht war sie ja bei uns, konnte mir nur nicht antworten (oder ich konnte sie nicht hören). Und wie in einer stillen Übereinstimmung mit ihr begann ich, eindringlich für Nicolas Gesundheit zu beten.

Später rief ich bei Lars an, um ihn über ihre Rückkehr zu informieren.

Er fragte nicht nach einem neuen Umzugstermin. Ich registrierte es dankbar. Dafür fragte Nicola danach, kaum dass sie am frühen Nachmittag aufwachte. »Müssen wir wegziehen von hier?« Ich schüttelte den Kopf. Sie lächelte und schlief wieder ein.

Mit diesem Kopfschütteln hatte ich binnen einer Sekunde meine Lebenspläne umgeworfen; und damit auch Lars und unsere Liebe aufgegeben.

Nicola erholte sich langsam, und nach anderthalb Wochen im Krankenhaus durfte ich sie nach Hause holen.

17. Januar 2007

Genau an dieser Stelle, liebe erwachsene Nicola – falls du mit dem Lesen bis hierher durchgehalten hast –, will ich wieder einen Brief an dich einfügen. Weil ich verhindern möchte, dass du jetzt von Schuldgefühlen geplagt wirst.

Die Zeit mit Lars habe ich wie einen wunderschönen Traum empfunden, einen, aus dem man nie aufwachen möchte, es sei denn, er könnte dem Wachsein standhalten. Da man das aber nicht genau weiß, bleibt man dann doch lieber im Traum hängen.

Zumal ich alles zum ersten Mal erlebt hatte. Die seelische und die körperliche Liebe, meinen (endlich nicht mehr heimlichen) Jazz inmitten einer wirklich guten Band, die gemeinsamen Wanderungen, die langen Abende am Strand, die Gespräche mit einem Mann, der in mich verliebt war, das festliche Leben bei Musik und Kerzenlicht in edlen Restaurants, das Tanzen in einer Bar, nah und zärtlich in Übereinstimmung mit schönen Melodien und einem weichen Rhythmus.

Es hat mich unvorbereitet getroffen und mit der Wucht der Erlebnisse richtig umgehauen. Damals.

Der Traum war wahrscheinlich mein notwendiger Ausweg, eine Landschaft, nur in ihrer Schönheit zu genießen und nicht, um sich im Alltag darin anzusiedeln.
Manchmal habe ich das gespürt wie einen leisen Schmerz, den man sofort verdrängt, weil man ihn nicht wahrhaben will. Die Ursache lag bei mir, ganz sicher nicht bei Lars. Aber auch nicht bei dir.
Mit dir und allen deinen Protesten (du warst neun Jahre alt!) wäre ich fertiggeworden, und Lars hätte ich aus seiner Schmollecke sofort zu uns zurückgeholt – wenn ich es wirklich gewollt hätte. Wenn ich, für mich selbst hundertprozentig sicher, auf der Seite von Lars und seinen Plänen gestanden hätte. Wenn nicht auch mir das neue Leben Angst eingeflößt hätte. Angst wovor?
Vor der Welt draußen und vor dem Heimweh.
Du wirst denken, wenn man einen Menschen richtig liebt und von ihm genauso geliebt wird, traut man sich alles zu, dann geht man mit ihm bis ans Ende der Welt. Weil ich dasselbe dachte, hatte ich ja auch zugestimmt. Und zuletzt ganz ehrlich zugestimmt. Um aber nachts immer wieder ins Grübeln zu geraten.
Ob ich mit Lars darüber gesprochen hatte? In vorsichtigen Andeutungen, ja. Er ging darüber hinweg wie über einen versehentlichen Versprecher, weil er unbedingt davon überzeugt sein wollte, dass ich mich bereits für die richtige Seite, seine Seite, entschieden hatte. Und ich wäre auch umgezogen, mit dir. Fragt sich nur, ob der Zeitpunkt der richtige war. Er war es nicht. Und zwar für uns beide nicht.

18. Januar 2007

Heute früh Anruf von Nicola, sehr lieb und besorgt.

»Schreibst du noch an deiner, unserer Geschichte?«

»Natürlich. Aber zwischendurch muss ich es Johanna diktieren, weil es eben so Tage gibt ...«

»... an denen du am liebsten nur schlafen würdest.«

»Stimmt. Obwohl ich dann immer an den Buchtitel von Rainer Werner Fassbinder denken muss: ›Schlafen kann ich, wenn ich tot bin‹.«

»Mein Gott, Luzia, kannst du mit diesem Mega-Schlaf nicht noch ein bisschen warten?«

»Wenn ich kräftiger wäre, bestimmt. Aber mit Schwäche und Bauchweh zieht sich das Leben auf hinterhältige Weise zurück und macht auch wenig Spaß.«

»Und du hast mir immer gepredigt, das Leben ist nicht zum Vergnügen da.«

»Also, erstens hab ich nicht gepredigt, und zweitens hast du das entscheidende Wörtchen vergessen.«

»Nur.«

»Genau. Nicht *nur* zum Vergnügen. Sonst wärst du nämlich von früh bis spät mit der Theresa unterwegs gewesen, Bootchen fahren, Eis essen, bei ihr oder uns CDs hören und euch vom Nebel eurer Räucherstäbchen einlullen lassen. Hättest weder Aufgaben gemacht noch Geige geübt.«

»Hast ja recht. Du warst schon in Ordnung und hast deshalb jetzt so eine Prachttochter wie mich, vielleicht auch bald einen süßen Schwiegersohn, wer weiß. Adieu und tschüss und auf Wiedersehen!«

19. Januar 2007

Wir blieben also nach diesen denkwürdigen Oster- und Krankenhaustagen weiterhin in unserem Häuschen, und das Leben verlief wieder in seiner gewohnten Bahn. Ein geordnetes Leben mit Schule und Gärtnereibetrieb. Dazu ein Mal in der Woche die psychologische Spieltherapie für Nicola, und bald auch wieder Geigenstunden mit einer neuen, einigermaßen preiswert erstandenen Geige. Nicola, vom Gleichmaß der Tagesabläufe beruhigt, wurde zusehends ausgeglichener, zugänglicher und zufriedener.

Vielleicht wäre sie sogar rundum wieder glücklich geworden, wenn sie nicht gespürt hätte, dass ich es nicht war. Ich hatte ihr zwar, auch damals schon, das schlechte Gewissen mir gegenüber auszureden versucht, aber meine innere Abwesenheit in manchen Stunden entging ihr nicht. Es war so vieles, was mir durch den Kopf schwirrte, und immer kam Neues hinzu, stellte Altes in Frage, warf alles wieder um und ließ mich mit irgendwelchen wirren Schuldgefühlen zurück. Und mit dem Bild einer unangenehmen Vorstellung: Ich war von Sophia wie von einem Zugpferd auf einen hohen Berg gezogen worden, und als wir den Gipfel fast erreicht hatten, ihn schon ganz nah vor uns sahen, verlor mein Zugpferd das Gleichgewicht und stürzte ab. Und ich sah ihm fassungslos hinterher. Schaute nicht mehr nach oben. Und schon gar nicht hatte ich den Mut, von nun an ohne mein Zugpferd die letzten Meter bis zum Gipfel anzusteuern.

Also kehrte ich um und lief wieder zurück, nicht ganz denselben Weg, aber einen Parallelweg. Schließlich rannte ich, weil es abwärts ging, stolperte, fiel hin, rappelte mich wieder auf, rannte weiter und hielt erst erschöpft inne, als endlich mein altes

Haus sichtbar wurde. Der Gipfel hinter mir war in die Ferne gerückt, war kleiner, undeutlicher geworden. Der Gipfel, mein unerreichtes Ziel.

20. Januar 2007

Lars hat uns nach der Auseinandersetzung damals nicht mehr besucht. Auch unsere Telefongespräche fingen zu bröckeln an. Er wusste, dass ich mich davor fürchtete, den verpassten Umzug noch einmal zum Thema machen zu müssen. Und dass ich es sofort zur Sprache gebracht hätte, wenn ich ehrlicherweise das Versäumte unbedingt hätte nachholen und mit Sack und Pack nach Husum hätte ziehen wollen.

Im Grunde liefen unsere Gespräche von Mal zu Mal quälender ab, denn beide vermieden wir krampfhaft jedes Wort, das sich unserer gestörten Beziehung, aber auch unseren gemeinsamen Erinnerungen angenähert hätte. Ich war feige, und Lars war maßlos enttäuscht. Zu Recht. Und natürlich hätte auch Sophia den Kopf geschüttelt und mich nicht verstanden. Ich verstand mich ja selbst nicht.

21. Januar 2007

In unserem langen Nachtgespräch hat Nicola es mir bestätigt. Nachdem unsere seelischen Wunden allmählich verheilt waren, haben wir zwei sehr gut miteinander gelebt.

Ich sei als Mutter optimal gewesen. Mutter sagte sie, nicht Stiefmutter.

Ich war da, wenn sie aus der Schule nach Hause kam, denn ich hatte eine ausreichende Mittagspause. Also auch genügend Zeit, uns etwas Gutes, meist frisch aus der Gärtnerei, zu kochen. Sie konnte ihre Erlebnisse loswerden, ich hörte zu, und ich lobte sie eifrig und hocherfreut wegen guter Noten. Oft brachte sie Theresa mit, die rothaarige Freundin, um mit ihr gemeinsam die Hausaufgaben zu machen. Der Wechsel in die höhere Schule, ein gemischtes Gymnasium, klappte geräuschlos, wenn man von Nicolas Problemen in Mathematik absieht. In diesem Fach musste ich ordentlich nachhelfen, was auch Theresa dankbar annahm.

Ein heißes Eisen während der folgenden Jahre blieb Nicolas Ablehnung gegenüber allem, was mit Religion zu tun hatte. Meine Bemühungen in dieser Hinsicht liefen nicht nur ins Leere, sondern führten auch jedes Mal zu einer unerfreulichen Diskussion. Auf gar keinen Fall wollte sie sich, als sie vierzehn Jahre alt war, konfirmieren lassen. »Das bin ich meiner Mutter schuldig«, behauptete sie, »die so früh sterben musste.«

Dabei schaute sie mich herausfordernd an. Und meistens folgte diesem Blick dann ein Angriff. »Du willst doch nur deinen katholischen Zirkus retten, deinen Weihrauch, dein Gebimmel, deine bunten Priesterkleider!«

Ich reagierte schon nicht mehr böse, sondern eher genervt. »Hör doch irgendwann mal auf mit dem Quatsch! Du bist schließlich evangelisch, deine Konfirmation hat mit all dem nichts zu tun. Aber immerhin leben wir von diesem Zirkus, mein liebes Mädchen, und ich bin heilfroh, dass ich den Job hier behalten durfte und obendrein das Haus. Das ist nämlich keineswegs selbstverständlich, wenn man wie ich aus dem Orden ausgetreten ist.«

Jetzt ging ihr Blick in nachsichtige Langeweile über. »Schon gut. Jedenfalls wär's mir lieber, wir würden nicht in einem Klostergarten wohnen, über Gewächshäuser stolpern und du würdest nicht dauernd in die Messe rennen, wenn die Glöckchen bimmeln.«

»Zwei Mal in der Woche, dir zuliebe nicht öfter.«

»Ist schon zu viel für diesen Trachtenverein.«

»Ich war schließlich Ordensfrau.«

»Leider, leider.«

Meistens brach ich hier das Gespräch ab. Oder ich packte das wütende Mädchen und drückte es auf den nächstbesten Stuhl.

»Pass auf, meine Liebe, so wirst du mit diesem Trachtenverein nicht umgehen, hörst du? Die Benediktinerinnen tun in der ganzen Welt viel Gutes ...«

»... mit weitem Herzen!«

»Ja, genau, mit weitem Herzen, heißt die Regel vom heiligen Benedikt. Etwas mehr Respekt vor den Leistungen der Benediktinerklöster wäre angebracht, und Dankbarkeit!«

»Meine Mutter hätte ...«

»... deine Mutter hätte deine Wutausbrüche gegen die Kirche scheußlich gefunden!«

»Du meinst, sie würde Gott dem Herrn und eurer lieben Jungfrau dafür danken, dass sie mit sechsundvierzig Jahren sterben durfte.«

»Bestimmt nicht. Aber sie würde nicht alle frommen Menschen angreifen, nur weil sie fromm sind.«

An diesem Punkt hörte die Diskussion endgültig auf. Ging sogar in Gelächter über, weil wir unsere Angriffszeremonien mittlerweile gut kannten und einzuschätzen wussten. Uns nachhaltig übereinander ärgern, das konnten wir schon lange nicht mehr. Und die Konfirmation konnte sie ja später nachholen.

Noch einmal: Trotz dieser gelegentlichen Kontroversen haben wir uns gut verstanden, und nicht nur das. Ich wurde in meiner

Mutterrolle sehr glücklich. Die Verantwortung für ein Kind zu haben, es zu lieben, aufwachsen zu sehen, seine verschiedenen Entwicklungsphasen zu erleben, vertraut miteinander umzugehen, das alles wollte ich auf gar keinen Fall mehr missen.

22. Januar 2007

Heute will Johanna mir das Tippen abnehmen, und ich kann mich auf das Diktieren beschränken.
Sie weiß auch noch, wie uns allen zumute war, als am sechzehnten Dezember 1997 unsere verehrte und geliebte Äbtissin starb. Wie unser ganzer Konvent an diesem Tag unter Schock stand, die Schwestern ihre Orientierung für den normalen Tagesablauf verloren und untätig in ihren Zellen verharrten.
Ihr Tod kam völlig unerwartet. Sie hatte frühmorgens noch vergnügt mit den Schwestern gefrühstückt, hatte Pläne für den Tag geschmiedet. Sie war auch noch, was sie oft tat, zu mir in mein Büro gekommen, um sich nach mir und Nicola zu erkundigen. Ihr Interesse an uns beiden und ihre Fürsorge hatten nie nachgelassen, ungeachtet meines Lebensweges.
Sie war nicht sehr alt gewesen, doch schon lange herzkrank. Auch oft recht müde. Aber nicht sterbensmüde, wie sie gerne betonte.
Am späten Vormittag, während einer Besprechung in ihrem Amtszimmer, habe sie plötzlich erschrocken mit der Hand ins Leere gegriffen, als müsste sie sich an etwas festhalten – und sei im nächsten Moment in sich zusammengesunken. Die anwesenden Schwestern hätten es für einen Schwächeanfall gehalten. Schwester Ursula, die neben ihr saß und sie in die Arme nahm, merkte aber, dass sie schon nicht mehr atmete.

Drei Tage und Nächte stand ihr geschlossener Sarg noch in unserer Klosterkirche, zum Abschiednehmen.
In der letzten Nacht setzte ich mich bis zum frühen Morgengebet zu ihr, allein und hellwach.
Nicola hatte ich abends zum Schlafen zu Theresa gebracht.
Zwei hohe weiße Kerzen am Sarg spendeten ein wenig Licht, der übrige Kirchenraum versank in tiefem Dunkel. Unsere Kirche, der herumschwirrende Kammerton A des Orchesters, unser Chor, Sophias wilde Techno-Orgien, mein Schleichweg abends über die Empore hinunter zum Seitenausgang, mein nächtlicher Zusammenprall mit dem entsetzten Pater Valentin und der ebenso entsetzten Schwester Mechthild – alles Vergangenheit. Und alles versank heute noch einmal in diesem Dunkel.
Ich kannte sie ja, die Beklemmung in der unmittelbaren Nähe des Todes, die sich aller Sinne bemächtigt wie eine stahlharte Klammer und erst einmal keinen klaren Gedanken, nicht einmal Tränen zulässt. Trotzdem hatte ich mich in meinem langen Leben offenbar nie daran gewöhnen können. Zu heftig ist das Erschrecken über diese gewaltsame Trennung, die, für die irdische Zeit abgeschlossen, durch keine List der Welt rückgängig zu machen ist. Aber auch das Erschrecken über die immer wieder unfassbare Ferne des Verstorbenen, die sich jeder Berechnung entzieht und uns unwissend, traurig, hilflos und so tief unten zurücklässt.
Erst wenn Demut auftaucht, lockert sich die Klammer, und alle Erwartungen und vergeblichen Fragen sinken endlich in sich zusammen. Sie hat es uns oft genug ans Herz gelegt, die Äbtissin. Eine ganz wichtige Voraussetzung für unseren inneren Frieden sei das demütige Anheimgeben unlösbarer Fragen. Anheimgeben heiße abgeben, aus der eigenen Regie entlassen.

Und so blieb mir an ihrem Sarg nur der Dank. Für alles, was sie in den vielen Jahren meines Ordenslebens, und unverändert auch danach, für mich getan hatte. Sie hatte mir den benediktinischen Satz beigebracht »Wie ordne ich mein Leben auf ein Ziel hin?«, mich in jedem Bereich gefördert und gestützt, in zweiflerischen Zeiten geduldig angehört und getröstet, hatte Sophia, Nicola und unsere Freundschaft akzeptiert, schließlich aber auch meinen Zickzackkurs und meine Loslösung mitgetragen, vor allem *ausgehalten!* Zu keiner Zeit hatte sie mich verurteilt oder abgewiesen. Im Gegenteil, ihre Zuneigung hatte sie mir bis zum Schluss ihres Lebens bewahrt, bedingungslos.
Sogar ihre benediktinischen Regeln hatte sie der Liebe zu den ihr anvertrauten Menschen untergeordnet.
Für mich ist sie eine Heilige.

23. Januar 2007

Ihre Nachfolgerin, Schwester Hildegard, war jünger und, wenn nicht autoritär, so doch sehr bestimmend.
Als Nicola ihren fünfzehnten Geburtstag am neunzehnten Juni unbedingt mit einer Gartenparty in unserer Gärtnerei feiern wollte, legte Schwester Hildegard ein Veto ein. Sie wolle im Klostergarten keinen Partylärm, der gehöre nun mal nicht hierher.
Dass ich nicht uneingeschränkt auf Nicolas Seite stand, sondern auch für die Äbtissin Verständnis zeigte, war dann der Auslöser für alles, was sich danach wieder einmal abspulte. Sie war enttäuscht und wütend auf mich und »die Frommen«. Und schließlich stand ihr Entschluss fest, ihren Geburtstag außerhalb zu feiern, wo auch immer. Mein Protest prallte an ihrem

Ärger ab. »Logisch, wenn man wie ich in einem Kloster aufwächst, kann man eigentlich nur selbst Nonne werden, amen.« Sie stürzte in ihr Zimmer und knallte die Tür hinter sich zu. Da ich sie schluchzen hörte, ließ ich sie in Ruhe und reagierte meinen eigenen Ärger über sie ab, indem ich anfing, Fenster zu putzen.

Der fünfzehnte Geburtstag fand nun nicht statt, jedenfalls nicht in unserem Garten. Morgens, nach einer für sie durchaus erfreulichen Bescherung, nahm sie ihre Geige mit in die Schule und erzählte etwas von gemeinsamem Musizieren zur Feier des Tages. Ich solle nicht zum Mittagessen mit ihr rechnen, sie käme erst abends in ihre Klostermauern zurück.

Das ließ ich mir nun doch nicht gefallen. »Erstens lebst du nicht in Klostermauern, sondern in einem sehr schönen Klostergarten, und zweitens, wenn du schon nicht in unserem Häuschen feiern willst ...«

»... möglichst im geblümten Sonntagskleid und in weißer Strumpfhose, bei Kakao und Kuchen, und wir spielen Blinde Kuh und Topfschlagen ...«

»Sag mir wenigstens genau, wo du bist.«

»Ich hab ja mein Handy bei mir.«

»Das bringt mir doch nichts. Du kannst wer weiß wo sein.«

»Wahrscheinlich im Puff.« Sie kicherte.

»Also bitte, wo und bei wem wollt ihr musizieren? Du wirst fünfzehn und nicht achtzehn, also richtest du dich noch nach meinen Wünschen.«

»Okay, wir musizieren bei der Theresa und essen dann irgendwo Eis. Beruhigt?«

»Gut, ich verlass mich auf dich, und spätestens um sieben Uhr bist du wieder da.«

»Gebongt.« Sie verdrehte die Augen und schwirrte ab.

Und sie kam tatsächlich am Abend pünktlich nach Hause.
Aber was sie in einer Mischung aus Stolz und schlechtem Gewissen über diesen Geburtstag erzählte, hörte sich für meine (vielleicht immer noch weltfremden) Ohren erschreckend an. Sie sei mit der Theresa nach München bis in die Innenstadt getrampt, eigentlich mit einem ganz netten Kerl, der extra für sie laute Rockmusik aufgedreht und im Takt aufs Gas getreten hätte. Unten in irgendeiner U-Bahn-Station, wo viel los war, hätten sie dann musiziert, den Geigenkasten offen für die Geldspenden. Sie Geige, Theresa Querflöte. So was sei jetzt in, vor allem unter Musikstudenten. Insgesamt dreizehn Euro seien zusammengekommen. Jedenfalls genug, um hinterher Espresso und Cola zu trinken und Tiramisu zu essen. Zurück dann mit der Bahn, Theresas Geld habe gerade für die zwei Fahrkarten gereicht.
Ich musste mich erst mal setzen.
»Und Theresas Mutter«, fragte ich erschrocken, »hat die von eurem Plan gewusst?«
»Eher nicht. Die war gar nicht zu Hause.«
»Du weißt aber schon, dass ich dir eine Tramptour niemals erlaubt hätte, Nicola.«
»Deshalb hab ich es dir ja vorher nicht verraten, Luzia.«
Sie schaute mich so belustigt an, dass ich ihr am liebsten eine Ohrfeige verpasst hätte. »Du hast mein Vertrauen ausgenützt«, sagte ich stattdessen, »du weißt genau, dass ich die Tramperei verboten habe. Und dann ist der Kerl auch noch im Rhythmus gefahren!«
»Wenn man wie ich hinter Klostermauern groß wird ...«
»Ach hör endlich damit auf«, schrie ich sie an, »wenn dir dein Leben hier nicht passt, dann geh doch in eine WG oder sonst wohin, vielleicht mit der Geige zu den Obdachlosen in den

U-Bahn-Schacht!« Weil ich in Zornestränen ausbrach, erschrak sie und versuchte einzulenken. »Wir machen das ja nicht mehr. War halt so eine lustige Idee.«

»Aber eine ausgesprochen blöde lustige Idee. Ihr wisst doch beide, wie gefährlich heutzutage so was ist. An wen man da geraten kann!«

»Erstens waren wir zu zweit, und zweitens ist ja nix passiert.«

»Weil euer Schutzengel wohl aufgepasst hat.«

»Der bestimmt nicht. Genauso wenig wie bei meiner Mutter.«

»Dann eben der liebe Gott.«

»Na ja, wenn's sein muss. Aber reg dich jetzt ab, wir machen das ja nicht mehr. Zufrieden?«

»Nein.«

»Was soll ich noch tun, damit du mir glaubst?«

»Weiß ich nicht. Auf jeden Fall mich jetzt in Ruhe lassen.«

Sie zögerte etwas, ehe sie gedehnt den Vorschlag machte: »Aber könnten wir, vielleicht, trotzdem, zu Abend essen, schweigend?«

Dieser hungrige Wunsch war mir nun doch ein Lächeln wert. Im Handumdrehen war der Tisch gedeckt, und der Geburtstag klang noch ganz harmonisch aus.

26. Januar 2007

Nicola hielt sich von jetzt an, wie versprochen, an Abmachungen, und wir verstanden uns wieder so gut wie vorher.

Und nicht nur das. Wir waren mittlerweile, von Nicolas immer selteneren Wutausbrüchen gegen die Kirche abgesehen, ein fest aufeinander eingeschworenes Mutter-Tochter-Team. Wenn sie nachmittags stundenlang Geige geübt hatte, machten wir uns anschließend gemütliche Abende. Wir erzählten uns aus den

Büchern, die wir gerade lasen, sahen zusammen fern, lachten über dieselben komischen Situationen. Ich möchte sogar behaupten, wir waren ebenso liebevoll aufeinander eingestimmt wie früher Sophia und Nicola.

In unserer ländlichen Gegend gab es weit und breit keine Diskothek. Deshalb fanden umso öfter in den Privathäusern oder Wohnungen der Jungen und Mädchen Geburtstagspartys statt. Nur nicht bei uns. So dass wir uns leider nie revanchieren konnten.

Allmählich machte mir das Kopfzerbrechen, vor allem, als ein weiteres Jahr vergangen war und Nicolas sechzehnter Geburtstag Mitte Juni näher rückte.

Was hätte sich wohl meine Sophia für diesen Geburtstag ausgedacht? Eine bange nächtliche Frage, die sie mir freilich lebhaft beantwortete: Ich hätte die Jugend in unser Jazz-Gartenhäuschen eingeladen und eine klirrende, klatschende, scheppernde Rockmusik hingelegt. Mensch, Luzia, das liegt doch auf der Hand!

Sie musste mir das im Traum eingeflüstert haben, und so nachdrücklich, als dürfte es nicht den geringsten Widerspruch geben.

Jedenfalls nahm ich diese Eingebung ernst und machte mich am nächsten Abend nach Dienstschluss auf den Weg zu unserem netten Gartenhausbesitzer von damals und erklärte ihm unser Problem. »Wissen Sie, so ein Partylärm im Klostergarten passt irgendwie nicht.«

Er winkte sofort ab. »Logo. Sie können das Gartenhaus haben, wenn die Kinder es mir nur nicht abfackeln oder die Türen aus den Angeln heben. Und übrigens, Sie müssen mir natürlich nichts dafür bezahlen. Ich erinnere mich doch noch gut an die Musik-Sophia vom Kloster! Und an ihre Techno-Einlagen, wenn sie auf der Orgel plötzlich losgetobt hat. Was ist denn eigentlich aus Ihrer Jazz-Band von damals geworden?«

»Verweht in alle Himmelsrichtungen, teils weggezogen, teils in anderen Bands untergekommen, nehme ich an.«

»Eigentlich schade. Es hat doch Ihnen allen und später Ihren Fans einen Riesenspaß gemacht – und klasse waren Sie noch obendrein, auch Sie als verkappte Nonne!« Er lachte, und ich stimmte mit ein.

29. Januar 2007

Nicola war natürlich begeistert. »Das ist ja noch besser als Haus oder Wohnung oder Klostergarten. So ein Gartenhäuschen im Freien mit Wiese davor ist einmalig!«

Von jetzt an fieberte sie ihrem Geburtstag entgegen, zählte die Tage und besprach minutiös ihre Pläne für dieses Ereignis mit Theresa.

Drei Klassenkameraden installierten schon zwei Tage vorher den CD-Player mit Verstärker und Lautsprechern. Und als Highlight für die Party wünschte sie sich von mir mehrere Soloeinlagen auf dem Schlagzeug. Was mich wunderte, denn ich hätte eher vermutet, dass ihr die Vizemutter am Schlagzeug wahnsinnig peinlich wäre. Aber sie sollte es haben. Ich konnte ja vorher auf meinem alten Schlagzeug noch so leise wie möglich in unserem kleinen Kellerraum etwas üben.

31. Januar 2007

Der gesichtslose Januar geht nun zu Ende. Langweilig war dieser Monat schon immer, irgendeine Faszination ging nie von ihm aus. Die strahlenden Weihnachtssterne und Leuchtketten der Straßen mit allen dazugehörigen elektrischen Schnüren lagern schon lange wieder in beschrifteten Kisten und Großbehältern auf den Speichern der Geschäfte. Ostern ist noch weit weg. Und das blaue Band des Frühlings, werde ich es noch flattern sehen? Danach eine blühende Sommerwiese, unser hohes Gerstenfeld, vom Wind leise bewegt, die gelben Rapsfelder, auch die Kühe auf den Weiden und die Segelschiffe auf unserem See?

Die Herbstwälder bestimmt nicht mehr.

Zwar befinde ich mich mitten drin im Abschiednehmen, im endgültigen, aber ich wünschte mir, es würde sich hinziehen, der Sand in meiner Sanduhr würde langsamer rieseln, um die schönen Angebote dieser Welt noch einmal – und noch bewusster als bisher – in mich aufnehmen zu können. Kostbarkeiten, die es zu bewahren gilt. Bewahren, aber mit welchem Ziel? Können wir alles Erlebte als fest verankerte Erfahrung mit hinübernehmen? Ich müsste meine Erinnerungen so filtern können, dass nur die schönen übrig blieben, die ich dann als einen Teil von mir behielte, glasklar, jederzeit präsent als das wichtigste Bindeglied zu diesem vergangenen irdischen Leben.

Ich kann auf viel Schönes zurückblicken, und dazu gehört ganz gewiss mein Leben mit Nicola. Lars? Er war damals jedenfalls sehr in die Ferne gerückt.

Dachte ich.

1. Februar 2007

Dürfte ich aber nur eine einzige Erinnerung mitnehmen, dann wäre es wohl die an den neunzehnten Juni 1999, dem sechzehnten Geburtstag von Nicola. Ein Sommertag, wie er sich strahlender nicht hätte präsentieren können.

Weil es uns nicht in den Betten hielt, trabten wir zwei schon um sechs Uhr früh über den Schilfweg, nicht ohne vorher bunte Rosen aus der Gärtnerei in die Vase von Sophias Grab gestellt zu haben.

Das laute Vogelzwitschern, das gleichmäßige Plätschern der Wellen am Ufer, das Knistern der Schilfrohre, alles war so selbstverständlich und vertraut, dass sich unsere Gedanken mühelos dahin lenken ließen, wo sie sich mit der Vorfreude verbinden konnten.

Nicola dachte wahrscheinlich an ihren zu erwartenden großen Nachmittag. Und ich freute mich auf meine Schlagzeug-Eskapaden, für die ich eifrig und mit zunehmendem Spaß geübt hatte. An diesem Tag wurde ich nachmittags an der Kasse vertreten, so dass ich in aller Ruhe mein Schlagzeug und die am Abend zuvor zurechtgemachten Brote und Salate, Teller, Bestecke, Gläser und Getränke mit meinem neu erstandenen, kleinen Auto (das erste eigene!) zum Gartenhäuschen bringen konnte.

Nicola, deren erwartungsvolle Aufgeregtheit sich inzwischen auf mich übertragen hatte, war noch in der Schule, würde erst gegen vierzehn Uhr nach Hause kommen. Um achtzehn Uhr sollte die Party beginnen.

Ich war gespannt auf die jungen Leute, auf ihre wilde Musik, ihre Tanzerei auf der Wiese, ihre gute Laune und auf mein Schlagzeug.

2. Februar 2007

Die ganze Klasse war gekommen, niemand hatte abgesagt. Sofort nach der turbulenten Begrüßung hatte sich ohne erkennbaren Übergang ein Chaos ausgebreitet, das mir fast die Sinne raubte. Alles spielte sich draußen auf der Wiese ab. Es wurde unter einer so irrwitzig lauten Geräuschglocke getobt, gerufen, getanzt, gesprungen, gestampft, dass man das Gefühl hatte, die Töne und Schläge fänden nicht allein durch die Ohren Einlass, sondern durch den ganzen Körper, den sie regelrecht wie mit Pressluftbohrern in den Boden rammten. Zugleich wurde gegessen, geredet, was niemand akustisch verstehen konnte, gelacht, geschrien, umarmt, mit Cola angestoßen, mit Geschirr geklappert, geschmust.

Mein Schlagzeug hatte ich ebenfalls nach draußen gebracht. Und als sich endlich eine erste Pause der Gesamtorgie ankündigte, legte ich los mit meinem Virtuosenstück, von dem ich wusste, dass es Eindruck machte.

Ich hatte kaum angefangen, da drängelten sie sich um mich herum, plötzlich stumm, mit großen, erstaunten Augen und schon wieder vibrierend vor Bewegungslust, die sie nur mühsam in Schach hielten.

Die Begeisterung nach meinem letzten Schlag ist kaum zu beschreiben. Nicola fiel mir um den Hals. »Ich platze vor Stolz«, flüsterte sie mir ins Ohr, »bitte noch mehr davon!«

Zur Ruhe kam ich von jetzt an überhaupt nicht mehr, nicht als Schlagzeugerin und nicht als Kellnerin. Die unverwüstliche Kraft der großen Kinder schien sich auf mich übertragen zu haben. Von Müdigkeit keine Spur.

Dass es irgendwann zu dämmern anfing und schließlich auch dunkel wurde, die ersten Sterne auftauchten, nahmen wir im allgemeinen Getöse nur am Rande zur Kenntnis. Bis elf Uhr, der nächste Tag war ein Samstag, durften unsere Gäste bleiben.

Gegen halb elf, ich stand allein im schwach beleuchteten Häuschen, um einen Teil des gebrauchten Geschirrs in einem großen Korb zu verstauen, hörte ich hinter mir ein kurzes Räuspern, dann eine Männerstimme. »Guten Abend, Luzia.« Wie vom elektrischen Schlag getroffen fuhr ich hoch, verlor das Gleichgewicht – und landete in den Armen von Lars.

Immer noch das gleiche Rasierwasser; eine Erkenntnis, die mir blitzartig zu Hilfe kam, an der ich mich festhielt wie an einem Rettungsring, um in meinem Gedankengewirr aus Schrecken, Freude und Ungläubigkeit nicht unterzugehen. Ich sprach es sogar aus. »Immer noch das gleiche Rasierwasser.« Er lachte und drückte mir einen Kuss auf die Stirn. »Natürlich, es gefiel dir doch so gut, und das habe ich mir gemerkt.«

Ich vibrierte am ganzen Körper, als ich mich aus seiner Umarmung gelöst hatte und ihm nun gegenüberstand. Fast weiß waren seine Haare geworden, und erschöpft sah er aus. Aber seine Augen schauten mich noch genauso liebevoll an wie damals. Er habe sich heute schon seit einiger Zeit in unserer Nähe aufgehalten, habe mich mit größtem Vergnügen auf dem Schlagzeug gehört und sich enorm beherrschen müssen, mit seinem Saxofon nicht einfach einzufallen. Aber das könnten wir ja jetzt noch nachholen. Sein Instrument stand tatsächlich an die Eingangstür gelehnt. »Bitte, bitte haut zusammen rein!«, bat das Geburtstagskind, und die anderen, neugierig, stimmten zu.

Damals konnte ich nicht wissen, Lars auch nicht, dass es unser letzter gemeinsamer Jazz sein sollte, den wir in dieser halben Stunde unserem jungen Publikum vorführten, krachend, laut und lebensfroh.

Lars hatte wegen eines Prozesses in München zu tun gehabt

und Nicolas Geburtstag zum Anlass genommen, mich wiederzusehen. Im Kloster hatte man ihm genau beschrieben, wo er uns an diesem Abend finden konnte.
Nicola war viel zu glücklich über ihre Party, als dass sie Front gegen ihn gemacht hätte. Im Gegenteil, er könne ruhig bei uns übernachten, gestand sie ihm großmütig zu. Aber das mit Husum sei ja nun Schnee von gestern! Dabei lachte sie und hakte sich demonstrativ bei Theresa unter. »Andererseits, wir würden sowieso gern mal Internatsluft schnuppern, damit wäre ja für euch der Weg in Richtung Husum frei!«

3. Februar 2007

Zwei Tage blieb Lars bei uns. Nicola zog sich zu Theresa zurück, ließ uns, aus Dankbarkeit für ihre gelungene Geburtstagsparty, in Ruhe.
Heute geht es mir wie jedes Mal seit diesem erneuten Treffen, wenn ich an Lars denke. Ich kann meine Liebe zu ihm auf den Plan rufen, mich ihrer bis in alle Einzelheiten erinnern. Ich kann sie auch noch empfinden. Aber die Kraft, mit der sie mich damals noch einmal überschwemmt und mitgerissen hatte, kann sich heute gegenüber meiner Erschöpfung nicht mehr durchsetzen.
Eher ist es jetzt eine Melancholie, in der die Liebe und das vergangene Glück aber mitschwingen.
Als hätte es die sechs Jahre der Trennung nicht gegeben, so vertrauensvoll gingen wir schon nach den ersten Minuten des Wiedersehens miteinander um, verliebt wie damals und, wenn das überhaupt möglich war, noch glücklicher.
Offenbar war alles nur weit in den Hintergrund getreten, aber nicht für immer abhandengekommen.

4. Februar 2007

Dieses Mal machten wir keine großen Spaziergänge. Viel lieber hockten wir in unseren gemütlichen Gartenlokalen, tranken Eiskaffee oder Bier oder beides und erzählten von den vergangenen Jahren. Dabei erfuhr ich dann auch, dass seine Tochter Silke in Kiel Jura studierte. Er lebte jetzt allein, ein Mal in der Woche kam eine Putzfrau, aber die Zusammenkünfte im Jazz-Keller fanden immer noch regelmäßig statt, leider mit wechselnden und miserablen Schlagzeugern!

Am letzten Abend ruderten wir bis tief in die Nacht kreuz und quer über den See, im Boot vier Lampions. Wir waren natürlich nicht die Einzigen. Überall kleine und größere Schiffe mit bunten Lichterketten oder Lampions, hin und wieder Musik vom Ufer her, erkennbar oder als Melodienfetzen nur zu ahnen. Über uns der tiefblaue Sternenhimmel. Eine helle, lebendige, warme Sommernacht, nicht zuständig für Müdigkeit und Schlaf. Aber zuständig für unsere wiederentdeckte Liebe. Und für das, was sie an Versprechungen und Zukunftsplänen noch einmal hervorrufen konnte.

Die richtige Zeit war jetzt für uns gekommen. Meine Bedenken von damals hatten sich aufgelöst. Nicola war nun flügge genug, um ihr einen Wechsel zumuten zu können. Zumal sie und Theresa, durch romantische Schilderungen in Jugendbüchern animiert, ihre letzten Schuljahre wirklich gerne in einem Internat zugebracht hätten.

Und nun ging alles ganz schnell. Weil die Nägel mit Köpfen dieses Mal nicht nur von Lars, sondern auch von mir gemacht wurden.

Nicola war von der plötzlich konkret gewordenen Aussicht auf ein Internat zunächst überrascht. Während eines langen Tele-

fongespräches mit Theresa, in das deren Mutter miteinbezogen wurde, sprang die Überraschung in Begeisterung um. Wenn auch mit einem Anflug von schlechtem Gewissen mir gegenüber. »Das Leben mit dir ist superschön, Luzia, aber so ein Internat, weißt du, das hat was.« Ich lachte sie an. »Wir zwei verstehen uns doch, du hast mir ja oft genug aus den Internatsbüchern erzählt! Und außerdem schlagen wir ja zwei Fliegen mit einer Klappe.«
So bald wie möglich sollte nun der Umzug stattfinden.
Die Finanzierung des Internats wollte Lars übernehmen.

5. Februar 2007

Natürlich sprachen wir auch über mein Zögern damals, über seinen abrupten und nicht mehr revidierten Rückzug. »Ich denke, Luzia, die Ausbrüche von Nicola waren nicht der wahre Grund, natürlich nicht. Deine Ambivalenz war für mich viel spürbarer, als du denkst. Ich habe sie wie einen Angriff empfunden, aber auch wie eine Niederlage. Ich konnte sie dir damals nicht verzeihen, seltsamerweise.«
»Und ich konnte meine Zweifel nicht loswerden. Es ging für mich alles zu schnell.«
Er lachte. »Im Kloster ticken die Uhren wohl langsamer?«
»O nein, bestimmt nicht langsamer. Aber besonnener, weniger hektisch, weniger überstürzt.«
»Also auch weniger spontan.«
»Mag sein, ja.«
»Umso schöner machen wir es uns jetzt, wir zwei, und meine Arbeit in der Kanzlei reduziere ich.«
»Wegen deines Herzens? Du hast so was angedeutet.«

»Zunächst mal, um mehr Zeit für dich zu haben. Das Herz, na gut, es muckt halt manchmal auf.«

»Was sagt dein Arzt?«

»Arbeit reduzieren, mehr spazieren gehen, am besten mit einem Hund.«

»Den holen wir uns aus dem Tierheim.«

»Auf jeden Fall. Und damit wäre das Herzproblem schon gelöst.«

6. Februar 2007

Es hat sich ganz anders gelöst.

Am siebzehnten Juli, einem Sonntag vier Wochen nach unserer Geburtstagsparty – Nicola und Theresa waren bereits für das nächste Schuljahr in einem Internat im Breisgau angemeldet, und ich hatte meine Arbeit gekündigt –, wurde Lars mit einem schweren Herzinfarkt in die Husumer Klinik eingeliefert.

Einer seiner Anwaltskollegen rief mich morgens an, es sei einigermaßen bedenklich, keiner der Ärzte könne etwas über den Ausgang sagen. Sein Herz sei nicht das beste gewesen, aber Lars habe es nicht wahrhaben wollen. Die Worte des Anwalts hagelten wie Steine auf mich herab. Jedes einzelne traf gegen den Kopf und tat weh. Am liebsten hätte ich den Hörer hingeworfen und wäre weggelaufen. Aber für Wahrheiten gibt es eben keine Fluchtwege.

»Ich werde kommen, so schnell wie möglich, bitte sagen Sie ihm das, bitte!« Es war der einzige Satz, den ich herausbrachte.

Sofort rief ich im Kloster bei Johanna an und bat sie, mir unbedingt noch für heute einen Flug von München nach Hamburg zu buchen, mit einem Anschlusszug nach Husum. Und sie

möchte morgen, wenn möglich, stellvertretend für mich Emilia an die Kasse setzen.
Nicola versprach mir, zu Hause alles in Ordnung zu halten. Auf sie konnte ich mich verlassen.
Doch etwas hatte sie auf dem Herzen. Ich solle unbedingt vorsichtig und besonnen fahren, trotz allem!
Natürlich war so kurzfristig kein Flug zu haben. Die ganze Strecke mit dem Zug zu fahren schien mir zu umständlich. Auch war ich viel zu nervös, um auf irgendwelchen Bahnsteigen herumzustehen. Also warf ich ein paar Sachen in mein Auto und fuhr los.

7. Februar 2007

Es wurde die angespannteste Autofahrt, die ich je erlebt hatte. Verkrampft und aufgeregt, innerlich eiskalt, saß ich hinter dem Steuer, von Stunde zu Stunde beunruhigter.
Schier endlos zog sich diese Strecke hin, durch die üblichen sommerlichen Staus noch zusätzlich verlängert. Es waren Ferien, das halbe Land schien in beiden Richtungen unterwegs zu sein. Dass ich durch einen traumhaft schönen Sommertag fuhr, nahm ich zur Kenntnis, es berührte mich aber nicht. Ich wusste doch längst, was sich hinter der strahlenden Maske dieser Erde abspielen kann, Tag für Tag, Stunde um Stunde. Aber es kann sich auch Erfreuliches dahinter abspielen. Vielleicht hatte ich noch einmal Glück, noch einmal eine Chance für mein neues Leben. Wenn Lars mir nur erhalten bliebe! Dann wollte ich ihm einmal mehr sagen, wie leid es mir tat, ihn damals so hingehalten zu haben wegen meiner für die Liebe vielleicht schon verdorbenen Seele.

Verdorben? Nein, war sie nicht. Ich musste nur endlich die Sanduhr in mir einsetzen, an die fließenden Minuten denken, die zu kostbaren gelebten Stunden werden können, zu Tagen, Wochen und Jahren. Ich wollte daran denken, dass die Sanduhr die Zeit meint, die das Leben mit sich zieht, ihm keinen Aufschub und schon gar nicht einen Schritt zurück zubilligt.
Ich wollte zu Lars ziehen, so schnell wie möglich. Mein Leben war also doch noch in Ordnung zu bringen, ich hatte die alte Bürde über Bord werfen können.
Spätabends erreichte ich Husum und fragte mich zum Krankenhaus durch. Ich fand sogar einen Parkplatz in unmittelbarer Nähe. Packte meine Handtasche, sprang aus dem Auto, schlug die Wagentür zu und rannte los. Weil ich fürchtete, der Aufzug könnte stecken bleiben, nahm ich die Treppe bis hoch zum fünften Stockwerk.
Als ich oben auf der Station 5A angekommen war, atemlos, und eine Krankenschwester nach Lars' Zimmernummer fragte, sah ich es sofort an ihrem Gesichtsausdruck: Lars lebte nicht mehr.
Zwanzig Minuten zuvor (zwanzig Minuten vor meiner Ankunft!) war er gestorben. Allein, im Schlaf.

8. Februar 2007

Er lag noch in seinem Zimmer, ich durfte ihn sehen.
Mit meinen Beinen, so störrisch und gefühllos wie aus Holz, betrat ich den Raum, blieb in der Mitte stehen. Und starrte auf Lars, der so aussah, als schliefe er. Jemand schob mir einen Stuhl hin. Nein, ich wollte mich nicht setzen. Ich wollte nur, dass es ein schrecklicher Traum wäre und mich irgendjemand

schnell wachrütteln würde. Hölzern bewegte ich mich auf das Bett zu. Ich beugte mich zu Lars hinab und nahm seine Hand. Die noch warm war. Die langsam, ganz langsam in der meinen abkühlte.

Meine Tränen waren keine traurigen Tränen, sondern verzweifelte, entsetzte, wütende. Mit meiner Wut begann ich, innerlich auf mich einzuhämmern wie auf mein Schlagzeug.

Wütend auf mich. Auf mein unreflektiertes, nichtssagendes, zögerliches, risikoscheues, bequemes, verbautes Leben. Auf meine Durchschnittlichkeit, mit der ich an keiner Leidenschaft hatte festhalten können, nicht an der Frömmigkeit, nicht an der Musik, nicht an der Liebe. Ohne hinzuschauen, ohne darüber nachzudenken, hatte ich den Sand durch die Sanduhr rieseln lassen und sie dann beiseitegestellt. Von jeder Himmelsschaukel war ich gedankenlos wieder abgesprungen, wenn ich glaubte, sie flöge zu hoch und könnte mich zu weit forttragen von den Banalitäten meines gewohnten, nach allen Seiten hin abgesicherten Alltags. Die Schläge meiner Wut krachten nur so, schepperten, klirrten. Hätte mein Schlagzeug vor mir gestanden, ich hätte es bis zur Unkenntlichkeit zertrümmert!

Ich stakste wieder aus dem Zimmer hinaus, schaute mich nicht mehr um, schloss leise die Tür, schlich mich durch die endlosen Krankenhausflure und Treppenhäuser irgendwo dem Ausgang zu. Ich wollte nur weg, weit weg, mich in mein Auto setzen und losfahren. Wohin?

Dorthin, wo nun auch mein zweiter Absturz enden würde: nach Hause.

Ohne Pause wollte ich zurückfahren, mit Übermüdung würde ich schon irgendwie fertigwerden oder auch nicht, es war mir egal.

Ich gurtete mich an und fuhr los, diesmal in die Nacht.

9. Februar 2007

Meine innere Starre zog sich langsam zu einem steinharten Knäuel zusammen. Alle Gedanken ließ es an sich abprallen, ließ auch keine Tränen mehr zu. In dem Märchen »Das kalte Herz« von Wilhelm Hauff wurde dem Peter Munk ein Herz aus Stein eingesetzt. So wie mir in dieser Nacht auf der Autobahn musste es ihm ergangen sein: betäubt, gefühllos, mutterseelenallein, Zukunft und Vergangenheit in einem dichten, undurchdringlichen Nebel.

Doch es gibt Autobahnraststätten. Die mit hellen Lichtern und verführerischen Ankündigungen um Gäste werben. Die den Kontakt mit anderen müden Autofahrern gewährleisten, die einen heißen Kaffee, Cola und ein Essen in Aussicht stellen. Die jedem noch so angeschlagenen Zustand zum Trotz dem Leben wieder etwas Wärme einhauchen und es in die vertraute Spur bringen.

Es war schon lange nach Mitternacht, als ich eine solche Oase ansteuerte. Auf dem Parkplatz standen vor allem große Transporter, aber auch viele Personenwagen. Drinnen fand ich gleich einen leeren Tisch am Fenster, ich konnte von hier aus die Scheinwerfer der vorüberflitzenden Autos sehen. Um mich herum war alles besetzt, es wurde gegessen, getrunken, leise geredet, mit dem Handy telefoniert. Eine freundliche junge Kellnerin kümmerte sich sofort um mich, schrieb sich meine Wünsche auf und legte mir sogar eine Tageszeitung hin.

Langsam löste sich meine Betäubung. Trotz der späten Nachtstunde holte ich mein Handy aus der Handtasche und rief bei Johanna an. Es war so ausgemacht, Tag und Nacht wollte sie auf Nachricht warten.

Sie nahm sofort den Hörer ab.

Und war entsetzt über das, was ich ihr erzählte.

»Wie ist denn so was nur möglich«, sagte sie immer wieder, »was hat sich der liebe Gott denn dabei gedacht?«
Ich blieb ihr eine Antwort schuldig, natürlich. Erst gegen Ende unseres Gespräches brachte sie auch tröstende Gedanken zustande. »Was ist eigentlich passiert, Luzia? Es hat etwas aufgehört, was noch gar nicht richtig angefangen hatte! Ihr hattet nie zusammengelebt, euch zu keiner Zeit so aneinander gewöhnt wie ein altes Ehepaar, bei dem der eine ohne den anderen nicht mehr leben kann. Du bist nicht allein, hast mich, hast uns, hast eine Heimat und schließlich das Wichtigste: eine Tochter. Die für dich Zukunft bedeutet. Das alles musst du jetzt in die Waagschale werfen. Tu es!«
Ich versprach es ihr gern. Sie hatte mir wirklich geholfen. Sicher nicht nachhaltig, aber für diese Nacht und meine lange Autofahrt, die mir noch bevorstand, ganz bestimmt.
»Du bist eine echte Freundin, Johanna, was sollte ich ohne dich machen?«
»Gar nichts. Komm einfach wieder zurück.«

10. Februar 2007

Nicola konnte ich nun nicht den Wunsch erfüllen, ihre letzten Schuljahre bis zum Abitur, zusammen mit Theresa, in einem Internat zuzubringen. Ich durfte zwar wieder in meinem alten Beruf arbeiten und unser kleines Haus behalten, aber für ein teures Internat reichte das Geld nicht. Da Theresa nun auch zu Hause blieb, hat sie es ganz gelassen aufgenommen. Mich aber auch spüren lassen, dass ihr meine Trauer naheging und ich ihr leidtat. »Du hast doch mich«, sagte sie, »und wir zwei halten zusammen wie Pech und Schwefel, hey, Alte, Kopf hoch!«

Wenn ich dann lachte, murmelte sie zufrieden »okay« und schwirrte ab in ihr Zimmer.
Tagsüber stürzte ich mich in die Arbeit, half sogar beim Ein- und Ausladen der Gemüsekisten. Und wenn es nichts mehr zu tun gab und ich das Büro abgeschlossen hatte, lief ich heim und putzte unser kleines Haus, wischte Fenster und Türen ab, Schränke und Kommoden. Alles das war eine gute Möglichkeit, die wild umherkreiselnden Gedanken einigermaßen in Zaum zu halten.
Oder ich ging in die Kirche, setzte mich in die letzte Bank hinter den Pfeiler und versuchte, Zwiesprache zu halten mit Maria oder meiner verehrten Äbtissin, manchmal auch mit meiner Mutter.
Und dabei reifte langsam der Wunsch, noch ein Mal, zum letzten Mal, nach Husum zu fahren. Ich wollte das Grab sehen, Rosen darauflegen, mich von Lars verabschieden.

11. Februar 2007

Obwohl ich mich bei dieser Fahrt – wir hatten jetzt August – ja nicht mehr auf Lars und ein paar schöne Tage mit ihm freuen konnte, fühlte ich mich wesentlich entspannter als drei Wochen zuvor. Neben mir saß Nicola, die sich freiwillig angeboten hatte, mich zu begleiten. »Dann bist du nicht so trübsinnig, wenn deine lustige Tochter neben dir hockt.«
Sie hatte recht. Neben ihrer guten Laune konnten sich traurige Gedanken nicht halten. Entweder sie erzählte mir komische Erlebnisse aus der Schule, oder sie sang mir die Melodien aus ihren Violin-Sonaten vor. Zwischendurch setzte sie sich ihren Kopfhörer auf und hörte ihre Lieblingssongs, wobei sie sich als

lebhafte Dirigentin betätigte. Sie hatte auch für ausreichend Proviant gesorgt und legte großen Wert auf erholsame Pausen. Unter ihrer Regie gestaltete sich unsere Fahrt, die ja für mich einen traurigen Anlass hatte, zu einer wenn nicht heiteren, so doch gelösten Unternehmung.

Abends, als wir in Husum an den alten Giebelhäusern vorbeifuhren und an den bunten Schiffen, über denen wie damals die Möwen kreisten, geriet ich in eine irritierende Stimmung. Wehmut schlich sich ein, natürlich. Aber sie konnte sich nicht vollständig in mir ausbreiten und mich vereinnahmen, eben weil Nicola neben mir saß. Der aber Husum gar nichts sagte. Eine schöne Stadt, okay, aber sonst?

Ja, was sonst? Für Nicola nichts als ein Name, der ihr allerdings vor Jahren Angst eingeflößt hatte.

Für mich ein Ort glücklicher und trauriger Erinnerungen. Zeitlich aber so begrenzt, dass ein Heimatgefühl gar nicht erst hatte entstehen können.

Als wir schließlich den Friedhof gefunden hatten, wurde auch Nicola sehr still. Die Friedhofsgärtnerei, in der wir Rosen für das Grab kaufen wollten, hatte längst geschlossen.

12. Februar 2007

Das große schmiedeeiserne Tor stand noch offen. Die wenigen Besucher liefen heimwärts. Darunter auch ein Mann in grüner Schürze und mit Schaufel und Eimer, möglicherweise ein Gärtner, den wir auf gut Glück nach dem Grab Kesting fragten. Er wusste Bescheid und gab uns bereitwillig Auskunft. Die Frau von Rechtsanwalt Kesting sei dort auch schon begraben, ein Familiengrab also.

Die letzten Meter bis dorthin wurden mir schwer. Um mich zu beruhigen, sagte ich mir leise und eindringlich noch einmal den berühmten Satz des Benediktiners vor: »Am Grab werden uns Grenzen bewusst, die eine liebende Seele überwindet.« Ich spürte aber sofort, dass auch diese Worte sich nicht vollständig in mir ausbreiten konnten. Sie blieben unreflektiert in meinem Bewusstsein hängen und flößten dem Wunsch, Grenzen zu überwinden, nicht die notwendige Kraft ein. Zwar gab es zwischen Lars und mir noch ein Band, aber es war nicht mehr so eng mit mir verknüpft wie noch vor wenigen Wochen. Wir hatten uns schon voneinander entfernt.
Ich fand dafür nur eine einzige Erklärung. Er hatte zu wenig Fuß fassen können in meinem Leben, vielleicht, weil meine Seele für die große irdische Liebe schon lange nicht mehr getaugt hatte. Aber nur vielleicht.
Auf der hellen Grabplatte stand noch nicht sein Name, nur der Name und die Daten seiner Frau Cornelia. Die vielen Blumen darauf waren verwelkt, auf den Schleifen der Kränze konnte man aber noch die Namen lesen, oder eher ahnen, auch die seiner Musikerfreunde, die ich alle kannte. Der größte Kranz, geschmückt mit einer Fülle weißer Rosen, verwelkter Rosen, war von seiner Tochter Silke.
Nicola fing zu weinen an. »Es tut mir so leid, Luzia, dass ich dir damals so viel vermasselt habe!«
Ich zog sie an mich. »Nein, Nicola, du weißt es doch. Wenn ich es wirklich gewollt hätte, wärst du mit deinen Protesten nicht durchgekommen. Es ging doch auch mir alles zu schnell.«
»Und wir zwei hatten danach eine supertolle Zeit!«
»Finde ich auch. So wie es war, war es wahrscheinlich gut.«
»Aber du hattest nun gar nichts.«
»Doch, ich hatte dich. Und vieles mehr.«

Energisch wischte sie sich die Tränen ab. »Und ich hatte dich. Und weißt du was? Ich hatte mit dir großes Glück. Du bist die liebste Mutter, die ich mir vorstellen kann. Ist das nix?«

»Doch, das ist was! Und dein schlechtes Gewissen begräbst du jetzt am besten gleich hier im Grab.«

Sie lachte und grub mit den Händen ein kleines Loch in die Erde. »Rein mit dir!« Buddelte es wieder zu.

»Und jetzt lass ich dich noch ein paar Minuten allein, Luzia. Wie ich dich kenne, meine kleine Nonnenmutter, willst du noch für ihn beten.« Weg war sie.

Ob ich wirklich gebetet oder nur intensiv an Lars gedacht habe, ich weiß es nicht. Diese Grenze ist manchmal gar nicht so einfach zu ziehen.

Nach wenigen Minuten war Nicola auch schon wieder da. »Spätabends allein auf dem Friedhof, das ist wirklich nicht mein Ding.« Sie schüttelte sich vor Grauen.

Außerdem wollten wir nicht von den eisernen Toren eingeschlossen werden.

Zum Abendessen gingen wir nicht in den Ratskeller unter dem Alten Rathaus, sondern in ein kleines Hotel-Restaurant an der Hafenstraße, in dem wir auch übernachten konnten.

Wir waren auf einmal beide sehr müde, spürten den langen Reisetag, den wir hinter uns hatten. Umso mehr genossen wir die gemütliche Atmosphäre des Lokals, und bald auch die guten Spaghetti und den Rotwein. »So eine Reise mit dir ist superschön«, sagte Nicola, »meinst du, wir könnten so was öfter machen?«

»Bestimmt. Es gefällt mir nämlich, mit meiner großen Tochter ein bisschen die Welt zu besichtigen. Dann aber ohne traurigen Anlass.«

»Darauf stoßen wir jetzt an.«

Als unsere Weingläser leise klangen, dachte ich wieder an Lars, aber dieses Mal schon mit einem Lächeln.

13. Februar 2007

Es fällt mir zunehmend schwer, das Tippen auf der Gabriele. Diese blöde Schwäche! Der Schlaf zieht mich geradezu magisch an. Ich will aber unbedingt noch ein wenig durchhalten, denn ich habe noch zwei wichtige Ziele. Meine Geschichte zu Ende schreiben und Nicolas Konzert am vierundzwanzigsten Februar hören. Wenn ich beides geschafft habe, dürfen sie mich ins Kloster holen und dort im Krankenzimmer unterbringen, für den winzigen Rest meines Lebens.
Vor dem Sterben habe ich nun keine Angst mehr, ich bin schon zu nahe dran. Die Nähe hilft mir, sie lässt mir den Tod vertrauter, ich glaube sogar freundlicher erscheinen. Er baut mir eine Brücke zu den Menschen, die ich geliebt habe. Auf das Wiedersehen mit ihnen freue ich mich.
Aber noch stehe ich am diesseitigen Ufer und habe in die Gabriele zu tippen und in der Rückschau ein Leben zu beschreiben, das mir immer deutlicher zeigt, dass es ein erfülltes Leben war. Trotz aller Fehlschläge, trotz geplatzter Träume, trotz aller Abschiede. Auch ein glückliches? Wohl schon. Aber nur, wenn ich es mit der Art von Demut betrachte, die unmittelbar zur Dankbarkeit führt.

14. Februar 2007

An unsere Husumer Abmachung damals im Lokal haben wir uns gehalten. Und in den darauffolgenden Jahren, so weit meine Urlaube ausreichten, die schönsten Ferienreisen gemacht. Durch Frankreich, Spanien, Portugal, sogar durch Cornwall sind wir getuckert. Am liebsten aber durch Italien.

Italien wurde unser Lieblingsziel und irgendwann unser einziges Ziel. Rom, Verona, immer wieder Florenz, die Stadt, nach der wir fast schon süchtig waren.

Teure Hotels konnten wir uns natürlich nie leisten, sondern nur die allerbilligsten Pensionen. Das dämpfte aber nicht unseren Spaß am Umherflanieren.

Die einzige Stadt, die Nicola nicht ein zweites Mal besuchen wollte, war Venedig. »Die Stadt ist zu schön, zu alt, zu traurig, die geht ja fast unter im Wasser«, sagte sie bei unserem ersten Venedig-Besuch, »man wird von ihrer Vergänglichkeit richtig totgedrückt.« Tröstlich war nur, dass wir damals zwei halb verhungerte Katzenbabys retten konnten. Wir fanden sie jammernd in einem Straßenrinnstein, so kraftlos, nass und erschöpft, dass es zunächst unwahrscheinlich schien, sie wieder aufpäppeln zu können. Doch mit Hilfe eines Tierarztes in Venedig, seiner Spritzen, guter Nahrung und eines weichen warmen Katzenkorbes, den wir für solche Notfälle immer im Kofferraum hatten, ist es uns gelungen, sie nach Hause zu transportieren. Zwei Weibchen, die wir Lotte und Lena nannten und die schon bald ihr neues, sorgenfreies junges Leben in wildes Herumtoben umsetzten.

Erstaunlicherweise blieben sie, auch als sie ausgewachsen waren, mit ganz wenigen Ausnahmen lieber im Haus, als dass sie in unserem schönen großen Klostergarten auf die Pirsch gingen. Vielleicht hatten sie von der Natur und ihren Widrigkeiten ein für allemal die Nase voll. Aber wer weiß das schon. Jedenfalls hat Nicola sie später zum Studium mit nach Berlin genommen. Sie müsse etwas Lebendiges von zu Hause dabeihaben, meinte sie, das sei für ihr Glück in der Fremde die sicherste Anlage.

So weit Venedig mit Lotte und Lena.

Gelegentlich schloss sich unseren Reisen auch Theresa an, die hübsche rothaarige Theresa mit der blassen Haut und den grünen Augen. Und ich musste mich daran gewöhnen, dass interessierte Blicke von männlichen Straßenpassanten nicht mehr, wie damals in meinen Ausbruchszeiten, mir galten, sondern ausschließlich den beiden schönen jungen Mädchen an meiner Seite.

15. Februar 2007

Nicola war über all die Jahre bei ihrer Geigenlehrerin Frau Sieberg geblieben, bis zum Abitur. Eine hochbegabte Schülerin, die drei bis vier Stunden am Tag übt, kommt schnell voran und kämpft immer weniger mit technischen Schwierigkeiten. Lagenwechsel, Tonleitern, Doppelgriffe, Bogenübungen, eisern wurde das technische Programm zu Beginn der Übungszeit durchgezogen. Ich sehe Nicola in der Mitte ihres Zimmers stehen, in durchlöcherten Jeans und ihrem roten Lieblingspullover. Vor ihr der Notenständer mit den weißen Übungsheften von dem berühmt-berüchtigten Ševčík, dem Schrecken aller Geiger, die aber meistens ehrgeizig genug sind, sich seine Übungen anzutun. Die Belohnung mit der schönen Musikliteratur gab es immer erst danach. Frau Sieberg schwärmte von

Nicola und schenkte ihr manche zusätzliche Stunde ohne Honorar. »Das Mädchen ist für mich der Höhepunkt in meiner Arbeit als Geigenlehrerin«, sagte sie mir nach einer Unterrichtsstunde.

Wenn es in unserer Umgebung irgendeine große Feier gab, eine Einweihung, ein Jubiläum oder einen sonstigen Festakt, wurde Nicola als Geigerin engagiert, zusammen mit einem Musikstudenten aus der Münchner Musikhochschule, der sie auf dem Flügel begleitete.

Sie spielte, neben zeitgenössischen Komponisten, alle Violin-Sonaten von Beethoven, Brahms, Händel, auch die beiden Violinkonzerte von Bach in a-Moll und E-Dur hatte sie »auf der Pfanne«, wie sie sich ausdrückte. Zu ihrer eigenen Abiturfeier, im Hintergrund das durch Musikstudenten aufgebesserte Schulorchester, spielte sie als Solistin den ersten Satz des wunderbaren Violinkonzertes von Mendelssohn.

In solchen Stunden war ich besonders stolz auf meine Nicola, auf ihr Talent, ihren Fleiß, ihre Ernsthaftigkeit.

Neben allem Üben hatte sie ein gutes Abitur gemacht.

Sie war zu einer erfolgreichen, verlässlichen jungen Frau geworden.

Mein Mut, dieses Kind großzuziehen, hatte sich gelohnt!

16. Februar 2007

Die Berliner Musikhochschule sollte es nun sein, weil sie einen besonders guten Ruf hatte.

Und damit stand uns zum ersten Mal, zu Beginn des Wintersemesters, eine Trennung bevor.

Aber nicht nur uns, sondern auch den beiden Freundinnen.

Theresa wollte Jura in München studieren, vorher aber für ein Jahr zu einer Familie in die USA gehen.
Zu Nicolas Aufnahmeprüfung in die Soloklasse fuhren wir zusammen nach Berlin, auch weil ich ihr bei der Zimmersuche behilflich sein wollte.
Sie hatte mittlerweile ihren Führerschein gemacht, und wir konnten uns ganz bequem beim Fahren ablösen. Doch trotz des schönen Herbstwetters und einer ruhigen Fahrt auf den gar nicht so überfüllten Autobahnen blieb die Stimmung etwas getrübt.
Nicola hatte vor der Prüfung mehr Angst als vor einem öffentlichen Vorspiel. »Da sitzen lauter Profis in der Jury«, jammerte sie, »alte Musikhasen mit riesigen Ohren, die jedem Ton hinterherlauschen! Ich werde die Lagenwechsel vermasseln, oder eine Saite wird krachen, oder der rechte Arm wird so zittern, dass der Bogen hüpft, o Gott, warum hab ich mich auf so was Schreckliches eingelassen!«
»Weil alles gutgeht, deshalb.«
Und kurz vorher, wir hatten uns in einem kleinen Hotelzimmer in der Nähe der Musikhochschule einquartiert, drehte sie dann völlig durch. »Ich gehe gar nicht erst hin in dieses blöde Dideldumdei-Haus, wir packen unsere sieben Sachen und fahren wieder heim!«
Einen Augenblick befürchtete ich wirklich, sie könnte ihre Drohung wahr machen. Aber sie hatte dann doch ein Einsehen, vielleicht, weil ich so fassungslos dreinschaute.
Noch ein wenig Ševčík rauf und runter, erste, zweite, dritte Lage, ein wütender Doppelgriff, ein noch wütenderes Vibrato, ein durchgedrückter Bogen, der einen gequälten Kratzton erzeugte, dann packte sie Geige und Noten zusammen und griff schließlich, wenn auch sehr zögerlich, nach ihrer Jacke.

Wie sie davonschlich, blass und ängstlich und mit hochgezogenen Schultern, tat sie mir furchtbar leid.
Die Prüfung zog sich hin bis zum Nachmittag. Und ich stapfte währenddessen durch die Straßen und klapperte die wenigen Zimmeradressen ab, die uns Johanna aus dem Internet geholt und mitgegeben hatte.
Bei den Wohnungseigentümern scheiterte es wie befürchtet an der Tatsache, dass Nicola Geige üben, also »Lärm produzieren« musste.
Eine einzige Wirtin, für uns die netteste von allen, nahm das Problem, da dies eine Altbauwohnung mit dicken Wänden sei, auf die leichte Schulter. Mehr noch, sie akzeptierte auch die beiden Katzen, weil sie Katzen liebte! So viel Glück konnte ich kaum fassen. Ich ließ mich in ihrer Küche auf einen herumstehenden Hocker fallen und strahlte Frau Hinze an. Sie strahlte zurück, machte uns einen Espresso, setzte sich auf den zweiten Hocker und erzählte mir ihre ganze Lebensgeschichte.
Jetzt musste nur noch die Mutter Gottes auf den Plan gerufen werden und Nicola die Prüfung bestehen lassen.
Alles andere war in trockenen Tüchern.

17. Februar 2007

Nicola wäre nicht Sophias (und meine) Tochter gewesen, wenn sie die Aufnahmeprüfung nicht bestanden hätte. Wir erfuhren es wenige Tage später, als wir schon wieder zu Hause und aufgeregt jeder Postsendung entgegengelaufen waren. Dann endlich die kurze schriftliche Nachricht: »Wir freuen uns, Ihnen mitteilen zu können …«
Nicola ließ das Blatt fallen, packte mich mit beiden Händen

und wirbelte mich im Kreis herum. »Weißt du was, Luzia? Das Leben ist schön, schön, schön!« Sie sang ihren Jubeltext auf eine von ihr zurechtgestutzte Melodie einer Hindemith-Sonate. Als wir das Ereignis am Nachmittag bei Kaffee und Kuchen feierten, zusammen mit Theresa und für ein Viertelstündchen auch mit Johanna, brach sich die gute Laune in dem allgemeinen Geschnatter so vehement Bahn, dass sich Trennungsschmerz nur gelegentlich und nur ganz am Rande hervorwagte. Es musste aber auch noch so viel bedacht und geregelt werden, dass ohnehin keine Zeit blieb für trübe Gedanken.

Wichtigstes Projekt: Nicola wollte sich unbedingt ein gebrauchtes Auto kaufen. Wir hatten beide schon seit einiger Zeit Geld dafür gespart. Zusammengeworfen, musste ein Gebrauchtwagen dafür zu haben sein.

Unser netter Hausmeister war Autofachmann von Rang und Namen. Er konnte mit dem Blick eines Raubvogels in das tiefste Innere eines jeden Fahrzeuges schauen, alle seine noch so versteckten schadhaften Stellen aufdecken, sie wortreich ans Tageslicht zerren und schließlich reparieren. Karl Wellner mit dem Autokauf nicht zu betrauen, wäre ein Frevel gewesen. Natürlich hatte er seinerzeit auch meinen Ford Fiesta besorgt, den er jahrelang betreute wie sein eigenes Kind. Da ich jetzt nicht mehr fahren kann, habe ich ihn seinem Sohn geschenkt.

Mit der gelassenen Selbstverständlichkeit eines Profis nahm er unseren Auftrag an und machte sich sofort auf die Suche.

Es dauerte nur wenige Tage, da tuckerte er mit einem roten Polo heran, Garagenwagen von privat, gut erhalten, auch innerlich »kerngesund« und im Preis erschwinglich.

Ich hatte Nicola selten in einen solchen Jubel ausbrechen gesehen. Sie fiel dem stolz lächelnden Karl um den Hals und küsste ihn ab, dass ihm Hören und Sehen verging. Dann stürmte sie

ins Haus, um bei Theresa anzurufen und mit ihr sofort eine Spritztour rund um den See zu vereinbaren. Und ab ging die Post. Wenn auch nicht in Gelb, sondern in Rot.
Wir zwei Zurückgebliebenen schlenderten ins Haus und köpften eine Flasche Sekt. »Ja«, meinte Karl versonnen und schaute mich mitleidig an, »Kinder schießen schneller in die Höhe, als einem lieb ist, und haste nicht gesehen, sind sie flügge und verlassen das Nest! Die Nicola, ich seh sie noch als Baby in diesem umgebundenen Tragedingsda von ihrer Mutter hocken. Wie ein Känguru.«
»Sogar wenn sie an der Orgel saß, hing das Baby vor ihrer Brust.«
Karl nickte. »Soll so gewesen sein. Ich hab das nie gesehen, weil ich bin nicht so 'n Kirchenfreak, verstehste, war nicht so oft drin in eurem Tempel, außer wenn ein zerbrochener Heiliger auf den Speicher entsorgt werden musste oder die Halterung einer Weihwasserschale oder ein Lautsprecher zu reparieren war.« Er lachte.
»Karl, ob Kirchenfreak oder nicht, du warst immer unser guter, unentbehrlicher Helfer in der Not.«
»Die alte Äbtissin hatte mich damals eingestellt, Gott hab sie selig, sie war einmalig.«
»Lass uns auf sie anstoßen, Karl.«
»Auf ihr Wohl, Luzia, und dein Sekt ist verteufelt gut.«
Also tranken wir (das Wort verteufelt strich ich durch) im Gedenken an Schwester Maria Magdalena, aber auch, um uns wegen all der Unbilden des Lebens zu trösten, nicht nur die eine Sektflasche leer, sondern machten gleich noch eine zweite auf. Wir haben sie, ohne später beim Laufen aus der Spur zu geraten, verkraftet.

19. Februar 2007

Nicola ruft nun jeden Morgen an, sie macht sich große Sorgen. Ich kann meinen Zustand nicht mehr vor ihr herunterspielen, auch meine Stimme ist sehr schwach geworden. So gerne würde ich sie auf meinen Tod vorbereiten, ohne dass ich sie unglücklich mache; sie über den Abschied hinwegheben und ihr die Trauer ersparen. Es wird mir nicht möglich sein, man kann seine Kinder nicht vollständig schützen. Du sollst aber wissen, Nicola, dass du in all den Jahren zu meiner größten Freude geworden bist. Nicht nur, weil ich dich großziehen durfte und weil unsere gemeinsame Zeit erfüllt, lebendig, interessant war, sondern vor allem, weil mein Leben durch dich einen Sinn bekommen hatte.

Sophia hätte nicht sterben dürfen. Aber so, wie die Gegebenheiten nun einmal waren, finde ich, haben wir das Beste daraus gemacht. Und du bist schon lange von dem Gedanken abgerückt, dass ich am Tod deiner Mutter schuld gewesen sei. Hinter einer wirklich gravierenden Schuld müssen Absicht oder Leichtsinn stecken. Absicht können wir wegstreichen. Leichtsinn, wenn man das Wort Unüberlegtheit dafür einsetzt, wohl nicht ganz. Ich hätte ihr damals von der Fahrt abraten müssen. Die Frage ist, ob sie auf mich gehört hätte. Bleibt mir nur noch ein weiterer Schritt zurück, nämlich die Frage, ob ich überhaupt mit Lars nach Husum hätte fahren dürfen. Dieser Schritt zurück führt aber zwangsläufig zu weiteren Schritten zurück – bis ich aus heutiger Sicht alle meine Lebensentscheidungen in Frage stelle und schließlich da angelangt bin, wo ich an meiner Existenzberechtigung zweifle. Das kann es aber nicht sein.

Jetzt denke ich nur noch an dein Konzert am Vierundzwanzigsten. Es ist noch einmal in der Zeitung angekündigt worden.

Unsere Küsterin Schwester Mechthild wird für zusätzliche Stühle sorgen und vor Beginn der Aufführung die Programme verteilen, die du ihr schon zugeschickt hast. Ich freue mich besonders auf die Händel-Sonaten, auch sehr auf Bach und Vivaldi – und auf den schönen Klang deiner Geige!!!
Dass ihr im Gästetrakt des Klosters übernachten werdet, finde ich in Ordnung. Ihr wollt mich schonen, ich nehme es, leider, gerne an.

26. Februar 2007

Johanna schreibt für mich.
Ich durfte es tatsächlich noch erleben. Johanna und Emilia haben mich in die Kirche geführt und auf meinen Platz gesetzt. Hinterste Bank, vor mir der Pfeiler.
Mein allerletzter Kraftakt.
Nicola ist eine großartige Geigerin geworden. Keine Frage, sie steuert auf eine erfolgreiche Konzertlaufbahn zu. Was sie ja auch will.
Ihre Geige erfüllte den ganzen Kirchenraum mit einem warmen, weichen Ton, der kraftvoller und zugleich empfindsamer nicht hätte sein können.
Obwohl die Kirche voll besetzt war, gönnte ich mir die Vorstellung, Nicola hätte nur für mich gespielt, sie hätte mir mit jedem einzelnen Ton, jeder Melodie zu verstehen gegeben: Du und ich, wir kennen die Sonaten! Denn ich habe in meinem Zimmer gestanden, neben unserem Wohnzimmer, und habe sie geübt. Deshalb stehen sie auf dem Programm, für dich.
Ich fühlte mich unendlich schwach. Vielleicht glitt diese Vorstellung deshalb zur träumerischen Erinnerung hinüber. Im-

mer wenn Nicola fertig war mit dem Üben, aßen wir im Wohnzimmer zu Abend. Anfangs summte sie die Melodien vor sich hin, die ihr noch in den Ohren herumtönten und sie nicht zur Ruhe kommen ließen. Ich summte mit, denn mir ging es ja ähnlich. Als ich dann den Pfefferminztee aus der uralten braunen Teekanne einschenkte und uns sein Duft in die Nase stieg, wurden wir ruhiger, und die Musik in uns verstummte.

10. März 2007

Ich bin es, Johanna, die das Manuskript in den Händen hält, das nun an die tieftraurige Nicola geht.
Vorgestern, am achten März spätabends, ist Luzia für immer eingeschlafen. In unserem Krankenzimmer und ganz ruhig. Unser Priester war da, und später habe ich Wache bei der Schlafenden gehalten. Bis sie aufhörte zu atmen.
In ihren letzten Tagen fühlte sie sich zu schwach, um sich noch mit mir unterhalten zu können. Aber man sah ihr den Frieden an, den sie gefunden hatte.
Nicola ist mit dem Auto auf dem Weg hierher, zusammen mit ihrem Freund.
Er hat sie an ihrem Konzertabend auf der Orgel begleitet, ist wohl ein ausgebildeter Organist. Studiert jetzt aber Medizin. Ich kann mir diesen sympathischen jungen Mann sehr gut als Arzt vorstellen.
Luzia wird übermorgen in der Nähe von Sophia beerdigt werden und wie alle anderen ein schmiedeeisernes Kreuz bekommen.
Sie wird mir fehlen, ich darf darüber noch gar nicht nachdenken. Ich darf es wirklich nicht, denn meine Verbindung zu

Jesus und Maria müsste mir als Ordensfrau eigentlich genügen.
Müsste.
Wenn Nicola und ihr Martin dann wieder nach Berlin zurückfahren, werde dieses Mal *ich* neben unserer Zeder stehen und ihnen nachwinken, bis ihr rotes Auto in der Kurve verschwunden ist.

Nicole Walter

Das Leben drehen

Roman

»Ich bitte Sie um Ihren Mann. Nicht für lange, weil ... ich muss sterben.« Dieser Satz und die Begegnung mit der ungewöhnlichen Amelie stellen Marlenes Leben von einem Tag auf den anderen auf den Kopf. War sie, die erfolgreiche Ärztin, nicht eben noch glücklich verheiratet? Mit Markus, ihrem Markus? Und wer ist diese bezaubernde Frau, die sich in ihr Leben gedrängt hat? Marlene, Ärztin aus Leidenschaft, fasst einen Entschluss. Sie wird nicht zulassen, dass Amelie stirbt, wird ihr helfen, die Krankheit zu besiegen. Doch da ahnt sie noch nicht, dass sie ausgerechnet von ihrer Rivalin mehr über das Leben lernen wird, als sie je vermutet hat. Und das, was Amelie in ihr bewegt, lässt sich nicht mehr zurückdrehen.

Knaur Taschenbuch Verlag